KB245969

러시아

상상할 수 없었던 아름다움과 예술의 나라

러시아 상상할 수 없었던 아름다움과 예술의 나라

1판 1쇄 발행 2003년 7월 9일
1판 2쇄 발행 2004년 4월 9일
2판 1쇄 발행 2006년 9월 30일
2판 4쇄 발행 2013년 2월 18일

지은이 이길주· 한종만· 한남수
펴낸이 김현정
펴낸곳 도서출판리수

기획· 홍보 김현주
북디자인 알디

등록 제4-389호(2000년 1월 13일)
주소 서울시 성동구 행당동 328-1 한진노변상가 117호
전화 2299-3703
팩스 2282-3152
홈페이지 www.risu.co.kr
이메일 risubook@hanmail.net

ⓒ 2003, 이길주· 한종만· 한남수
ISBN 89-90449-13-8 04810

러시아

상상할 수 없었던 아름다움과 예술의 나라

이길주 · 한종만 · 한남수 지음

리수

삶의 기쁨을 아는 사람들

우리는 흔히 러시아인들이 기골이 장대하고 백곰처럼 장사라고 생각한다. 한국과 러시아의 운동 경기를 중계하는 아나운서들은 주로 이런 멘트를 한다. "체력과 정신력을 앞세운 러시아 선수들에게 한국 선수들이 애를 먹습니다." 그러다 우리 선수들이 그들을 이기기라도 하면 마치 다윗이 골리앗을 이긴 것처럼 감격스러워한다.

하지만 러시아 남성들은 독일이나 북유럽 남성들에 비해 초라할 정도로 왜소하다. 한국의 평균 신장을 가진 우리가 러시아에서 전혀 주눅들지 않고 생활한 것을 보면 이해될까. 또한 러시아 여성들은 모두 백조처럼 예쁘다고 생각한다. 물론 그들이 평균적으로 예쁜 것은 사실이다. 외형은 분명 서양 여성인데 골격은 동양인처럼 갸름해 특히 이방인들의 사랑을 한몸에 받고 있다. 하지만 곱지 못한 여성들도 많이 있다. 게다가 30세 전후만 되어도 인생의 단맛 쓴맛을 다 본 듯한 주름살을 갖는 그들보다 중년이 될수록 더 우아해지는 우리 나라의 여성들이 나는 더욱 아름답다고 생각한다.

우리는 러시아인들을 무신론자라고 생각한다. 그래서인지 모스크바와 상트페테르부르크에만 수십 개의 한국 선교 단체들이 진출한 것도 이런 편견과 무관하지 않을 것이다. 1992년 10월 말의 지구 종말을 예언한 모 선교 단체가 모스크바에 상륙해 러시아의 무신론을 경고하는 장면이 현지 뉴스에 방영되기도 했다.

하지만 러시아는 천 년의 기독교 역사를 자랑하는 정교 국가이다. 그럼에도 불구하고 혹자는 사회주의 시절에 러시아는 무신론의 국가가 되었다고 주장한다. 물

4

론 '종교는 아편' 이라는 사상이 소련 70년을 지배한 것은 사실이다. 하지만 그것이 러시아 전체를 지배한 것은 아니었다. 그들은 그때도 종교 활동을 했고 세례를 받았다. 지금도 기독교 정교는 그들의 정신 문화의 근간이 되고 있다.

우리는 러시아인들을 노동하는 기계처럼 생각한다. 하루 종일 흙과 돌덩이를 날라도 '우리는 너무 행복해요' 라는 표정을 짓는 로보트들이라고 생각한다. 하지만 웬걸? 러시아인들처럼 놀기 좋아하는 민족도 없다. 그들은 국경일에 놀고, 주말에 쉬어야 한다고 생각한다. 이것을 어길 경우 주중에 대신 하루를 쉬어야 한다. 점심 시간이나 퇴근 시간을 조금 넘겨도 그들의 표정은 일그러진다. 공중 화장실도 '뻬레르프' (휴식 시간)에 가면 닫혀 있거나 관리 할머니한테 쫓겨나기 일쑤다. '할머니 도저히 급해 걸을 수도 없어요' 라고 애걸해보라. '그건 네 사정이지' 라며 거지 쫓듯 밖으로 밀어낼 것이다. 그래서 러시아 직원을 고용한 한국인들은 간혹 이해할 수 없는 그들의 행동에 분통을 터트리기도 한다. 우리가 가장 부정적으로 보았던 그들의 모습이다.

우리는 러시아인들이 엄격한 사회의 규율 속에 억압되어 살았던 사람인 줄 알고 있다. 하지만 러시아인들은 공안 정치에 시달린 우리보다 자유 분방하게 살았던 것 같다. 일례로 그들의 조혼 풍습을 보면 알 수 있다. 러시아인들은 대개 20세 전후에 결혼한다. 하지만 당이 풍기문란(風紀紊亂)을 운운하며 장발이나 미니 스커트 단속하듯이 참견하는 일은 없었다. 러시아 여성들은 이혼녀들이 많다. 그러나 그들은 당당했다. 그들은 당당하게 사랑하고 결혼하며, 당당하게 이혼하고 재혼한다. 설사 바람을 피워 가정이 절단나도 개인의 사생활은 보장되었다.

우리는 러시아인들이 과거 이웃 간에 서로 감시와 고발을 하며 지낸 냉정한 사람들이라고 생각한다. 얘기를 들어보면 과거에 서로 고발하는 일이 없었던 것은 아니었다. 80년대 어느 성탄절 날, 발로자는 부인과 남몰래 사원에서 찬양하다 고발당해 소금 두 자루를 주고 무마한 적이 있었다고 한다. 하지만 그는 지금 상트페테르부르크의 카펠라 합창 단원으로 마음껏 노래를 부르고 있지만, 생활고 때문에 과거가 지금보다 낫다고 말한다. 평범한 사람들은 이념 자체의 장단점보다 자기가 처한 상황에 따라 이념의 가치를 논하는 것 같다.

우리가 만난 러시아인들은 선입관과 달리 평범한 사람들이었다. 그들은 서로 돕고 의지하고 조화의 삶을 갈망하는 사람들이었다. 러시아 집에 초대받아 가보라. 베풀려는 주인의 권유를 한참 거절해야 하는 곤욕을 치를 것이다. 그리고 그들의 정성을 배불리 먹고 감동받아 한동안 그때를 잊지 못할 것이다.

하지만 이런 러시아인들이 교활하게 남을 속이고 도둑질도 하고 전쟁도 불사하는 것을 보면 그들을 안다고 잘난 척하는 것도 우습다. 분명한 것은 이제 러시아인들을 바라볼 때 그들을 과장하거나 폄하할 필요가 없다. 영국, 미국, 독일, 프랑스를 대하듯 러시아를 대하면 된다. 그리고 그들의 장단점을 꼬집어내듯이 러시아의 장단점을 읽으면 되는 것이다.

우리는 소련 붕괴 이전까지의 양대 이데올로기하에서 러시아를 구체적으로 보지 못했던 것이 사실이다. 물론 현재도 보드카와 마피아, 그리고 인터걸의 나라 정

도로 러시아에 대한 인식은 미흡하기 마찬가지이지만 우리가 경험한 추락한 러시아에는 함부로 그들을 무시 못할 무언가가 여전히 잠재해 있었다. 러시아를 '망한 부자의 나라' 라고 부르는 이유도 여기에 있다.

러시아를 어떻게 올바르게 독자 여러분들에게 소개할 것인지 생각해보았다. 그리고 고민 끝에 클래식 음악이 가곡 혹은 팝과 크로스오버하여 다른 음악을 전하는 것처럼 학술 논문이 아닌 흥미진진한 러시아에 관한 사적 경험들을 독자들에게 진솔하게 이야기해보기로 했다. 그래야 독자 여러분들이 가벼운 마음으로 러시아를 산책할 수 있을 것 같았다. 아무쪼록 이런 대중화의 노력을 통해 여러분들이 러시아를 가까운 친구의 나라로 받아들이기를 바란다. 지금까지 잘못된 편견을 없애고 그들 내부에 잠재된 긍정적인 모습들을 새로이 발견해보기를 바란다. 간혹 내용 자체에 의문이 제기될 수 있지만, 대부분의 이야기들은 우리 집필진 각자가 직접 경험하고 느낀 것들임을 밝혀둔다.

이 책에 도움이 될 만한 자료들을 모아준 후배 태준석과 윤용훈에게, 그리고 배재대학교 제자들에게 고맙다는 말을 전하고 싶다. 마을의 냇가에서 빨래를 하는 아낙네들처럼 하루 종일 이런 저런 이야기를 나누며 정겨운 시간을 보냈던 러시아에서의 지난날들이 벌써 좋은 추억으로 다가오는 듯하다.

2003년 6월
이길주, 한종만, 한남수

2부. 러시아의 역사와 유물

비교적 짧은 러시아의 역사

러시아의 자유주의 운동사

러시아의 역사와 함께한 모스크바

1부

러시아, 러시아 사람들

가도 가도 끝이 없고 지금 가도 또 지금인 나라

러시아 벌판, 광활한 대륙. 우리는 러시아를 부를 때 '대륙'이나 '벌판'이라는 단어를 끼워넣는다. 러시아의 총 면적은 1,707만 5,400km²이다. 면적에 나타난 수치로 보면 상당히 크다는 것을 짐작할 수 있다. 하지만 과연 그것이 어느 정도인지는 그리 실감나지 않는다.

그럼 지구를 여덟 조각으로 나눈 케이크라 생각해보자. 케이크는 어떻게 분배될 것인가? 당연히 한 조각이 러시아의 몫이다. 두 조각은 캐나다, 중국, 미국, 호주, 브라질의 몫이고, 다섯 조각은 나머지 182개국이 나누어 가져야 한다. 안타깝게도 우리 몫은 부스러기밖에 떨어지지 않기 때문에 눈을 크게 뜨고 지도를 보아야 겨우 찾을 수 있을 정도이다.

소련이 해체되기 전 그 곳의 면적은 더욱 광대했었다. 케이크 두 조각이 거의 소련의 몫이었다. 지구를 1/6이나 독식했던 것이다. 러시아는 1991년에 소련이 해체되면서 열 네 개의 공화국에게 자기 몫의 상당 부분을 떼어주었다. 그런데도 남은 면적이 그 정도이니 러시아를 대국이라고 부르는 것은 전혀 이상한 것이 아니다.

러시아는 남북의 길이가 2,500~4,000km이고, 동서의 길이가 9,000km이다. 지구를 거의 한 바퀴 돈다. 그래서 동서의 자오선을 따라가면 시자가 열한 시간이나 생긴다.

노르웨이
스웨덴
핀란드
무르만스크
폴란드
칼리닌 그라드
에스토니아
리투아니아
라트비아
상트페테르부르크
벨라루시
아르항겔스크
루마니아
우크라이나
볼로그다
몰다비아
모스크바
Komis
살레하르트
고리키
흑해
크라스노다르
페름
러
스베르들로프스크
시
토볼스크
그루지야
트빌리시
아르메니아
예레반
옴스크
톰스
아제르바이잔
바쿠
카스피해
아랄해
카자흐스탄
카라간다
투르크멘
발하시호
이란
우즈베키스탄
부하라
타슈켄트
사마르칸트
키르키즈
타직
아프가니스탄

러시아의 도시들과 이웃 나라들.

"이 나라는 참 이상해. 가도 가도 끝이 없고 지금 가도 또 지금이야…."

이런 노래를 자랑스럽게 불러대는 러시아인들. 그들이 부럽기만 하다.

면적이 얼마나 방대한지 러시아와 국경을 이룬 나라들도 많이 있다. 북유럽을 보자. 핀란드와 노르웨이가 있다. 동유럽에는 폴란드가 있다. 그보다 가까이에 벨라루시와 우크라이나가 있다. 발틱 연안에 에스토니아, 라트비아, 리투아니아가 있다. 중앙 아시아에 그루지야, 아제르바이잔, 카자흐스탄이 접경하고 있다. 시베리아 지역에 몽골이 있고, 극동 지역에 중국이 있다. 그리고 러시아 극동 한쪽 끝에 북한도 머리를 맞대고 있다.

그럼 러시아의 최북단은 어디인가? 북위 77도 3부, 동경 104도 18부에 위치한 타미르 반도의 첼류스킨 곶이다. 그 곳에 러시아 영의 섬들이 있고, 북위 81도 5부에 위치한 제믈랴 프란짜-이오시파 군도의 루돌파라는 섬이 러시아 최북단이다. 러시아의 최남단은 북위 41도 12부에 위치하고 있는 카프카즈 산맥의 정상 지점이다. 코카서스로 더 잘 알려진 이 지역에는 산수가 좋아 별장들이 밀집해 있고 장수 마을로서 세계적인 명성도 자자하다. 하지만 잦은 전쟁으로 지금은 매우 황폐해있다. 바로 근방에 체첸 공화국이 위치해 있기 때문이다.

러시아의 가장 서쪽 지점은 동경 172도에 위치한 칼리닌그라드의 발틱해 삼각주이다. 이 곳은 한국인들이 좋아하는 고급 호박의 원산지이다. 동쪽 국경은 9,000km 정도 떨어진 서경 169도 40부와 북위 66도 5부에 위치한 데쥬네프 곶인데, 그 곳에도 러시아 영의 섬들이 있어 베링 해협의 라트마노프라는 섬이 가장 최고의 동쪽 지점이다.

러시아 국토의 대부분은 동반구에 위치하고 있다. 하지만 추코트카 반도의 일부와 브랑겔랴 섬 일대는 서반구에 위치한다. 러시아는 열 시간의 시간대를 갖고 있는데, 주민이 적은 지역과 영해 지역은 자오선에 따라 시간대를 구성하고 있고, 인구가 많은 지역은 시간대를 자치 공화국이나 주의 행정 경계에 따라 운용하고 있다.

사계절과 백야

죽음을 각오하고 맞이하는 러시아의 겨울

러시아의 겨울은 10월 말부터 4월 말까지 지속된다. 1년 중 6개월이나 지속되는 것이다. 만일 눈 내리는 5월도 친다면 장장 7개월이 겨울이다. 그래서 나는 겨울이 올 때마다 '올해도 러시아의 겨울은 화창한 나의 봄을 빼앗아가겠군' 하고 푸념을 하곤 했다.

러시아의 겨울은 추위보다 바람이 매서웠다. 외투의 잠금 장치를 모두 잠그고, 가방을 좌에서 우로 둘러메고는 모자를 짓누르고 뒤로 돌아서서 걸어야 겨우 걸을 수 있을 정도다. 과장하면 웬만한 여성은 집에 돌아오기를 아예 포기해야 할 정도의 날씨이다.

바람이 심하게 부는 날에는 가급적 외출을 삼가야 한다. 출입구를 열자마자 들이닥치는 바람이 정말 무섭다. 이런 날에는 반드시 '샤쁘카' 라는 털모자를 쓰고 나가야 한다. 언젠가 젊은 기분에 모자를 쓰지 않고 넵스키를 산책한 적이 있었다. 건물이 빼곡이 들어 있는 넵스키에서는 그다지 추운 줄을 몰랐다. 하지만 집 근처의 해변 바람을 맞으니 온몸에 냉기가 스미는 것이 정신을 차릴 수 없었다. 하숙집 아주머니는 혀를 차며 나의 이런 객기를 심하게 나무라셨다. 아니나 다를까. 아파트에 들어와 더운 기운을 쬐니 온몸이 불덩이로 변하는데 3일 동안 침대에 쓰러져 꼼짝없이 누워 있어야 했다. 러

추위보다 바람이 매서운 러시아의 겨울.

시아에서는 겨울에 털모자를 쓰지 않고 외출하는 것이란 '자살 행위'나 마찬가지다. 실제로 모자를 쓰지 않고 외출했다가 죽는 사례들이 종종 발생하기도 한다.

러시아의 겨울은 화창한 햇살은 고사하고 어둠침침한 초저녁을 방불케 하는 날의 연속이다. 분명히 낮에 해가 중천에 떠 있더라도 구름에 가려 있어 당최 보이지 않는다. 방과후에도 마찬가지다. 오후 세 시쯤만 되도 이미 어둠이 드리워져 있다. 그래서 러시아인들은 겨울에 TV를 보고 독서를 하고 홍차를 마시고 잡담을 떨며 시간을 보낸다. 당구장과 볼링장 같은 위락 시설들이 있기는 하지만 평민들은 형편상 즐길 처지가 못 된다. 물론 스키나 얼음 낚시를 즐기는 사람들도 있다. 하지만 이것도 어느 정도지. 그들은 겨울 동안 집에 앉아 소일거리를 하며 시간을 보낸다.

러시아는 겨울에 지겨울 정도로 눈이 많이 내린다. 눈이 오는 날 연인과 낭만적인 데이트를 꿈꾸는 러시아인들은 거의 없다. 오히려 '저 놈의 쓰레기들, 또 시작됐네' 라고 짜증을 부리는 사람들이 많다. 그도 그럴 것이 제설 작업으로 인해 도로 양쪽에 산더미처럼 쌓이는 눈이 쓰레기장을 방불케 한다. 함박눈이 내리면 거리는 온통 무릎까지 눈이 쌓이고, 눈이 녹으면 사방이 온통 빙판처럼 미끄럽다. 땅이 말라 굳어지려고 하면 어느새 눈이 내려 다시 거리를 더럽힌다. 그러니 겨울에 세차를 할 필요가 없다. 차를 아무리 닦아

눈으로 뒤덮인 상트페테르부르크의 핀란드 만.

놓아도 밤새 눈이 내려 차를 더럽히고 진흙탕이 튀어올라 금새 엉망진창으로 만든다.

하지만 교외로 나가면 이름다운 겨울의 정취를 맛볼 수 있다. 한번은 방과후 차를 가진 동료들과 '레삐노'로 드라이브를 한 적이 있었다. 우리는 너나할것없이 시끌벅적 주절대며 오랜만에 자유를 만끽했다. 침엽수들이 가득한 숲을 배경으로 눈 덮인 '다차'(러시아 별장)들이 무척 아름다웠다. 하지만 가장 절경은 나무 위에 덮인 눈이 나무 모양대로 갖가지 포즈를 조화롭게 연출하는 광경이었다.

그날 드라이브의 하이라이트는 선배의 감탄 소리였다. 우리는 한 시간 정도 차를 타고 가다 휴식을 취하려고 길가에 차를 세웠었다. 그때 뒷자리에서 잠만 자던 선배가 차 문을 열며 큰 소리로 고함을 질러대었다. "야 바다다." 끝없이 펼쳐진 울창한 숲을 그는 바다로 착각한 것이다.

겨울이 남긴 상처를 치유하려고 잠시 나타나는 봄

이처럼 러시아의 겨울은 1년 중 7개월이나 기승을 부리지만 선선히 물러나는 법이 없다. 4월 내내 우박과 눈보라를 날리다가 금새 따뜻한 날씨로 둔갑하기를 여러 번. 그런 강짜를 놓다가도 힘을 잃으면 겨울은 교활하게 겨우내 처마에 주렁주렁 매달아두었던 고드름을 하나 둘 땅에 떨어트려 아파트나 도로변에 세워둔 자동차 유리창을 박살내고, 지나가는 행인들을 병원으로 실려 보낸 다음, 겨울의 짓궂음에 사람들이 서서히 인내의 한계를 드러낼 때쯤에야 슬쩍 자취를 감춘다. 그리고 러시아의 봄이 겨울의 상처를 치유하기 위해 우리 앞에 잠깐 모습을 드러낸다.

화창한 봄날 러시아인들은 이불과 양탄자를 밖에 끄집어내놓고 겨우내 묵은 먼지를 몽둥이로 털어낸다. 그리고 그것들이 땡볕에 마르는 동안 하루 종일 잔디밭에 누워 독서와 음악 감상을 즐긴다. 성질이 급한 사람들은 수영복과 비키니 차림으로 일광욕을 하기도 한다. 겨울의 변덕에 아예 봄맞이를 포기한 이방인들은 그제야 러시아에 봄이 왔음을 깨닫는다. 평상을 깔고 담소하는 노인들, 잠자는 아기를 유모차에 태우고 양지에 앉아서 책을 읽는 주부들, 훤히 비치는 옷차림을 하고 거리를 쏘다니는 처녀들, 휴식 시간에 캠퍼스에 모여 앉아 깔깔대는 대학생들. 봄을 맞이하는 러시아인들의 평화로운 모습들이다.

봄이 되면 러시아인들은 집단 농장의 자투리땅이나 다차의 텃밭에다 감자, 양파, 오이, 당근 같은 자신들이 즐겨 먹는 야채들을 경작한다. 러시아인들이 텃밭에 야채를 가꾸어 먹는 것을 경제난으로 인한 자구책이라고 이해하면 곤란하다. 러시아인들은 원래 매우 자연 친화적인 사람들이다. 그들은 자연과 동화되어 야생 딸기와 버섯을 따고 낚시를 하며 직접 가꾼 야채를 조리해 먹기를 무척 좋아한다. 나의 지도 교수 이리나 선생님도 텃밭 가꾸기에 열광적이었다. 그녀의 다차는 상트페테르부르크가 아닌 야로슬라블에 있었다. 그녀는 여름 방학 동안 다차에서 휴가를 보내며 먹을 야채들을 5월에 미리 파종하기 위해 매년 그 곳을 1주일 간 다녀오곤 했다. 기차로 13시간, 버스로 3시간, 그리고 걸어서 2시간을 가는 고향 길인데도 그녀는 상트페테르부르크에서 아예 씨앗, 모종, 묘목 등을 사서 짊어지고 고향을 다녀왔다. 평소엔 무척 엄격하기로 소문이 난 그녀지만 고향을 가는 날엔 마치 소녀처럼 변한다. 무거운 짐을 매고 기차역을 향하는 그녀의 표정이 얼마나 밝은지 짐

성질 급한 사람들은 이른 봄부터 수영복 차림으로 일광욕을 즐긴다.

봄볕을 즐기는 부인들.

을 들고 배웅하는 나도 덩달아 흥이 나곤 하였다.

날씨가 좋은 봄날은 거리마다 사람들로 넘쳐난다. 버스를 타고 넵스키 대로를 지나가다 보면 인파에 출렁이는 '갈색 물결' 들이 장관을 이룬다. 핀란드 만, 피터 요새, 그리고 키로프 공원 물가엔 일광욕을 하는 사람들이 인산인해를 이룬다. 겨우내 햇볕에 굶주린 러시아인들은 일광욕을 할 때 노출이 심한 편인데, 예쁜 처녀가 외진 공원 양지에 문자 그대로 '선글라스 하나만 걸치고' 일광욕을 하는 모습들도 가끔 눈에 띈다. 하지만 러시아의 봄은 5월 말부터 시험을 봐야 하는 학생에게는 그림의 떡이다. 밤 새워 시험 공부를 하다보면 세월 가는 줄 모른다. 그리고 무사히 시험을 치르고 휴식을 취하려다보면 낭만의 봄은 어느새 사라지고 없다.

러시아의 여름과 가을

러시아인들은 4계절 중에 여름을 가장 좋아한다. 6월부터 8월 말까지 계속되는 여름은 휴양의 계절이다. 그들은 추운 겨울을 소극적인 휴가철이라 부르고 여름은 적극적인 휴가철이라 부른다. 적당한 때를 골라 가족들과 2박 3일 정도 바캉스 계획을 세우는 우리와 달리 그들은 여름 내내 장기 휴가를 떠날 계획을 한다.

부자들은 불가리아나 이스라엘, 터키 같은 곳으로 한 두 달 휴양을 떠날 계획을 세우지만, 그렇지 못한 사람들은 가까운 다차나 고향에 가서 여름 내내 묵을 심산으로 짐을 꾸린다. 돈도 없고 다차나 고향이 멀리 떨어져 있는 사람들은 주말 낚시터나 텐트촌에서 시간을 보낸다. 그 곳에서 그들은 낚시를 해서 잡은 고기를 훈제해 야채에 버무려 먹고, 겨울을 대비해 산딸기로 잼을 만들거나 버섯을 조리한다.

이처럼 여름 휴가는 학생들만의 몫이 아니라 모든 러시아인들에게 필수적인 연중 행사이다. 때문에 행정 당국은 도시가 한산한 틈을 타 보일러를 수리하고 실내 수영장의 문도 닫는다. 그렇게 어영부영 시간을 보내다 보면 러시아는 어느덧 가을로 접어든다.

가을이 오면 러시아는 장기간 동면에 들어갈 채비로 분주하다. 이미 10월 중순이면 서울이 오기 때문에 러시아인들은 9월이 되면 외투를 꺼내 손질하기도 하고 내복과 스웨터를 빼는가 하면 샤쁘카를 문 옆에 비치해둔다. 집안의 모든 창문들을 테이프로 바르거나 비닐로 덮어씌우고 창고에 비치해두었던 잼, 저린 오이, 버섯 등을 정비한다. 러시아의 가을은 매우 짧다. 10월 말이면 낙엽이 거의 떨어져 가지만 앙상하게 남는다. 그래서 가을에 대한 추억은 그리 많지 않다. 이미 결혼한 친구들은 오색 낙엽이 눈처럼 쌓인 아름다운 공원에 무리로 몰려가 수려한 자연을 배경으로 멋진 사진을 찍곤 했지만 짝이 없던 나는 처량히 방에 앉아 가을 지는 모습조차 보려 하지 않았다.

백야

상트페테르부르크의 5월은 백야가 한창이다. '해바라기'를 방해한 겨울의 농간에 시달린 인간의 한풀이를 해주려는 듯이, 상트페테르부르크의 자연은 5월부터 8월까지 대낮같이 밝은 밤을 연출해준다.

나는 평생 잊지 못할 데이트를 하고 싶은 사람들에게 백야 철에 네바 강둑을 한번 걸어보라고 권하고 싶다. 빛의 강도는 낮과 다르지만 네바 강에 반사되어 떠오르는 빛의 파장이 그만이다. 네바 강의 잔잔한 은빛 물결을 바라보며 걷다보면 우리의 바쁜 일상의 고민들이 모두 어디론가 사라지는 듯하다.

그리고 백야 현상과 조화를 이룬 문명의 군상들이 하나 둘씩 파노라마처럼 펼쳐진다. 네바 강 저편에 현란한 조명을 받아 자태를 은은히 뽐내고 있는 이삭 사원, 궁전 다리 너머로 과거의 놀라운 영화를 그대로 재현해놓은 듯한 에르미타쥬, 큰 네바 강과 작은 네바 강이 갈라지는 저편에 우뚝 솟아 있는 피터 요새, 강 양쪽으로 빽빽이 들어찬 귀족 저택들과 상트페테르부르크 국립 대학, 과학 아카데미, 인류학 박물관, 동물 박물관, 전쟁 박물관, 바실리 섬의 등대 등 백야에 펼쳐지는 상트페테르부르크의 네바 강변 모습은 과히 일품이다. 마치 '타임 머신'을 타고 도스토예프스키의 마카르 제부쉬킨과 바르바라가 애절한 연서를 주고받는 맘 설레는 현장에 있는 듯한 착각을 불러일으킨다.

대낮 같이 밝은 백야 풍경.

선박이 운행되도록 제 시간에 맞춰 차례로 올라가는 네바 강의 다리들.

대화를 주고받다보면 어느덧 새벽. 이제 네바 강의 다른 명장면이 연출될 때다. 상트페테르부르크의 200여 개의 다리 중 네 개의 다리가 선박이 운행 되도록 열리는 시각이다. 이때 바실리 섬과 넵스키를 오가는 차량들은 모두 통행이 금지된다. '모스트 레이치난타 슈미타' 다리, '드바르초비 모스트' 다리, '비르제보이 모스트' 다리, '루치코프 모스트' 다리가 제 시간에 맞춰 하나씩 올라간다. 그럼 '부웅' 하는 뱃고동 소리와 함께 대형 선박들이 운행 을 시작한다.

개폐식 다리들은 '드바르초비 모스트'를 중심으로 1시 40분부터 2시 10 분까지 차례로 열린다. 다리가 열리면 귀가는 불가능하다. 따라서 맨 처음 올라가는 다리를 건너지 못한 사람들은 그 다음에 열리는 다리로 차를 급히 몰아 넘어야 하는데 이럴 때 정말 스릴 만점이다. 하지만 다리를 넘지 못한 사람들은 잠시 차에서 선잠을 취하다 3시부터 20분 간 다리가 내려오는 틈을 타 귀가해야만 한다. 하지만 피곤을 이기지 못해 차 안에서 잠들어 시각을 놓친 사람들은 어쩌겠나, 5시까지 꼬박 밤을 새워야 한다.

'드바르초비 모스트' 가 올라가는 시각이면 젊은 데이트 족들이 몰려온다. 다리가 올라가면 그들은 기타를 치고 노래를 부르며 춤도 추고 맥주를 마시느라 야단 법석이다. 그런 소음들을 뚫고 '바실리 섬 등대' 저쪽으로부터 구성진 색소폰 소리가 은은히 울려퍼진다. 나는 야경을 구경하러 네바 강을 나올 때마다 수염이 덥수룩한 초로의 무명 악사에게 노래를 하나 청해 듣고 섭섭하지 않을 정도로 사례를 지불하곤 했다.

러시아 사람들의 기질

에로스 없는 사랑은 거짓말

내가 러시아에서 가장 적응하기 힘들었던 것은 러시아의 개방된 성 문화였다. 영화에 완전히 노출한 남녀가 낯뜨거운 정사를 벌여도 가족들이 함께 모여 킥킥대며 시청하는 것도 그랬고, 딸이 애인을 집에 데리고 오면 엄마가 알아서 자리를 피해주는 것도 그랬으며, 시도 때도 없이 즐기는 그들의 왕성한 성 생활을 알고도 모르는 척 딴청을 피워야만 했던 것도 그랬다.

러시아인들의 성 의식은 개방적일 뿐 아니라 몹시 관대하기도 했다. 하숙집 주인에게 레나라는 18세의 딸이 있었고, 그녀에게는 세료자라는 약혼자가 있었다. 주인 아저씨는 어느 날 그녀의 약혼자 사진을 내게 보여주며 그가 레나의 '세 번째' 남자라고 말했다. 처음엔 레나가 단순히 청소년 시절에 이성 교제를 나눈 세 번째의 남자인 줄 알았다. 하지만 그것은 레나와 육체적인 관계를 맺은 남자 중 세 번째라는 뜻이었다. 그런데 하숙집 주인 부부는 자기의 딸이 15세부터 조숙한 장난을 저지른 것에 대해 조금도 개의치 않았다. 오히려 그런 아픔을 통해 레나가 좋은 신랑감을 구한 것에 대해 뿌듯해했다.

현대적인 시각으로 볼 때 그들의 생각이 오히려 합리적일 수도 있고 잘못될 것도 없지만, 보수적인 가정 교육을 받은 나로서는 그런 정서를 가진 사람

결혼 서약을 하는 신랑과 신부.

들과 한집에서 지내는 것이 쉽지만은 않은 일이었다. 러시아의 아파트는 주로 한국의 17평형 소형 아파트 수준인데, 현관문을 열면 왼쪽에 화장실과 목욕탕이 있고, 그 너머에 부엌과 거실 공용의 공간이 있었다. 그리고 ㄴ자로 된 복도를 끼고 현관에서 오른쪽으로 방 두 개가 연이어 붙어 있다. 문제는 아파트의 벽이 벽돌로 만든 것이 아니라 콘크리트 조립식 벽으로 만들어져 있다는 것이다. 관음증 환자처럼 의식하며 듣는 것도 아닌데 밤마다 이상한 소리가 들려온다. 호기심도 한두 번. 매일 듣기란 고역이다. 결국 나는 그 집을 떠날 수밖에 없었다. 고상한 척한다고 말하지 말라. 내 입장이 되어보지 않고서는 말이다.

　나는 파격적인 이국 문화에 놀란 이방인처럼 택시 운전사들에게 이런 사실을 넌지시 말하고 반응을 들어보곤 했다. 그럴 때마다 그들은 백이면 백 부부의 '밤일'은 당연한 권리이고 본능인데 뭘 그리 유난을 떠느냐며 오히려 날 이상한 사람처럼 쳐다보았다.

　"그래도 너무 드러내잖아?"

　"자기 집인데 무슨 눈치. 넌 결혼도 안 했니?"

　"아니."

　"애인도 없어?"

　"없어."

　"몇 살인데?"

　대화가 이 정도면 운전사들은 십중팔구 황당하다 못해 아주 불쌍하다는 표정을 지으며 나를 바라보다 은밀한 감정을 짓누르려는 듯이 담배를 길게 빨고는 내게 진지하게 말하곤 했다.

　"너 무슨 재미로 인생을 사니? 저기 수도원에 내려줄까?"

　러시아인들은 성을 자연의 이치이며 본능이라고 생각한다. 성에 대한 욕망을 불결하다거나 비윤리적인 행위라고 보지 않는다. 정도를 벗어나 암암리에 즐기는 일탈도 일단 이해해보려고 노력한다. 그들은 가령 청소년들에게 이성과의 때아닌 육체적인 접촉이 신체뿐 아니라 정신을 멍들게 한다고 조심을 신신당부하지만, 일단 사건이 터지면 그들에게 야단을 치기보다는 마음은 쓰리지만 그들도 '자연을 거역하지 못해 생긴 불가항력적인 일'이라며 그들을 이해하려고 애를 쓴다. 인간에게 에로스 없는 사랑을 강요하는 것은 잔인한 발상이라나?

그에 못지않은 금욕주의

영국의 모 피임 회사가 세계의 성 풍속을 조사해본 결과 러시아인들이 세계에서 두 번째로 성을 즐기는 국민이라고 보고한 적이 있다. 내가 보기에도 신빙성 있는 보고이다. 러시아인들은 성을 즐긴다. 하루에도 몇 번씩, 가끔 시간과 장소는 물론 옆방에 누가 있는지 상관하지 않고 섹스를 즐긴다. 한번은 친한 한국 여학생이 찾아와 주인집 딸이 남자 친구와 잠자리를 같이하며 고함치는 소리가 하도 듣기 역겨워 문을 박차고 뛰쳐나왔다고 하소연했다. 70세의 할아버지가 환갑이 넘은 주인집 할머니를 찾아올 때마다 슬며시 집을 비워주어야 했던 나도 그녀의 심정을 십분 이해할 만했다.

러시아인들이 성에 집착하는 것에 대해 많은 사람들이 다양한 이유를 대고 있다. 혹자는 자연 환경 때문이라고 한다. 매우 일리 있는 말이다. 겨울을 생각해보라. 하루 중 낮이 일곱 시간이고, 나머지가 밤이다. 얼마나 지겹겠나. 어둠 속에 건강한 사람들이 무슨 생각을 주로 할까? 곰이 겨울 내내 동면을 하듯 러시아인들은 겨울 내내 잠자리를 즐긴다? 이것은 그다지 과장된 얘기는 아닐 것이다.

섹스로 답답한 일상을 탈출하려는 심리 때문이라는 이유도 있다. 이것도 맞는 얘기다. 러시아에는 스트레스를 풀 공간이 부족하다. 놀랍게도 그 넓은 땅에 학교 운동장이 설치되어 있지 않다. 지역 체육관과 실내 수영장이 있기는 하지만 이용하려면 비싼 돈을 지불해야 장소를 대여한다. 소시민들, 특히 청소년들과 대학생들이 술집과 당구장, 볼링장을 이용하기에는 주머니 사정이 너무 역부족이다. 물론 나이트 클럽도 있지만 이것도 입장료가 만만치 않다. 그래서 러시아인들이 주로 여가를 즐기는 것은 맥주를 마시며 거리를 산

러시아인들은 사고와 풍습 자체가 정교화되어 있다.

보하는 것과 간단한 운동을 하는 것, 그리고 집에서는 TV 시청이나 독서를 하거나 수다를 떨며 홍차를 마시는 것이 전부다. 때문에 사람이 욕망으로 관심이 기울어지는 것은 당연하다.

하지만 그들의 성에 특별한 이유를 달 필요는 없는 것 같다. 그것은 먹고 살 것이 없어 마냥 구호품을 기다리는 아프리카 난민들이 왜 그리 많은 아이들을 낳았는지 의문을 품는 것과 같다. 그것은 그들의 사생활이다. 단지 이방인의 눈에 이상하게 보였던 점은 그들이 섹스만큼 금욕적인 생활에도 지대한 관심을 보인다는 점이다.

러시아인들은 사고와 풍습 자체가 정교화되어 있다. 그것은 언어에도 잘 나타나 있다. 일례로 너무 힘들거나 기막힌 상황일 때 '세상에' 라는 말을 그들은 '보제 모이'(나의 하나님)라고 표현한다. '제발' 이라는 부탁을 할 때도

'라지 보가' (하나님을 위해)라고 말한다. '안녕히 가십시오'라는 말도 '이지체 스 보곰'(하나님과 함께 가시기를)이라고 표현한다. 또한 그들은 성탄절과 부활절, 대제기, 성모제, 오순절, 성모 탄신일, 성베드로제 등 종교 명절의 의미를 마음으로나마 기리려고 한다. 독실한 신자들은 집안에 제단을 차려놓고 시간에 맞추어 의식을 이행한다. 제단에는 자신이 좋아하는 성화 몇 개와 촛대 그리고 성찬 도구들이 갖추어져 있다. 그들은 식사를 할 때 간단히 묵도하는 개신교와는 달리 기도문과 찬양 의식을 병행한 후 성호를 긋고 밥을 먹는다. 내가 아는 젊은 학자는 커피를 한 잔 마시는 데도 성호를 긋고 기도문을 읊조렸다. 주일에 성당에 가지 않는 평범한 러시아인들도 집에 성화를 걸어놓는 모습들을 흔하게 볼 수 있다.

때문에 러시아인들은 성을 건강하게 즐기는 것이 아니라 매매를 하는 일에 대해서는 상당히 보수적인 시각을 가지고 있다. 러시아에 유흥가는 있어도 사창가는 없다. 아마 자본주의 국가 중 특정 지역을 사창가로 정하고 호객 행위를 하고 있지 않은 나라는 러시아밖에 없을 것이다. 러시아 매춘은 '길거리 헌팅 매춘'과 호텔과 고급 술집의 '더불어 매춘', 영세한 '소개 매춘', '콜걸 매춘'이 거의 전부이고, 그러한 형태들도 매우 영세한 편이다.

서방의 다른 나라들처럼 매춘이 조직화되어 있지 않다 보니 간혹 윤락녀들이 몸을 팔다가 살인을 당하거나 폭행과 실종을 당하는 문제들이 사회의 심각한 문제로 떠오르기도 했다. 한 번은 이 문제를 해결하기 위한 방안으로 공창 설립에 관한 토론회가 TV에 개최된 적이 있었다. 그런데 놀라운 것은 나의 선입견에 비해 토론회에 참가한 패널들이 공창 제도에 많은 반감을 가지고 있다는 점이었다. 누드 모델로 활동하는 여성이 그날 토론에 출연해 법적 보호를 받지 못하는 윤락녀들의 인권 유린 실상을 상세히 고발하며, 그들에게도 법적인 보호 장치가 필요하다고 역설했다. 하지만 누드 모델을 위시해 그날 공창을 두둔한 패널들은 문제 의식만 나열할 뿐 내용을 용의 주도하게 준비하지 못했고 더군다나 도덕적인 피해 의식에 밀려 당당하게 행동하지도 못했다.

남성 프로그램 '아담의 사과'에 고정 출연하는 성 전문 상담가는 "건전한 성은 질내 권장하나, 성이 상품화되는 것은 철저히 막아야 된다"는 논리로 누드 모델의 말을 일축했다. 윤락녀들의 보호 및 통제 그리고 예상치 못한 고객들의 전염병을 방지하는 차원에서라도 특구를 지정해 사창을 만들자는 타협이 나왔다. 하지만 사회악은 처음부터 뿌리를 뽑는 것이 상책이라는 주장이 더욱 컸다.

공창이나 사창을 반대하는 러시아인들의 이유는 간단했다. 신이 원치 않는 일을 인간이 굳이 자신의 편의대로 제도화하는 것은 불경하다. 러시아인들이 그리스도의 인류애를 실천하지는 못할 망정 인간을 돈 주고 매매하는 제도를 만들 수는 없다는 논리다. 매춘 여성들을 제도권 밖에 묶어놓고 보호하지 않는 것이 당신들이 말하는 인류애인가 하는 주장도, 톨스토이도 부녀자를 강간하고 윤락가를 드나들었다는 주장도 전혀 먹혀들어가지 않았다. 성이 사생활 차원을 넘어 매매의 대상이 되는 것은 절대 불가하다는 결론으로 그날 토론은 끝이 났다.

작은 선물에 감동하는 사람들

러시아인들은 선물을 주고받는 것을 무척 좋아한다. 옛날엔 장미꽃, 샴페인, 케이크, 보석, 화장품 같은 그럴 듯한 선물들이 주종을 이루었지만, 돈에 대한 압박감이 심한 지금은 값이 저렴하고 실속 있게 사용할 수 있는 생필품들이 선호되고 있다. 형편이 못 되는 사람들은 산딸기 잼이나 저린 오이를 창고에서 꺼내 자기를 잊지 않고 초대해준 주인공에게 축하와 감사의 표시를 다하려고 노력한다. 주인공은 일단 받은 선물에 대해 좋든 싫든 최고의 감탄사를 연발한다.

"야, 잼이 아주 달고 맛있는데? 오이도 아주 새큼하게 잘 익었어."

이것은 선물을 준비한 상대가 마음을 상하지 않게 하기 위한 주인의 특별한 배려이다. 중요한 것은 그들이 이런 말을 단순한 인사치레가 아닌 진심에서 우러나오는 마음으로 하고 있다는 것이다. 그들은 각별한 정성이 들어갔거나 특별한 사연이 담긴 선물을 책상이나 선반 위에 올려놓고 오랫동안 감상하며 선물을 준 사람의 마음을 기억하려고 노력한다.

러시아인들은 평시에는 쉽게 속내를 드러내지 않지만 마음의 선물을 받게 되면 감동하며 그를 친구로 받아들인다. 그러나 자존심이 강한 그들은 무리한 선물에 대해서는 면전에 감사하다는 말을 할지는 몰라도 속으로는 상당히 거북해해 오히려 마음의 문을 잠가버리는 경향이 있다.

러시아인들의 이런 정서를 몰라 한동안 마음 고생을 한 적이 있다. 전공 교수 이리나 선생님은 학문에 전념하다 혼기를 놓쳐 말년을 홀로 보내고 계셨다. 가끔 입양한 딸의 가족과 친척들이 집을 찾아와 법석을 떨고 가기는 하지만 선생님은 늘 혼자였고 외로워하셨다. 난생 처음 스승을 모신다는 사명감에 나는 명절을 홀로 보내는 선생님을 그냥 보고 넘길 수가 없었다. 그래서 명절 때마다 작은 선물을 시도해보았다. 그런데 선생님은 다른 학생들이 가져오는 선물은 기쁘게 받으시면서 나의 선물은 철저히 거부하셨다. 한 번은 선생님이 거절하는 정도가 너무나 완고해 "선생님은 저를 사랑하지 않으시는군요"라고 농담조로 말해보았다. 선생님은 펄쩍 뛰시며 그게 아니니 제발 오해 말라고 나를 다독거려주셨다.

그럼 왜 그러실까? 평소 진한 애정을 가지고 나를 대하다가 정작 선물 얘기만 나오면 정색을 하는 선생님. 나는 당연히 제자로서 무척 서운했다. 하지만 선생님에 대한 이런 서운함은 얼마 지나지 않아 풀어졌다. 나는 현지의 어려운 경제 사정을 고려해 언제나 선생님이 실용적으로 사용할 수 있는 물건을 고르려고 애를 썼다. 당연히 내가 구입한 물건들은 백화점이나 수입품 센터에서 판매하는 비교적 '고급 물건'이었다. 나는 한국서 경품으로 받은 유무선 전화기를 가져와 선생님께 선물했다. 그것은 선생님 댁 전화보다 훨씬 예쁘고 세련된 자동 전화기였다. 선생님은 약간 관심을 보이시더니 '지금 전화기도 충분하다'며 거절했다. 커피 메이커도 마찬가지였다. 스위치만 누르면 자동으로 커피가 만들어지는 기계를 선생님은 흥미롭게만 바라보실 뿐 내게 필요한 물건이 아니라며 받기를 거절한 것이다.

선생님은 '너무나 화려한' 내 선물에 당신도 비슷한 선물을 해야 하는데 능력이 안 될 뿐더러 물건만 받고 부가 경비를 감당 못해 사용하지 않으면 나의 맘이 상할까봐 아예 받지 않은 것이다. 반면 러시아 학생들의 과자, 과일, 볼펜, 손수건 같은 선물들은 얼마나 학생들이 그것을 준비하려고 고심했는지를 잘 알고 있기 때문에 감사히 받은 것이다.

그래서 나는 연말연시에 선생님이 기뻐할 선물을 해보기로 마음먹었다. 비싼 것은 거부할 것이고 싼 것은 선생님을 욕보이는 것 같아 마음이 편치 않았다. 나는 일단 질문을 빙자해 선생님 댁을 방문한 후 품목을 고르기로 했다. 선생님 댁은 명절이라고 하기에 너무나 쓸쓸했다. 러시아는 신년에 추리를 장식하는데, 선생님 댁에는 흑백 텔레비전에 참나무 가지 몇 개만 장식되어 있는 것이 전부였다.

나는 그 길로 시장에 나가 작은 나무 한 그루를 샀다. 그리고 정성껏 장식한 후 선생님께 가지고 갔다. 전구들이 어둔 방을 환히 밝히자 선생님은 기쁨을 감추지 못했다. 그녀는 나의 깜찍한 발상에 감격하며 홍차와 다과를 내왔다. 처음으로 선생님 댁에서 차를 마시는 순간이었다. 우리는 그날 많은 대화를 나누었다. 선생님은 고향 야로슬라블에 관해 많은 이야기를 해주었고, 네크라소프의 칼라판 시집을 내게 선물했다. 나는 감격과 감사의 뜻으로 우리 식으로 큰절을 올리고 집을 나왔다. 한참 후에 나는 알게 되었다. 그날이 선생님이 나를 제자로 받아준 날이라는 것을. 동화처럼 아름다운 이 이야기는 나에게 많은 것을 생각하게 해주었다. 그 일이 있은 후 나는 러시아인들의 마음을 여는 방법이란 다름이 아니라 자기의 진심을 보이는 것임을 알게 되었다.

나는 방학 때마다 통역과 관광 안내로 학비를 벌어야 했다. 그때마다 스타킹, 담배, 머리핀, 라이터, 청바지 같은 물건을 가지고 와 러시아인들의 환심을 사려는 한국인이 너무나 많다는 사실이 못내 놀라웠다. 하지만 그들은 대부분 여행 말미에 이런 말을 했다. "러시아가 하도 못산다, 못산다 해서 만일을 대비해 선물을 사왔는데 그게 아니야." 그들은 고스란히 남은 선물을 나보고 가지라고 했다. 그때마다 나는 고객들에게 직접 러시아 사람들에게 나눠주라고 충고했다. 나의 고객은 머쓱히 웃다 용기를 내어 헤어짐이 아쉽다는 표정을 지으며 선물을 나누어주곤 했다. 그리고 환한 미소로 선물을 끌러보는 그들의 모습에 몹시 흡족해하곤 했다.

하지만 '이 정도는 얼마든지 공짜로 줄 능력이 있는 사람이니, 내게 잘 보여라' 는 식으로 물건을 살포하는 사람도 있었다. 그들 중 더욱 악질은 물건을 보여주며 '내게 무엇을 해주면 공짜로 줄 것이다' 라고 흥정하는 부류였다. 실제 내가 경험한 예를 소개해보겠다. 하루는 커피를 마시려고 카페에 가고 있었는데, 낯선 한국인이 달려와 통역을 부탁했다. 세상에! 그는 러시아에 청바지가 귀하다는 '구닥다리' 말을 어디서 듣고 싸구려 청바지를 '인터걸' 에게 들이대며 몸값을 흥정하는 것이다. 어이가 없는지 인터걸은 나를 보고 "뭐 이런 ××이 있냐"고 욕을 하며 통역을 부탁했다.

가난하지만 삶의 기쁨을 아는 사람들

러시아의 작가들 중에 네크라소프라는 유명한 시인이 있다. 그는 평생 나라의 주인이 되야 할 민중이 오히려 소수의 권력자들의 노예가 되어 억압받는 러시아 사회를 통렬히 비판한 시인이다. 이런 현실을 곱씹은 그의 작품으로 '러시아에는 누가 살기 좋은가?' 라는 말년 걸작이 있다. 시인이 죽은 지 150년이 지났건만 러시아에는 아직도 위의 제목과 같은 불공평이 고스란히 남아 있었다. 내가 처음으로 러시아에 갔던 1992년에는 달러를 가진 사람이 최고였다. 즉 달러가 없는 러시아 평민들은 찬밥 신세였고, 달러가 있는 몇몇 내외국인들에게 살기 좋은 나라가 바로 러시아였다. 덕분에 한국의 프롤레타리아 출신인 나도 그들의 부러운 시선을 한몸에 받으며 한동안 마음껏 폼을 잡고 살 수 있었다.

모스크바를 거쳐 구(舊) 러시아의 수도 상트페테르부르크에 정착해 곧바로 현지인의 집에 방을 하나 얻어 살게 된 나는 하숙생이 아니라 귀빈이었다. 당시 나는 매달 50달러를 하숙비로 지불했다. 그럼 중개인이 15달러를 챙기고 35달러를 주인에게 넘겨주었다. 물론 주인은 속으로 억울해했지만 자기가 받는 금액에 대해서는 아주 만족스러워했다. 당시 35달러는 하숙집 주인의 1년치 월급이었다. 하숙집 식구들은 방 두 개, 부엌, 욕실, 화장실이 딸린 소형 아파트에서 살고 있었다. 그들은 내게 큰방을 주고, 자기들은 장성한 딸과 작은 방을 사용했다. 그들의 지나친 호위가 부담스러워 나는 작은 방을 달라고 했지만, 그들은 내가 집을 나가겠다고 할까 두려웠던지 나의 청을 간곡히 거절했다.

당시에는 돈이 없거나 혹은 가격이 너무 비싸서 물건을 못 사는 경우는 거의 없었다. 나는 장소 불문하고 필요한 물건이 있으면 친구들과 택시를 대절해 사오곤 했다. 그렇다고 돈을 물 쓰듯 쓴 것은 아니다. 물가가 그만큼 저렴한 것이었다. 1,500원만 있으면 방과 후 15분 정도 택시를 타고 레닌그라드 호텔에 가서 뷔페 음식을 먹고, 다른 택시를 타고 돌아올 수 있었다. 비행기를 타고 상트페테르부르크 – 모스크바를 왕복해도 5,000원 이하였다. 서울의 명동이라 할 수 있는 넵스키 거리에서 점심을 먹고, 영화를 보고, 책방에 들러 몇 권의 책을 사노 1,000원 미만이었다. 한번은 주인집 딸 레나가 갑자기 내 방문을 두드렸다. 그녀는 부모님이 시장을 보라고 준 돈을 갑자기 다른 데에 급히 쓸 일이 있어 반찬 거리를 살 수 없게 되었으니 돈을 좀 빌려달라고 했다. 당황하고 곤혹스러워 하는 레나의 모습이 너무 예쁘고 귀여워 나는 산책도 할 겸 그녀와 함께 시장에 나갔다. 나는 그들의 주식인 감자, 양파, 당

네크라소프.

근, 오이, 웬만한 사내아이 머리보다 네 배는 더 큰 수박을 한 통 사주었다. 그리고 집에 돌아오는 길에 러시아 아가씨들이 가장 좋아하는 외제 초콜릿도 한 개 사주었다. 당연히 레나의 입은 함박 벌어졌다. 그렇게 해서 내가 쓴 돈은 3,000원 미만이었다. 즉 하숙비를 포함해 한 달에 10만 원이면 생활비가 풍족하던 시절이었다.

하지만 현지인들의 주머니 사정은 달랐다. 시시각각 치솟는 물가에 망연자실한 채 가게 문을 열고 밖으로 나가는 사람들이 상당히 많이 있었다. 나는 상점에서 경리를 보던 주인 아주머니를 통해 당시 경제 사정의 심각성을 알 수 있었다. 한 번은 어떤 현역 장교가 고기 진열장을 기웃거리다가 계면쩍어하면서 앙상한 뼈 하나를 가리키며 '얼마냐'고 물었단다. 그런 것은 옛날 같으면 거저 줘도 먹지 않았던 것인데, 그녀는 사람들 몰래 눈치껏 그의

푸줏간 풍경.

손에 뼈를 쥐어주었다고 했다. 그리고 어떻게 현역 장교가 고기도 사지 못해 뼈를 구걸하는지 도저히 이해할 수 없다며 속상해했다.

노인들 사정은 더욱 비참했다. 주인 아주머니의 말을 빌리면, 빵 값이 몇 배로 치솟아 오른 것도 모르고 옛날 구입하던 습관대로 돈을 들고 나와 낭패를 보고 돌아가는 노인들이 매우 많이 있었다.

"할머니, 그건 옛날 값이고, 지금은 열 배나 올랐어요."

리고 아주머니가 말하면, 어떤 노파는

"에구, 에구."

하며 눈물을 흘린다고 했다. '정말 울더냐' 고 내가 물으니, 아주머니는 '물론' 이라고 말하며, 그것도 '돈이 부족해 우는 것이 아니라 배가 고파서 우는 것' 이라고 대답했다.

내가 배운 러시아어 교과서에는 늘 아파트를 무상으로 공급받는 소련 인민들의 이야기가 실려 있었다. 아파트 내부 '첨단' 시설을 일일이 열거하며 '소련인은 너무나 행복하게 산다는 것' 을 선전하는 것이다. 그러나 내가 현지에서 본 아파트는 한국의 평범한 서민 아파트보다 못한 수준이었다. 20년 된 건물은 그래도 정상이었다. 30~40년 된 낡은 건물들도 비일비재했다. 한 번은 어떤 부인에게 언제 이사를 가느냐고 물어본 적이 있다. 그녀는 '언제 이사 가나?' 라는 말이 자기들의 푸념이라고 쓸쓸히 대답했다.

엘리베이터도 낡기는 마찬가지였다. 나는 엘리베이터를 무시무시한 '괴물' 이라고 불렀다. 엘리베이터를 타면 문명에 감사하고 싶은 마음이 절로 없어진다. 러시아 엘리베이터는 작동을 하는 즉시 '지지지지…', '차악… 차악…' 하는 이상한 소리가 난다. 이는 승강기의 몸통을 지탱하는 밧줄이 풀리고 감기는 소리이다. 승강기가 고층으로 오르면 줄이 감겨 몸통에 차곡차곡 쌓이고, 아래층으로 내려가면 줄이 팽창되어 풀리는 소리이다. 어떤 엘리베이터는 밧줄이 풀리거나 감기는 모습들이 보이기도 한다. 이런 곳에 전구마저 꺼져 있으면 낭패를 보기 십상이다. '괴물의 고성' 을 들으며 어둠 속에서 승강기를 타기란 무척 겁이 난다. 승강기가 제 층을 찾아 올라가 문이 열리면, '살았다' 는 탄성이 절로 나온다.

대학도 열악하기는 마찬가지였다. 상트페테르부르크 국립 대학교(과거 레닌그라드 대학교)는 전통과 명예를 자랑하는 러시아의 최고 명문이다. 수많은 저명 인사들이 이 대학을 졸업했다. 푸틴 대통령도 젊은 시절 이 대학에서 공부하며 미래를 꿈꾸어왔다. 하지만 명성에 비해 대학 시설은 상당히 낙후되어 있었다. 나는 30촉짜리 전구 하나 천장에 달랑 매달린 대학의 지하 강의실에서 곰팡이 냄새를 맡아가며 공부를 했다. '새마을 운동' 마지막 세대인 내게 열악한 강의 시설은 그다지 문제 될 게 없었다. 하지만 지금도 가슴 아프게 기억나는 것은 대학의 모 교수님이 점심 식사를 할 곳이 없어 부서진 책걸상이 쌓인 복도 한구석에 서서 도시락을 먹는 모습이다.

내가 보았던 전환기의 러시아는 이렇게 추락되어 있었다. 사회의 모든 구조들이 뒤죽박죽 정체, 마비되어 있었다. '만국 노동자의 노래'를 부르며 자신들이 소련에 살고 있다는 자긍심에 젖어 환희와 감격의 눈물을 흘린 그들의 애국심도 사라지고 없었다. 국기에 대한 경외심도 전혀 없었다. 텔레비전이 종영될 때도 '애국가' 대신 'TV 끄는 것을 잊지 말라'는 당부의 말만 틀어주었다. 러시아를 위해 과거 선배들이 노력했던 수고와 봉사들이 너무나 헛되게 유지되고 있었다.

완전히 몰락한 것만 같았던 러시아의 가능성을 보게 된 것은 아주 우연이었다. 나는 네바 강변을 걷고 있었다. 겨우내 차비를 아끼려는 사람들에게 훌륭한 지름길이 되어주었던 네바 강의 얼음이 해빙기를 맞아 어느 새 여러 조각으로 동강나 어디론가 흘러가고 있었다. 얼음 위엔 오리들이 앉아 있었고, 하늘엔 갈매기와 갈가마귀들이 날아다녔다. 많은 인파가 강가에 모여 만면의 미소를 띄우며 새들 곁에서 담소를 나누고 있었다. 그들은 대부분 손에 뭔가를 들고 있었다. 가까이 다가가 보니 그것은 빵이었다. 당시 그들에게 한 조각의 빵이 얼마나 소중한 것인지 나는 잘 알고 있다. 그런데 그들은 새들에게 빵을 나누어주고 있었다. 망한 사람들에게 절대 볼 수 없는 풍요를 그들을 통해 볼 수가 있었다.

대자연의 아름다움에 감사하며 굶주린 새들에게 소중한 빵을 아낌없이

대부분이 낡아빠진 엘리베이터. 이 정도면 아주 양호한 편이다.

나누어주는 러시아인들. 그들은 삶의 기쁨을 아는 사람들이었다. '괜찮아, 곧 좋아지겠지'라고 마음을 달래며 자신의 처지를 낙관하는 그들은 더 이상 패배자가 아니었다. 어떤 고난과 역경이 찾아와도 끝내 이겨낼 것 같은 대국의 여유와 자존심이 넘쳐 흘렀다. 얼마 전만 해도 그토록 갈망하던 이상 세계가 한낮 허상에 불과하다는 사실을 통감하며, 미래를 향해 새로이 비상의 날개를 준비하는 망한 부자들의 의연한 모습이었다.

불행은 신의 축복

러시아인들은 '괜찮아'라는 말을 자주 한다. 러시아어로 '괜찮아'는 '니체보'라고 발음되며 좋지도 나쁘지도 않고 나빠도 충분히 참을 수 있으며 참다보면 언젠가 좋은 결과가 올 것이라는 기대감이 내포된 말이다. '너 어떻게 지내?'라고 물으면 상대방은 '니체보'라고 대답하거나 혹은 '니체보, 프쇼 프 빠랴드케(괜찮아, 모든 것이 잘 될거야)'라고 대답한다. 상황이 나쁜 경우에도 그들의 '괜찮아'는 계속 된다. 대개 '니체보 하로쉐보'(좋을 게 전혀 없네)라고 말하는데, 그것은 현재 상황을 부정적으로 표현한 말이지만, 속내를 들여다보면 좋은 일이 없고 나쁜 일이 많으나 상황의 반전을 관망하며 기다린다는 말의 의미가 강하다.

러시아의 역사를 추적해보면 '괜찮아'는 러시아의 국교인 정교를 통해 물려받은 것임을 알 수 있다. 러시아인들은 인내와 희생의 정신을 가장 자랑스럽게 생각하고 있다. 그들은 '가난을 죄'라고 생각하지 않고 재난에 초연하면 능히 재난을 극복할 수 있으며 고통을 인내하는 것이 바로 하나님께 가까이 다가설 수 있는 첩경이라고 생각하고 있다. 때문에 그들은 현실을 쉽게 인정하고 타협하며 태연스럽게 매사를 받아들이며 '괜찮아'를 연발하고 있는 것이다.

일례로 내가 개인적으로 알고 있었던 푸슈카로바 교수의 남편은 세계적으로 촉망받는 판화가였다. 그의 동료들이 러시아 미술계에 중진이고 친한 친구들이 서방은 물론 한국에서 전시회를 갖기도 하고 강단에서 활동했던 것을 보면 그는 그저 그런 화가가 아니었다. 한창때는 여러 나라에서 초대를 받아 바쁜 선시회의 일정을 잡아야 했던 상당히 잘 나가는 화가였다. 그런데 불행히도 그는 미국과 네덜란드에서 연속적으로 전시회를 강행하다 중풍에 걸려 쓰러지게 되었다. 판화가로서 사형 선고와도 같은 중풍을 만난 그는 한동안 마음을 추스르지 못한 채 병마와 싸우며 2년을 보내어야 했다. 그는 마지막으로 용기를 내어 붓을 입에 물고 그림을 그리는, 화가로서 살아남기 위한 필사의 사투를 벌였다. 그의 재기는 성공적이었다. 그의 작품은 다시 세간에 주목을 받기 시작했고 작품성도 인정받아 전시회 일정이 잡히게 되었다. 그런데 갑자기 화실에 불이 나 작품들이 모두 불에 타버린 것이었다. 사연이 하도 기가 막혀 이 일을 어쩌면 좋겠냐고 푸슈카로바 교수에게 물어보았다. 그러자 그녀가 하는 말이 걸작이었다. "괜찮아요, 하나님이 우리에게 더 좋은 것을 주시려고 우리의 소중한 것을 가져간 것이겠지요."

자신과 가족의 불행을 초연히 수용하는 사람은 그리 많지 않다. 남편이 병든 후 의지할 데라고 아들밖에 없는데, 아들도 지체부자유자라 생활력이 없다. 남은 것이라고는 자신이 근무하는 대학에서 주는 박봉의 월급밖에 없는데 푸슈카로바 교수는 자기의 가정사를 듣고 애처로운 연민의 눈길을 보내는 내게 오히려 자기 가정의 불행을 신의 축복으로 승화시키는 정신력을 보여주고 있었다.

'니체보' 정신은 이처럼 단어 자체는 부정적이나, 희망의 의미를 내포하고 있다. '하나님이 도와주실 것'인데 무엇을 그리 걱정하는가? 걱정하지 말고 잠시 인내하라. 인내하다보면 하나님은 반드시 축복해줄 것이다. 러시아 정교를 믿는 사람들에게 이보다 더 좋은 위안은 찾아볼 수 없을 것이다.

그러나 러시아의 '괜찮아' 정신이 종교적인 토대만 가지고 있는 것은 아니다. 그것은 원래 그들의 천성이 상당히 낙천적이고 대범했으며 매사 관대했기 때문에 출현한 것이기도 하다. 솔제니친도 말했듯이 러시아인들은 원래 폐쇄적인 혈연 공동체가 아닌 지방 공동체를 구성하고 살았던 민족이다. 그들은 이방인이 찾아와도 쫓아내거나 노예로 삼지 않고 오히려 그들을 공동체의 구성원으로 끌어들이려고 했다. 즉 그들은 타인을 두려워하지 않았고 오히려 그들을 형제와 자매로 포용했을 뿐 아니라, 더 나아가 상대방의 입장을 충분히 이해하고 헤아려주려고 노력한 상당히 호탕한 사람들이었다는 것이다. 러시아인들은 이러한 역사를 토대로 아이처럼 순진하고 바보처럼 단순하며 자신을 해코지하는 나쁜 사람들에게도 관대한 특이한 정신 세계를 탄생시킨 것이다.

이처럼 매사를 초월하거나 관대하게 이해하려고 하는 러시아의 '괜찮아'가 장구한 역사의 굴곡을 통해 쌓인 러시아인들의 소중한 정신 문화 유산인 것은 사실이나, 러시아의 전체 민중이 이런 풍요로운 정서를 사모한 것은 아니었다. 즉 '니체보'의 이면에는 종교로 무장된 건전한 정신 이외의 부정적이고 부당한 정체들이 숨어 있다.

러시아의 속담 중에 "울면서 사느니 노래 부르며 죽는 것이 더 낫다"는 말이 있다. 이 속담을 좋게 풀이하면 내일을 위해 전전긍긍하며 고민하는 것보다 오늘을 알차게 살려고 노력하는 것이 현명하다는 것으로 해석할 수 있다. 반면 거칠게 풀이하면 늙으면 놀지 못하니까 '노세 노세 젊어서 노세' 라는 절대적인 현실 만족주의가 상당히 팽배해 있다는 것을 알 수 있다.

나는 우연히 가난한 러시아 친구를 알게 되었다. 처음엔 한국어를 배우려고 접근하는 줄 알았는데, 알고 보니 나를 통해 돈 벌 길을 모색하려고 했던 것이다. 나는 그의 기대를 저버리지 않았다. 나는 그에게 몇몇의 언어 연수생들을 소개했다. 그는 '돈에 연연하지 않고 성심 성의를 다해 그들을 지도하면 많은 친구들을 가르칠 수 있을 것'이라는 나의 충고대로 열심히 그들을 지도했다. 덕분에 그는 얼마 후 연수생들뿐 아니라 사업가와 선교사들도 지도할 수 있게 되었다. 그래서 매달 800달러를 벌게 되었다. 대학 원로의 교수 월급이 120~150달러 정도이니, 젊은 친구가 800달러를 버는 것은 상당한 금액이었다. 잘만 모으면 1년 내에 도시 근교의 허름한 원룸 아파트를 살 수 있는 액수였다.

그런데 친구는 돈이 생기는 즉시 옷과 가구, 전자 제품 등을 사는 데에 몽땅 써버렸다. 그리고 돈이 더 모아지면 유럽 여행을 갈 것이라고 계획하고 있었다. 어떻게 단칸 사글세방에 사는 친구가 돈 모을 생각은 하지 않고 가구와 해외 여행에 거금을 낭비하는지 도저히 납득할 수 없었다. 나는 그에게 과외를 받는 학생들이 맨날 있는 게 아니니 돈을 아껴 쓰라고 충고했다. 그러나 그는 어차피 없어질 돈, 지금 만족하며 쓰는 게 상책이라고 했다. 당연히 외국인인 나의 사고로는 그의 말을 도저히 이해할 수 없었다. 내일을 믿지 않는다는 말처럼 섬뜩하기조차 했다.

러시아 산 구형 자동차, 쥐글리.

놀라운 것은 그만 이런 생각을 하고 있는 게 아니라는 점이었다. 정도의 차이는 있지만 내가 경험한 러시아인들은 내일보다 오늘을 즐기려고 했다. 무엇보다도 그들은 오늘을 위한 물질적 시간적 낭비가 매우 심했다. 돈을 벽장에 넣고 썩히는 것을 원치 않았다. 무리를 해서라도 자동차나 텔레비전 같은 비싼 물건들을, 그것도 대형 제품들을 골라 들여놓으려 했다. 젊은이들은 미래를 대비해 당장은 학교에 다녀야 한다는 당위성을 인정하려고 하지 않았다. 공부해서 대접받지 못할 바에야 돈이 최고라는 의식이 젊은이들 사이에 팽배했다. 중년과 노인들이 여전히 쥐글리(러시아산 구형 자동차)를 타는 것에 반해 어떻게 그리 빨리 거금을 모았는지 많은 젊은이들이 벤츠를 몰고 다녔다.

하물며 초등학생들까지 돈벌이에 몰두하는 모습이었다. 호텔이나 주식

거래소 혹은 레스토랑 주변에 삼삼오오 모여 앉아 있다 자동차가 다가오면 무조건 유리창을 닦고 구전을 챙기는 아이들을 어디서든 흔히 볼 수 있다. 그들은 만만치 않은 돈을 벌어들인다고 한다. 결국 그들에게 있어 '니체보' 는 현실을 초월하거나 현실에 의연한 자세를 의미하는 것이 아니라 '괜찮아, 젠장, 될 대로 되겠지' 라는 마치 우연에 자기의 운명을 내맡기는 의미가 되고 있는 것이다.

한번은 상트페테르부르크 지역 방송국에서 거지들에게 적선을 주는 행위가 과연 옳은 것인지에 관해 토론이 벌어졌다. 토론은 물론 찬반 진영으로 나뉘어 팽팽히 진행되었다. 그때 자신이 거지라고 소개하는 시청자가 전화를 걸어왔다. 생활고를 견디다 못해 지하철 역 주변에 구걸을 시작한 전직 교사였다. 그는 운 좋은 날은 100달러 이상도 번다며 자기 선택이 옳았음을 주장했다. 100달러라! 사람들은 모두 기겁했다. 나는 이 문제를 가지고 주위 사람들과 토론해본 적이 있었다. 대부분 굶어 죽어도 구걸은 못한다고 역정을 냈지만, 요즘처럼 힘든 세상, 어떻게든 돈을 벌어 마음껏 써보는 것이 소원이라는 말에 여운을 남겼다. "구걸까지 할 필요는 없겠지… 하지만 까마귀처럼 썩은 고기만 먹고 구차하게 오래 살 바에 솔개처럼 날고기를 먹고 빨리 죽는 것이 낫지 않겠니?"

열정과 신앙

사라지지 않는 예술에 대한 열정

1941년은 러시아사에서 가장 힘들었던 때였다. 독일 나치군이 세계 정복 야욕을 위해 러시아를 공격한 해였다. 막강한 기갑 부대를 앞세우고 러시아를 침공한 나치군은 일부는 모스크바로, 일부는 레닌그라드(지금의 상트페테르부르크)로 진격했다. 이미 로스토프, 민스크, 키예프 같은 당시 소련 지방 도시들은 나치군에 정복된 상태였다. 그때 나치군은 레닌그라드 북단에 위치한 해상로를 점령하기 위해 이 도시 전체를 완전히 포위했었다. 레닌그라드 시민들은 나치 군과 격렬히 대항하며 도시 수호에 앞장섰다. 봉쇄 전 도시 인구가 400만이었는데 봉쇄 후에 250만으로 줄었다니, 얼마나 많은 사람들이 기아와 질병과 전쟁에 목숨을 잃고 고통에 허덕였는지를 알 수 있다. 그러나 레닌그라드 시민들은 불굴의 투지로 나치군과 대항해 결국 그들을 격퇴시키고 말았다. 그래서 레닌그라드는 지금도 '영웅의 도시' 라고 불리고 있나.

레닌그라드의 투쟁사와 함께 당시 시민들이 보여준 예술에 대한 열정은 지금도 세간에 잔잔한 감동으로 남아 있다. 전쟁이 벌어지면 무엇보다도 자기 몸을 보호하기 위해 안전한 은신처와 충분한 비상 식량을 확보하려고 안간힘을 쓰는 것이 인지상정이다. 하지만 그런 것을 무색하게 하는 일이 당시 레닌그라드에 벌어졌다. 나치와 전쟁이 한창이던 1941년, 레닌그라드 '필하르모니아' 오케스트라 연주장은 입구부터 홀까지 수많은 인파들로 초만원을 이루었다. 전시 체제로 인해 무기한 연기되던 '필하르모니아' 정기 연주회가 공연을 재개했기 때문이었다. 생사의 갈림길에서 한가롭게 음악 감상을 하기 위해 콘서트 장을 찾는 것은 쉽지 않은 일이다. 그럼에도 불구하고 그날 필하르모니아에는 수많은 군중들이 고운 옷차림을 하고 극장에 와서 쇼스타코비치의 7번 교향곡을 감동적인 분위기에서 관람하였다. 총체적 국란 속에서는 식지 않는 러시아인들의 예술에 대한 열정을 잘 보여준 일화라고 생각한다.

내가 처음 러시아 극장을 찾은 것은 1992년 봄이었다. 음악에 깊은 조예는 없지만 예술에 대한 그들의 열정을 익히 알고 있던 터라 극장에 대해 갖는 기대감은 적지 않았다. 당시 내가 갔던 곳은 상트페테르부르크의 '겨울 궁전' 옆에 위치한 '카펠라' 극장이었다. 1992년 봄. 말 그대로 러시아인들이 빵을 사려고 줄서기를 해야 했던 아주 서러운 시절이었다. '카펠라'는 무척 초라했다. 좌석이라 해봐야 몇 백 석이 전부였다. 그런데 전시 중에도 음악회에 몰려갔다던 사람들이 그날은 거의 보이지 않았다. 연주 시각이 다가오는데도 어림 잡아 30~40명 정도만 홀에 앉아 있을 뿐이었다. 텔레비전을 보면 수천 명의 관중이 기립 박수를 하고 꽃을 던지며 '부라보'를 외쳐대던데 그런 즐거운 분위기는 아예 기대조차 할 수 없었다.

하지만 나는 그 곳에서 그들의 또 다른 예술에 대한 열정을 볼 수 있었다. 30~40명의 관객을 위해 오케스트라 전 멤버가 출연한 것이다. 그리고 50여 명의 합창단이 열을 맞추어 섰고 그 앞에 네 명의 솔리스트들이 등장했다.

키로프 극장.

텅 빈 극장의 맨 앞좌석에 앉아 그런 대규모 단원들을 맞이하는 내가 정말 미안할 지경이었다. 그들은 무대에 자리를 잡으며 객석을 힐끔 쳐다보고는 실망한 듯이 황당한 표정을 지었다. 하지만 공연이 시작되자 정성을 다해 연주하는 모습이 너무나 감동적이었다. 관중이 얼마 되지 않으면 긴장이 풀려 노래를 느슨하게 부를 수도 있을 텐데 솔리스트 중 한 명은 너무나 긴장하여 고음 처리를 미숙하게 처리해 옆 동료가 슬며시 등을 치며 격려해주는 모습도 보였다. 낭연히 연주가 끝난 후 사람들은 열렬히 기립 박수를 쳐주었다. 그들은 우리의 앙코르 요청에 답례 곡을 네 차례나 들려주었다. 덕분에 숫기가 없는 나도 난생 처음 주위를 어색하게 두리번대며 눈치를 보다가 자리에서 일어나 박수를 쳤다.

러시아인들은 극장에 다니는 것을 생활화하고 있는데, 거의 한 달에 한 번 꼴로 음악회를 다니며 개중엔 매주 가는 사람들도 있고 적어도 일년에 한두 번은 극장을 찾는다. 하지만 극장을 다니는 횟수는 그리 중요한 것이 아니다. 중요한 것은 그들이 진정 극장을 사랑한다는 것이다. 추운 겨울 저녁에 오페라나 발레가 공연되는 전용 극장을 가보면 모든 관객들이 거의 하나같이 정장 차림을 하고 공연을 관람한다. 그들의 차림새는 결코 세련되었다고는 볼 수 없으나 정성껏 몸을 치장한 흔적들은 역력하다. 특히 여성 관객들은 별도로 정장용 구두를 가방에 넣어 와 보관실에 외투를 맡길 때 갈아 신고 화장을 고친 다음 홀로 들어간다. 훌륭한 공연은 좋은 마음 자세를 가지고 관람에 임해야 하며 올바른 마음 자세를 위해서는 외관을 바로 갖추어야 한다는 것이 이들의 생각이다.

이처럼 예술 공연을 즐겨 찾는 러시아인들이지만 음악 상식이나 탄탄한 이론을 겸비한 것은 아니다. 아마 초등학교부터 고등학교까지 12년 간 음악을 정규 수업으로 가르치는 우리 나라와 달리 초등학교 5학년까지만 음악을 가르치는 러시아 커리큘럼 때문에 그런 결과를 낳은 것이 아닐까 싶다. 그들은 실제 악보를 본다든가 리듬과 멜로디에 맞추어 노래를 부르는 것은 뛰어나지 않지만, 내가 모르는 세계적인 고전 음악을 눈을 감고 차분하게 감상하는 능력만은 탁월하다.

반면 전문적인 음악인을 양성하는 데에는 철두철미하여 어려서부터 음악 영재 교육을 실시하고 있다. 7세부터 약 7년 동안 음악 전문 학교에서 수학하고 재능을 인정받은 학생은 엄청난 경쟁과 테스트를 거쳐 상급 음악 전문 학교인 '우칠리쉬' 에 진학을 하고 나머지 학생은 일반 학교로 진학한다. '우칠리쉬' 에서 4년 동안 공부한 학생 중 우수자는 테스트를 거쳐 정식 음악원 학생이 된다. 음악원은 5년제와 7년제가 있는데, 5년제는 '우칠리쉬' 를 졸업한 정규 과정의 학생들을 위한 과정이고, 7년제는 일반 학교를 다니며 추가로 음악을 공부한 학생들을 위한 과정이다.

이처럼 우수한 인재 발굴과 예술을 사랑하는 러시아인들의 조화는 언제나 수준 높은 공연을 접할 수 있도록 한다. 러시아에서는 지하철 역 매표소에서 극장 표도 판매한다. 매표소는 극장에서 운영하는 전문 매표소와 연결되어 있는데, 분점에서 확보한 표가 매진되면 판매원은 다른 매표소의 판매 상황을 알아보고 예매해주기도 한다. 프로그램은 한 달 전에 미리 공시되기 때문에 원하는 프로그램이 있으면 적어도 15일 전에는 미리 표를 확보하는 것이 좋다. 왜냐하면 러시아인들이 워낙 예술 공연 관람을 좋아하는 사람들이라 표가 남아도는 경우가 거의 없기도 하지만, 암표 장사들이 표를 전매해 외국인들에게 원가에 5~10배 정도로 팔고 있기 때문이다. 때문에 당일 표를 구해 공연을 보려는 사람은 10~20달러짜리 극장 표를 100달러 정도 주어야 구입할 수 있으며, 이 가격은 때에 따라 200~300달러까지도 상회한다고 한다.

그러나 모든 곳에 길이 있듯이 굳이 비싼 암표를 사서 관람할 필요는 없다. 표를 구입하지 못하고 극장에 가면 어디선가 암표상들이 귀신같이 알아차리고는 흥정을 요구하려고 다가온다. 그런데 그들이 부르는 가격은 공연 시각이 다가오면 다가올수록 천차만별로 떨어지게 되어 있다. 공연 정각이 나 아니면 공연이 시작된 후 표를 구하면 거의 원가에 가까운 가격으로 구할 수도 있다.

표를 구하고 나서 극장 안으로 들어서면 보관실에 외투를 맡기고 확인 표를 받은 다음 좌석을 찾는다. 좌석은 입장권에 따라 차등이 되는데, 외국인들은 주로 무대를 정면으로 바라보는 '파르테르' 좌석을 선호한다. 공연 당일에는 구입이 거의 불가능하고 암표상과 호텔을 통해 비싼 가격을 주어야 구입할 수 있다. 일반인은 2층과 3층의 베란다 좌석을 선호한다. 가격도 저렴하지만 방향만 좋다면 '파르테르' 보다 더욱 훌륭하게 공연을 관람할 수 있기 때문이다.

나는 거주지가 상트페테르부르크인지라 '볼쇼이 극장' 보다 '마린스키 극장' 을 더 많이 찾았다. 물론 규모 면이나 극장의 외견은 '볼쇼이 극장' 과 비교했을 때 약간 뒤쳐지는 것이 사실이지만 화려하게 장식된 조명들과 무대 장식들, 그리고 인테리어들은 과거 귀족들의 사치스러움을 엿보기에 충분하다. 마린스키의 배우들은 세계 최고들로 구성되어 있고 연기력 또한 대

마린스키 극장.

단하다. 우아하고 아름답고 세련될 뿐 아니라 힘과 열정과 활력이 넘쳐났다. 나는 이 극장에서 세계적인 걸작 〈백조의 호수〉, 〈호두까기인형〉, 〈잠자는 숲 속의 미녀〉, 〈에스메랄다〉, 〈돈키호테〉, 〈해적〉 등 다양한 공연을 보았는데 그중에 제일 마음에 드는 작품은 〈지젤〉이다. 내용도 내용이지만 두세 시간이 넘게 진행되는 다른 작품에 비해 한 시간 반이면 충분한 〈지젤〉은 전혀 지루하지 않아 내 수준에 딱 맞았다.

1막 중간에 시골 아가씨들이 다채로운 민속 의상을 입고 줄을 지어 무대에 등장해 화려하게 춤을 추는 장면은 환상의 극치이다. 특히 사랑하는 로이스가 정혼한 왕자인 알프레드라는 사실을 알게 된 시골 처녀 지젤의 쓰린 가슴앓이와, 광란의 춤을 추다 심장마비로 죽는 그녀의 비극적인 모습은 그야 말로 압권이다. 혹독한 연습이 낳은 여배우의 다채로운 몸 동작도 훌륭하나, 무대를 지켜보는 관객의 심금을 울려주는 그녀의 표정 연기는 지젤의 슬픔을 전하기에 충분하다. 전신이 마비될 정도로 짜릿한 감동이 밀려온다. 그리고 그 여운은 금새 사라지지 않는다. 감동, 감동, 또 감동… 지젤이 마지막으로 죽는 장면을 통해 받게 되는 충격으로 깊은 상념에 빠지다보면 어느새 막은 내려오고 관객들의 우뢰와 같은 박수를 받으며 주인공들이 막을 헤치고 무대에 나와 중간 인사를 한다. 홀은 환하게 불이 켜진다. 잠깐의 휴식이지만 자리를 지키고 있는 것이 서먹서먹해 카페에 가서 간단한 음료를 사들고 극장을 서성인다. 혹자는 친구들과 담소를 나누고, 혹자는 화장실에 가고, 혹자는 막간을 이용하여 베란다에서 담배를 피운다. 모두의 얼굴은 미소가 가득하고 만족 그 자체이다.

2막을 알리는 종이 울리면 관객들은 다시 자리에 앉는다. 하얀 스커트를 입고 춤을 추는 '틴틴 로맨틱'과 춤의 정령들에게 포로가 되어 죽을 때까지 춤을 추어야 했던 알프레드를 구하려는 지젤의 모습이 무대에 이어지지만, 나의 마음은 여전히 1막에서 비극적으로 죽어야 했던 지젤의 슬픈 사랑의 운명을 더듬고 있다.

공연이 끝난 후 집으로 가는 뜨람바이(러시아의 전차)에 앉아 바라본 네바 강의 백야, 석양의 끝 무리가 온통 백야의 은빛 강물에 스며들어 잔잔히 흘러가는 강 풍경을 보노라면 지젤의 슬픈 사랑이 남긴 여운은 더욱 애절하게 깊어만 간다.

러시아의 공연 예술을 통해 얻은 감동은 이처럼 쉽게 가라앉지 않는다.

그런 감정은 바쁜 생활 속에 내가 기계가 아니라 인간이라는 사실을 일깨우는 신비한 보약과 같았다. 나는 발레와 함께 오페라도 종종 감상했었다. 음악이 좋아 공연장을 찾은 것이 아니라 발레처럼 무대를 압도하는 극장의 분위기가 좋아 그 곳을 찾았었다. 볼쇼이 극장에서 〈스페이드의 여왕〉을 관람했을 때다. '삶이 그대를 속일 지라도…' 라는 명시로 한국의 독자들에게 잘 알려진 푸쉬킨의 비극 〈스페이드의 여왕〉을 차이코프스키가 작곡한 이 오페라를 감상하려고 나는 거금을 치르고 '볼쇼이 극장' 을 찾았었다.

막이 열리고 배우들이 등장해 노래를 부르는데 가만히 듣자니 배우들의 고성이 자장가처럼 들리는 것이 도저히 정신을 차릴 수 없었다. 체면상 1막부터 졸 수 없어 몸을 곤두세우고 무작정 앞만 바라보고 있었는데, 갑자기 남성 테너의 아름다운 아리아가 들려오는 것이다. 마땅히 내세울 것이 없어 사랑하는 여주인공 리자에게 자신의 사랑을 고백조차 할 수 없는 괴로운 심정을 친구 앞에 호소하는 아리아를 멋진 테너의 음성으로 소화해내고 있는 것이었다. 배우가 흐느적거리며 울부짖듯이 자기 심정을 호소하는 아리아를 끝내자 객석은 한동안 숨막힐 정도로 정적이 감돌다가 갑자기 사방에서 '부라보' 를 외치며 기립 박수가 터졌다. 대단한 환호성이었다.

그 후로 왠지 마음이 허전하거나 울적할 때면 〈스페이드의 여왕〉의 주인공 게르만이 자신의 우울한 신정을 아리아로 털어놓은 무대인 상트페테르부르크의 '여름 정원' 을 찾아 억지로라도 우수에 잠겨보려 했던 추억들이 아련하게 떠오른다.

러시아 성화, 이콘.

지상을 바라보는 러시아의 성화 '이콘'

어느 나라나 외국 정서로 완전히 이해할 수 없는 고유의 민족 전통이 있다. 일례로 우리 나라의 민요가 그렇다. 최근 우리 토속 문화에 관심을 갖고 배워보려는 외국인들이 많이 늘고 있다. 하지만 얼마나 그들이 우리의 한과 설움을 느껴가며 노래를 부를 수 있을까?

"아리랑 아리랑 아라리요. 아리랑 고개 고개로 날 넘겨주게."

이런 "정선 아리랑"을 우리처럼 응어리를 쥐어짜며 애절히 부를 외국인은 거의 없다고 생각한다. 만일 있다고 해도 그들은 민요의 가사와 곡을 하나씩 곱씹으며 우리 감정을 흉내내는 것이라고 생각한다. 그때 그들의 느낌은 가사를 정확하게 알지 못해도 곡만 듣고 슬픔에 취하는 우리네의 정서와는 전혀 다른 것이라고 생각한다.

러시아에도 이처럼 외국인들이 접근하기 어려운 전통 문화가 있다. 이콘(러시아 성화)이 그렇다. 이콘은 러시아 도처에 널리 퍼져 있다. 교회와 박물관은 물론 집안 안팎과 심지어 유적지 근처의 만물상에도 이콘은 언제나 터줏대감처럼 자리를 차지하고 있다. 키예프의 수도원은 지금 우크라이나의 터가 되어 예외로 친다 해도, 모스크바, 상트페테르부르크, 프스코프, 노보고로드, 블라지미르, 야로슬라블 등지의 교회나 수도원에는 다양한 이콘들이 벽을 도배하고 있다. 상트페테르브르크의 '러시아 박물관'은 입구부터 온통 러시아의 이콘으로 가득 들어차 있다. 때문에 웬만한 눈썰미를 가진 사람이면 이콘이 얼마나 러시아의 민중 정서에 깊은 관계를 가지고 있는 것인지를 어렵지 않게 눈치챌 수 있다.

러시아인들은 천 년의 기독교 역사 동안 무슨 일이 있어도 이콘만은 챙기려고 했다. 몽골이 2세기 동안 러시아를 지배할 때도 공후들은 비싼 봉납을 치러가며 이콘을 소장하려고 했다. 민중들도 마찬가지였다. 이콘이 대중화되면서 민중들은 집안의 가장 은밀한 상석(上席)에 이콘을 배치하고 웬만해선 다른 곳으로 옮기지 않았다. 이콘이 퇴색되어도 러시아인들은 이콘을 버리지 않고 도공들을 불러 그대로 원안을 복원했다. 그것은 이콘이 고가이기 때문이기도 했지만 그림 이상의 의미가 있었기 때문이었다. 러시아인들은 이콘을 선반이나 책상에 세워두기도 하고, 벽면이 ㄱ자로 접히는 지점에 걸어놓기도 한다. 그들은 이사를 갈 때도 벽에 걸어놓은 이콘은 떼어가지 않고 있다. 왜냐하면 그 곳에 이사를 오는 다음 주인의 행복을 빌어주어야 하기 때문이다.

이런 러시아의 이콘에 관심을 갖는 외국인은 그리 많지 않다. 기독교 문화권에 속한 서구인들은 물론, 기독교와 가톨릭을 신봉하는 한국인도 이콘을 외면하기는 마찬가지다. 대부분 '대관절 저게 뭔데 허구한 날 벽에 걸어놓고 난리야?' 라며 의아해한다. 종종 이콘을 기념품으로 사가려는 사람들도 있다. 하지만 까다로운 통관 절차를 밟아야 하고 잘못하면 압수를 당할 수도 있다는 말을 들으면 '이게 뭐 그리 대단하다고 야단들이야? 별로 예뻐 보이지도 않는데'라며 추호의 아쉬움도 없이 구매를 포기한다. 서구의 성화 옆에 전시된 이콘을 보고 우리 유학생들이 하는 말.

"젠장, 나라만 초라한 줄 알았는데, 성화도 별볼일 없잖아."

러시아의 이콘은 초라하다. 어떤 이콘은 유치하기까지 하다. 교회나 박물관에 금빛 나는 이콘들은 그래도 소유욕을 자극한다. 하지만 상점에서 거래되는 이콘들은 칙칙하고 구질구질한 것이 전혀 구매 욕구를 부추기지 못한

형안의 구세주.

다. 증명 사진처럼 경직된 포즈를 취하고 있는 이름 모를 성인들의 화상을
거금을 들여가며 살 필요는 없는 것이다. 게다가 성화라고는 하지만 종교적
인 메시지도 전혀 없는 듯한 느낌을 준다. 그래서 일각에서는 성자의 그림
앞에 촛불을 켜고 기도하는 러시아인들을 우상 숭배라고 비난하기도 한다.

　하지만 러시아인들은 지극 정성으로 이콘을 대한다. 이콘이 그들의 인고
(忍苦)에 찌든 삶을 축복해주고 세상의 풍파를 벗어나게 해줄 것처럼 그들은
이콘 앞에서 정성을 들여 기도를 한다. 이콘을 보면 마음이 편하다는 러시아

인들. 그들에게는 분명히 우리가 모르는 특별한 정서가 있다.

성화는 그리스도를 겨냥한 예술 장르이다. 그래서 그리스도가 작품의 주인공으로 등장하는 것은 당연하다. 그런데 서구의 성화를 보면 그리스도의 표정이 다르다. 일례로 네덜란드의 화가 렘브란트에게는 "그리스도와 사마리아 여인"이란 작품이 있다. 사마리아 여인은 간음한 여자이다. 그녀와 사는 남자도 진짜 남편이 아니다. 하지만 그리스도는 그녀의 죄에 초연한 모습을 취하고 있다. 오히려 그녀의 죄에 아랑곳하지 않고 극도의 자비로운 표정을 짓고 있다. 하지만 루벤스의 "유다의 입맞춤"에 묘사되는 그리스도의 표정에서는 다른 느낌이 든다. 왜냐하면 그리스도가 분노하고 있기 때문이다. 그리스도는 가룟 유다 앞에서만 분노하는 것은 아니다. 바리세인, 부자, 세리, 빌라도 등 '사악한' 인간들이 등장하는 서구의 성화에서 그리스도는 언제나 준엄하고 냉정한 표정을 짓고 있다. 왜 그럴까? 왜 서구의 화가들은 인자하신 그리스도만큼 분노하는 그리스도에 관심을 갖고 있는 것일까?

오랜 기독교 문화권에 자란 서구의 화가들은 믿음과 불신에 관해 명확한 소신을 가지고 있었다. 그들은 그리스도를 영접하는 것만이 인간 최상의 선택이고 그를 부정하는 것이야말로 엄청난 무지라고 인식했다. 때문에 그들은 인간이 그리스도를 영접하는 의지에 따라 인자하거나 혹은 무서운 그리스도를 그려내었다. 그것은 그를 믿어야 멸망치 않고 영생을 얻을 수 있다는 말씀이 성경에 씌어 있기 때문이라고 추정된다. 따라서 서구의 화가들은 그리스도의 생애를 화폭에 담으려고 했다. 하늘의 왕이 지상에 내려와 얼마나 고통을 당하다 돌아가셨는지를 드라마틱하게 그려내려고 했다. 그를 통하지 않고서는 천국에 입성할 수 없기 때문이다. 따라서 서구의 성화들을 보면 대부분 그리스도나 하늘을 바라보는 성인들의 모습이 묘사되어 있다. 엘리야가 병거를 타고 가는 방향도 하늘이고, 누더기를 걸치고 광야를 방황하는 세례 요한도 하늘을 가리키고 있다. 최후의 심판 장면도 천국 티켓을 받은 자들은 행복하고 그렇지 못한 자들은 지옥에 떨어지는 광경이 묘사되어 있다.

즉 서구의 성화는 그리스도를 인간과 완전히 다른 지극히 존엄한 존재로 묘사하고 있으며, 그가 오신 천상을 지향하는 것이 인류의 궁극적인 삶의 목표가 되어야 한다는 메시지를 전하고 있다. 영적 구원이야말로 신자들이 갈구해야 하는 최고의 가치라는 것을 서구의 성화는 내포하고 있는 것이다.

러시아의 이콘은 서구의 성화와는 달리 천국이나 그리스도의 드라마틱한 생애를 묘사하기보다는 오히려 그의 내적 세계, 즉 정신에 역점을 두고 있다. 러시아의 이콘을 보면 전혀 감동이 일지 않는다. 아무 말도 없이 무표정하게 정면만 바라보고 있기 때문이다. 또한 흥미와 감동을 유발하는 테마나 배경도 거의 존재하지 않는다. 성인들은 감정의 굴곡을 전혀 나타내지 않고 있다. 얼굴도 초라한 농부의 모습과 흡사하다. 그리고 지상에 내려오는 그리스도를 맞을 채비를 하라고 누더기를 걸치고 소리치는 선지자들과, 천국 마차를 타고 사방을 누비며 다니는 선지자들을 거의 찾아볼 수 없다. 다만 정수리를 곤두세우고 앞만 바라보고 있는 성인의 용안만이 있을 뿐이다. 그가 무엇을 생각하는지도 전혀 알 수 없다. 단지 하늘이 아닌 땅을 바라보고 있다는 것만 알 수 있다.

이것이 러시아의 이콘이 지향하는 철학이다. 러시아 이콘은 하늘을 향한 메시지를 전하기보다 지상에 오신 그리스도의 참뜻이 과연 무엇인지를 고민하고 있다. 신은 '신자' 와 '불신자' 를 포함해 지상의 모든 것을 창조했다.

신은 자신이 창조한 모든 피조물을 보고 흡족했고, '사망의 그늘'에 허덕이는 무지한 인류를 구하러 인간의 모습을 하고 지상에 태어났다. 천상에 존재하는 기쁨과 행복을 인간과 함께 공유하려고. 그것은 값진 선물이 아닐 수 없었다. 그는 한번도 지상에서 대접을 받으려고 하지 않았다. 오히려 중생을 돕고 구원하는 일에 발벗고 나섰다. 게다가 중생들의 병을 고칠 때 아무런 조건도 내걸지 않았다. '날 믿을래? 안 믿을래? 병을 고치려면 나를 믿고, 평생 환자로 살려면 믿지 마'라는 조건을 내걸지 않은 것이다. 오히려 그는 고통을 당하는 소경을 보고 먼저 다가가 그의 눈을 뜨게 해주고, 눈을 뜬 소경이 자신을 찬양하게 만들었다.

궁극적인 구원이 천국을 지향한다 하더라도 어차피 지상에 사는 것이 인간의 운명이라면, 인간이 지상에 벌일 구원의 활동도 중요하다는 것을 러시아의 이콘은 천명하고 있다. 하늘을 향한 그리스도, 존귀와 영광을 받는 그리스도가 아니라, 내세든 현세든 고통받는 자를 찾아 언제나 구원의 손길을 뻗어주는 것이 그리스도의 정신이라는 것이다. 그리스도가 진정 원하는 것은 그의 인류애를 실천하는 것이다. 물론 그리스도처럼 완벽한 인류애는 실천하지 못해도 그의 정신을 따라 세상을 밝히려고 노력하는 것이 바로 진리에 다가서는 첩경임을 이콘은 말하고 있다.

러시아의 이콘은 지금도 하늘이 아닌 지상을 쳐다보고 있다.

신의 은총을 기도한 사기꾼

우리는 대개 러시아에 대해 강한 이미지를 가지고 있다. 그래서인지 나는 러시아인들을 강하고 무서운 사람들로만 알았었다. 그런데 그들은 참 복잡

부활절 달걀 역시 러시아인들에게 습관화된 러시아의 정교의 모습을 보여준다.

한 사람들이다. 그들은 금욕주의자들처럼 경건하고, 카사노바처럼 천하의 바람둥이며, 햄릿처럼 진지하고, 돈키호테처럼 중구난방이다.

하지만 그들을 묶어주는 사상이 하나가 있는데 다름 아닌 러시아의 정교이다. 물론 종교와 거리가 먼 사람들도 많이 있다. 하지만 그들도 자기 행동의 옳고 그름을 정교 사상을 통해 묻곤 한다. 물론 모든 러시아인들이 정통 정교 율법만 고집하는 것은 아니다. 성경이 말하는 바를 제 멋대로 왜곡해 잘못된 자기 행위의 정당성을 불어넣는 사람들도 많다. 하지만 나는 왠지 그런 모습이 그다지 나쁘게만 보이지 않았다. 어차피 선과 악이 공존하는 현실이라면 신 앞에 온갖 핑계를 대며 떳떳해하면서도 속으로는 은연중에 자성하고 성찰하는 그들의 모습이 좋게 느껴졌다.

대만인 친구가 러시아에서 사업 준비를 하다 가족들이 합류할 것을 감안해 운전 학원에 다니게 되었다. 물론 속성 코스도 있었지만 그는 학원비가 저렴한 일반 코스를 고집했다. 러시아는 일단 학원 시험을 통과해야만, '가이' (교통 경찰) 시험을 볼 수 있는 자격이 주어진다. 따라서 학원의 권위는 대단했고, 원생들도 고시원을 방불케 할 정도로 교육에 열의가 있었다. 러시아 언어 연수와 사업 준비를 하던 그가 주당 세 차례씩 이론과 실습을 병행하는 것은 무리였다. 당연히 그는 학원 수업에 소홀해 면허증을 딸 수 없었다. 그는 강사를 찾아가 자신의 답답함을 하소연했다. 그러자 강사는 "어차피 너같은 외국인은 체제상 공짜로 학원을 통과할 수 없다"고 충고하며, SOS를 치라고 했다. 친구는 무작정 그가 적어준 곳에 전화를 걸어 약속 시간을 정하고는 내게 동행을 요청했다.

한쪽 다리가 불구인 발로자라는 중년의 남자가 우리를 맞이했다. 담배를 연신 꼬나 물고 우리와 흥정을 벌이는 꼴이 전형적인 사기꾼이었다. 게다가 거실에 정복을 입은 경찰관들이 앉아 있어 기분이 영 좋지 않았다. 나는 "괜히 당신과 거래했다가 봉변당하는 것이 아니냐"고 물었다. 그러자 그는 "외국인치고 이 곳에 오지 않는 놈 있으면 말해"라고 고함쳤다. 그리고 목소리를 죽이며 "사실 저 놈들을 구워삶으려고 보드카와 아가씨를 준비했지. 그런데 너희들이 온 거야. 젠장, 내가 왜 이런 짓을 해야 하는지 모르겠어. 저놈들도 다 내 덕에 사는데."

학원 시험은 그날로 통과되었다. 우리는 다음날 발로자의 차를 타고 경찰 시험장으로 갔다. 그는 고객을 모아달라며 자기 수완을 한참 자랑하더니, 갑자기 차를 외진 곳으로 몰고 갔다. 우리는 순간 긴장하지 않을 수 없었다. 그는 작은 사원 앞에 차를 세웠다. 그리고 차에서 내리더니 정말로 전혀 생각하지 못했던 행동을 벌이는 것이었다. 발로자는 한동안 사원을 바라보았다. 그리고 연신 성호를 그어대며 주절주절 기도를 했다. 나는 어이가 없었다. 하지만 기도를 하는 그의 폼이 하도 지극 정성이라, 발로자에게 물어보았다.

"너 이 곳으로 미사를 다니는구나?"

"젠장, 미사는 무슨 미사? 그 시간에 술이나 마시는 것이 낫지. 그냥 아는 동생이 여기서 사제로 일하는데 날 위해 기도를 한다더군. 그래서 이 곳을 지날 때마다 성호를 긋는 거야. 그래야 사업이 잘 풀리지."

'신의 은총(?)' 으로 대만 친구는 당일 러시아 운전 면허를 취득했다. 이처럼 신에 대한 러시아인들의 경외심은 대단했고 신앙은 신자들만의 몫이 아니었다. 러시아인들은 신과 가깝게 친교를 하고 있는 진지하고 거친 개구쟁이들처럼 보였다.

러시아 사람들의 삶

칭찬과 대화의 가정

모스크바 행 비행기 표를 구입하려고 매표소 앞에 줄을 섰을 때의 이야기이다. 그때 동료들과 차를 마시며 깔깔대다가 비행기가 출발하기 얼마 전에야 표를 팔기 시작한 여직원의 권위적인 자세가 여간 꼴불견이 아니었다. 비행기를 이용하는 고객은 분명히 나인데 그녀에게 잘못 꼬투리를 잡혔다가는 표는커녕 낭패를 보기 십상일 것 같았다. 결국 내 차례가 되어 머뭇거리며 행선지를 말하려고 했다. 그때 어떤 뚱뚱한 중년 부인이 아이를 잡아 끌듯하며 내가 선 매표 창구로 다가오는 것이 아닌가.

아이를 거칠게 다루는 그녀의 표정은 표독스러워 정나미가 떨어질 지경이었다. 나는 과격한 그녀의 행동에 당황하며 그녀에게 먼저 표를 구입할 것을 권유했다. 그녀는 '고맙다'는 인사는커녕 징징대는 꼬마에게 '시끄럽다'고 고함을 지르더니 두꺼비 같은 손바닥으로 아이 엉덩이를 철썩철썩 다섯 대나 때리는 것이었다. 꼬마는 자지러지게 울어대었고 황당하게 지켜보던 매표원은 그녀가 주문한 비행기표를 성급히 내주었다. 표를 구한 그녀가 다시 아이를 밖으로 끌고 나가자 매표원은 놀란 표정으로 나를 바라보았다. 나는 기회를 놓치지 않고 "부인, 놀라셨죠? 진정하시고, 혹시 모스크바 행 비행기 표를 구입할 수 있나요?"라고 꽤나 고상히 표를 문의했다. 갑작스런 동양

러시아 부모들은 자유롭고 인격적인 가정 교육을 실행하고 있다.

인의 신사적인 행동에 매표원은 씁쓸하게 미소를 짓더니 교양 있는 목소리로 그녀의 '무식함'을 탓하며 친절하게 표를 내주었다.

이것이 내가 러시아에서 보았던 유일한 체벌 장면이었다. 달리 말해 나는 러시아에서 우리가 흔히 알고 있는 정도의 매질을 부모가 자녀에게 가하는 경우를 한 번도 본 적이 없다. 수직적이고 획일적이며 군사적인 명령 문화가 어느 정도 팽배할 것이라는 나의 선입관과 달리 그들은 아이들에게 거의 매를 대지 않을 정도로 자유롭고 인격적인 가정 교육을 실행하고 있었다.

내가 외국인이기 때문에 그들이 내 앞에서 상대방이 불쾌히 여길 매질을 삼갔을 것이라는 추정도 해본다. 하지만 러시아의 여러 가정을 두루 섭렵한 나의 경험으로 미루어 자녀들을 대하는 러시아인들의 자세는 상당히 인격적이었다. 권위적이고 보수적인 가정 교육에다 엄청난 체벌이 만연된 학창 시절과 군대 시절을 보낸 나로서는 그들의 자녀 교육이 가끔 이해되지 않을 때가 많았다. 러시아의 아이들도 여느 아이들과 별반 다른 것이 없었다. 떼쓰고 참견하고 보채는 아이들. 그들을 보고 있노라면 속에서 열불 터지는 경우가 한 두 번이 아니었다. 그래서 솔직히 이런 생각도 해본 적이 있었다. "어휴, 저것들은 몽둥이로 두드려 패야 하는데…."

러시아인들도 자녀들에게 잔소리와 간섭을 많이 한다. 하지만 그들은 매를 들기보다 끈기 있게 어린아이들이 무엇을 잘못했고 무엇을 고쳐야 하는지를 자상하게 지적할 뿐이다. 그들은 가정의 대소사를 자녀와 함께 하려고 했다. 매사에 자녀들을 동반해 무슨 모임인지 설명해주고 행사가 진행되는 과정에도 가급적 자리를 지키게 만들었다. 만일 그 자리가 성인을 위한 생일 파티라 할지라도 어린아이가 파티에 참여할 여지를 만들어주었다. 즉 건배를 제의한다든가, 노래를 부르도록 한다든가, 주인공을 위해 축시를 읊게 해주는 장을 마련해주곤 하는 것이다. 분위기가 화기애애하게 되면 흥분한 아이가 술을 마시겠다고 고집을 피는 경우도 있지만, "넌 안 돼"라고 단호하게 야단치는 경우는 보지 못했다. 그런 모습 속에 내가 가장 좋게 보았던 것은 자녀들과 칭찬이 어우러진 대화를 나누려는 자세였다.

일전에 잘 아는 음악 가족의 초대로 대학 합창 동호인 정기 연주회를 다녀온 적이 있었다. 전문 성악인이 아니고 음악을 좋아하는 동호인들이 발표하는 음악회다 보니 가끔 불협화음이 나곤 했는데, 음악가가 꿈인 이 가족의 아이도 그런 불협화음을 들은 것 같았다.

"아빠, 아까 두 번째 곡 말이야, 내가 듣기에 중간 중간에 소프라노와 알토의 화음이 맞지 않고, 또 알토의 목소리가 너무 커서 전체의 멜로디를 죽이는 것 같았어."

아이가 이런 말을 하면 아버지는 '그래? 대단한 걸?' 하며 만족한 얼굴로 칭찬을 하면 될 텐데, 그의 아버지는 거기서 그치지 않고 지하철역까지 아들과 꼭 붙어 가면서 무엇을 들었고 느낌이 어떠했으며 왜 그런 일이 벌어졌는가를 말하는 아이의 의견에 진지하게 귀를 기울여주었다. 그러면서 "그래, 너도 그것을 들었단 말이지? 잘했다. 바로 그것이 이제 너도 서서히 음악 듣는 귀가 잡혀가고 있다는 증거야"라며 아이를 칭찬해주었다.

러시아인들을 상대하다보면 겉으로 보기에는 유순하고 숫기 없는 사람이 공개 석상과 낯선 자리에 전혀 주눅들지 않고 좌중을 주도하는 모습을 자주 접할 수 있다. 그들은 값진 의상 등으로 세련된 치장을 하지는 못했지만 특유의 달변과 재치 있는 유머로 좌석을 주도하곤 하는데, 겸손함 가운데 자신감이 배어난 그들이 상당히 부러웠다. 언제나 당당하고 자신 있게 자기의 소신대로 행동하는 그들의 자신감. 그것은 바로 어릴 적부터 받은 인격적인 가정 교육의 힘이 아닐까 생각해본다.

러시아 부모의 아주 특별한 아이 사랑 방식

내기 아는 뱌키나 교수는 상트페테르부르크 대학에서 러시아어를 강의하고 있다. 보수적인 그 곳 교수들과 달리 시원시원하고 개방적이라 외국 학생들에게 상당히 인기가 높았다.

그녀의 수업은 재미도 재미지만 부담도 매우 컸다. 주중에는 그녀가 준비한 엄청난 자료들을 대하느라 골머리를 앓았고, 주말에는 그녀의 관광 안내

짚으로 만든 대표적인 러시아 인형.

를 억지로 따라다녀야 했다. 학생들이 성의를 보이지 않으면 그녀는 수업 시간에 엄청난 보복을 가했다. 우리는 어쩔 수 없이 그녀의 품안에 노는 학생이 될 수밖에 없었다. 하지만 그녀의 프로 정신만은 누구나 인정하였다.

언젠가 뱌키나 선생은 '가장 잊을 수 없는 선물'을 주제로 대화를 나누자고 제안했다. 이런 대화는 회화용으로 그다지 어려운 주제가 아니었다. 하지만 선생님은 언제나 주제와 관련된 감동적인 이야기를 듣기 원했다. 때문에 가끔 즉흥적으로 감동적인 이야기를 머리로 짜내야 했다. 우리는 대충 썰렁한 농담과 거짓말로 상황을 교묘히 넘긴 다음 선생님의 만족도를 눈여겨보곤 했었다. 그날 나는 도스토예프스키의 《죄와 벌》을 선물받은 일이 가장 기억에 남는다고 대답했다. 하지만 세상에 그런 흔한 책을 선물로 받고 기뻐할 별종이 얼마나 될까? 선생님은 이미 내 거짓말을 눈치챘는지 건성으로 듣더니 자기 경험담을 우리에게 들려주었다.

1960년~1970년대 소련은 지금보다 상황이 훨씬 좋았다고 한다. 적어도 물건 값이 저렴해 쇼핑하는 데는 아무 어려움이 없었다. 한달 가계에 식비는 1/7~1/10밖에 들지 않아 돈을 모으면 사치도 할 수 있었다. 당시는 살벌한 공안 정치 시대였지만 평민이 살기에는 오히려 안전했다고 한다. 예쁜 처녀가 새벽 두 시에 짧은치마를 입고 어둠컴컴한 거리를 홀로 거닐어도 전혀 불미스런 일이 없었다. 새헤 명절이 다가오면 사람들은 몇 주 전부터 명절 맞을 계획을 세웠다. 아이들도 부모로부터 갖가지 선물을 받는 재미로 새해를 손꼽아 기다리곤 했다.

당시 교편을 잡고 있었던 뱌키나의 부모는 새해에 외동딸에게 줄 선물을 넵스키 번화가에서 고르고 있었다. 인산인해의 거리에 흥겨운 음악 소리와 사방으로 번득이는 네온사인, 선생님은 향수에 젖어 당시의 분위기를 우리에게 소상히 설명해주었다. 그녀의 부모는 '가스친느이 드보르' 국영 백화점 매장을 기웃대며 딸에게 줄 학용품을 골랐다. 하지만 그녀는 매년 받는 문구류보다 좀더 색다른 물건을 받고 싶었다. 바로 그때 그녀는 옆 매장에서 엄청난 물건을 발견했다. 그것은 아이처럼 크고 귀여운 외국 인형이었다. 얼마나 인형이 탐스러웠는지 그녀는 도저히 발을 뗄 수가 없었다. 하지만 그것은 수입품이라 너무 비쌌다. 그녀의 기억으로 아버지 월급의 두 달치 정도는 되어 보였다고 한다. 때문에 뱌키나는 도저히 사달라는 엄두를 내지 못했고, 부모도 아쉽지만 발걸음을 돌려야 했다.

헌데 뱌키나가 다음날 일어나 보니 침대 머리맡에 어제 본 그 예쁜 인형이 앉아 있는 것이 아닌가. 어린 딸의 좋은 추억을 위해 그녀가 잠든 사이 부모님이 거금을 지불하고 인형을 사온 것이었다. 뱌키나는 인형을 갖게 된 것보다 2개월의 궁핍을 감수하고 딸의 기쁨을 위해 그런 결단을 내린 부모의 사랑을 확인할 수 있어 너무나 행복했다고 말했다.

뱌키나는 이처럼 자기 어린 시절의 아름다운 에피소드를 들려주었다. 그리고는 자기 아들 생일에 우리 모두를 정식으로 초청했다. 당시 그녀는 제때 월급을 받지 못한 장교 남편 대신 강의와 과외로 억척스럽게 생계를 꾸려가고 있었다. 그녀는 매년 아들의 생일에 깜짝 이벤트를 벌여주었는데, 그 해는 화려한 선물 대신 아들에게 좋은 추억을 마련해주기로 결심했던 것이다. 이를 위해 그녀는 한 달 전부터 남편과 머리를 맞대고 아들의 생일에 모두가 재미있는 하루를 보낼 수 있는 프로그램을 만들기에 여념이 없었다.

나는 선물용 초콜릿 한 상자를 싸들고는 친구와 함께 그 곳으로 갔다. 사실 '뻔한 아이 생일 잔치'에 가는 게 썩 내키지 않았었다. 단지 선생님의 초대라 거절할 수 없어 귀찮아도 그 곳에 갔던 것이었다. 나는 대충 음식만 먹고 자리를 뜰 심산이었다. 하지만 그날 나는 정말 그 집을 빠져나오기가 싫었다.

선생님은 방 두 개, 화장실, 목욕탕, 부엌이 있는 작은 아파트에 살고 계셨다. 방엔 이미 아들에게 초대를 받은 10여 명의 아이들과 미리 온 동료들이 앉아 있었다. 선생님은 우리를 반갑게 맞이했고, 우리에게 정성스럽게 만든 음식을 내오셨다. 식사 후 선생님은 우리를 아이들이 노는 큰방에 데리고 가더니 꼬마들에게 일일이 소개를 해주었다. 그러자 아이들은 우리를 게임의 심사 위원으로 초대했다.

첫 게임은 '주머니 꿰매기'였다. 뱌키나 선생님은 아이들에게 천 조각과 실과 바늘을 나누어주었다. 아이들은 떠들기를 멈추더니 시작과 동시에 헝겊 꿰매기에 여념이 없었다. 시간이 종료되자 선생님은 헝겊을 예쁘게 꿰맨 아이에게 상트페테르부르크 지도를 포상했다. 그리고 아이들에게 도시의 어디를 가보았는지 물었다. 아이들은 너나할것없이 자기가 얼마나 도시에 관해 잘 알고 있는가를 자랑했고, 선생님은 그런 아이들에게 칭찬을 아끼지 않았다.

다음 게임은 '스피드 퀴즈'였다. 외국인인 우리에게 문제를 설명하고 많이 맞힌 사람이 승리하는 게임이었다. 표준 러시아어를 공부한 우리는 아이들과 대화하는 것이 어설퍼 가끔 엉뚱한 대답을 했다. 그때마다 여기 저기서 폭소가 터져나왔다. 선생님은 아이들에게 공책, 연필, 색종이 등을 포상했고, 수고한 우리에게 낚시 바늘을 선물했다.

그리고 우리는 선생님을 따라 율동을 했다. 한국 율동은 체조처럼 손과 다리를 펴고 굽히거나 혹은 경중경중 뛰면 되는데, 그 곳의 율동은 거의 춤을 추듯이 몸을 비틀어야 했다. 처음에는 아이들과 음악을 틀고 힘껏 몸을 흔드는 것이 어색했지만 재미를 느끼다 따라할 만했다.

그리고 아이들은 '술래잡기'를 했다. 러시아의 술래잡기는 어른도 참여할 수 있다. 모든 형식은 우리와 똑같다. 어른들은 잡담을 나누다 술래가 숨은 아이에게 다가가면, '찌쁠러, 찌쁠러'(뜨거워, 뜨거워)라고 합창하고, 술래가 엉뚱한 곳을 헤매면, '홀러드너, 홀러드너'(차가워, 차가워)라고 소리친다. 가끔 노골적으로 힌트를 준 어른이 섭섭해 투정을 부리는 아이도 있지만, 그들을 달래는 것도 재미있고 즐거웠다.

저녁 시간, 뱌키나 선생은 우리에게 차를 대접하려고 사모바르(러시아의 전통 주전자)를 데우러 나갔다. 그러자 남편이 들어왔다. 아이들은 남편을 보자 재미있는 이야기를 해달라고 소리쳤다. 오늘뿐만 아니라 평소에도 아이들에게 재미있는 이야기를 자주 들려주었던 것 같았다. 남편이 해준 이야기는 특별한 것이 아니었다.

"얘들아, 얘들아, 어떤 사람이 우물에 고개를 떨구고 '구십 구', '구십 구'라고 소리쳤어. 그러나 그 곳을 지나가던 사람이 궁금해 우물에다 고개를 떨구고 '아니 대관절 뭐가 있기에 그러쇼? 라고 말했어. 그러자 소리치던 사람이 뭐라고 했는지 알아?"

아이들은 이구동성으로 소리쳤다.

"백이요, 백!"

"그래 맞았어, 대단한데? 어떻게 알았니?"

놀이를 즐기는 러시아 아이들.

　　대충 이런 식의 이야기였다. 아이들은 저녁 먹을 생각도 하지 않고 노는 데만 열중했다. 우리도 저녁 식사 대신 차와 간식을 들며 대화를 나누기로 했다. 당연히 대화는 우리가 초대받은 생일 잔치에 관한 것들이었다. 아들 생일 잔치를 위해 부모가 음식만 만들지 않고 하루 종일 함께 뛰노는 모습이 좋았다고 말하는 사람이 있는 반면, 음식을 해줄 돈으로 아들이 원하는 선물을 사주면 될 텐데 너무 소란을 피우는 것이 아니냐고 가볍게 핀잔하는 사람도 있었다. 바카냐 선생님은 조용히 말했다.

　　"아들이 내가 준비한 생일 상을 기쁘게 받을 날도 얼마 남지 않았지요. 몇 년 후면 가족보다 친구들과 놀려 할걸요. 그때까지는 최선을 다해 아들과 즐겁게 지내고 싶어요."

　　여덟 시가 되자 하루 종일 생일 잔치에 아이들을 맡겨놓았던 부모들이 하나둘씩 모여들기 시작했다. 아이들은 자기들을 데리러 온 부모를 보더니 더욱 신나게 놀았다. 마지막 순서는 '디스코 춤추기'. 선생님은 모든 아이들을 방으로 들여보내고 마음껏 춤을 추라며 팝송을 크게 틀었다. 그러자 아이들은 전구를 끄고 각자 들고 있는 손전등을 흔들며 재미있게 춤을 추어대었다.

선생님 가족은 우리를 지하철역까지 배웅해주었다. 그날도 흰눈이 내리고 있었다. 세상이 어쩜 그리도 아름다울 수가…. 일본이 러시아에게 쿠릴열도 반환을 요구할 때는 저런 망언이 어디에 있느냐고 분노하면서, 정작 대한항공 폭파 사건에 대해서는 철저히 한국의 잘못이라 일축하는 이중성을 보인 뱌키나 선생. 민족 간의 이해 차로 가끔 수업 시간에 티격태격 다투다 그녀가 애써 눈물을 감추는 모습도 보았지만, 그녀의 가족 사랑은 대단했다. 어린 아들 디마가 외국인들이 몰려와 축하해준 그날을 잊지 못하듯이, 나도 뱌키나 선생님의 특별한 초대를 한동안 잊지 못할 것 같다.

책 읽기를 권장할 필요가 없는 나라

나는 러시아에 살면서 약 10여 가정을 전전했다. 주인들은 대부분 지적인 활동과는 거리가 먼 평범한 노동자들이었다. 개중엔 외국인인 나보다 표현 능력이 떨어지는 사람들도 있었다. 하지만 책을 통해 얻은 그들의 풍부한 상식과 조리 있는 말솜씨가 대단해 함부로 나의 얄팍한 지식을 뽐내었다가는 큰코다치기가 십상이었다.

이네사 할머니는 일찍이 청력을 잃어 보청기를 착용해야 말을 알아들었지만 그런 독서광은 쉽게 찾아볼 수 없을 것이다. 보통 러시아 여인들은 상당히 가정적이라 가구며 식기며 화분 같은 것들을 빛이 나도록 닦고 손질하는 것을 좋아하는데, 이네사 할머니는 그런 것에는 영 관심이 없고 오직 책 읽는 것에만 연연했다. 그녀는 보통 2~3일에 한 권의 책을 읽었는데, 러시아 고전은 물론 외국의 유명 작품들까지 닥치는 대로 읽어대었다. 1주일이 지나면 보이지 않던 책들이 적게는 한두 권에서 많게는 대여섯 권이 쌓이는데 그 내용들을 귀담아 들어주는 것도 진력이 날 정도였다. 그러다 보니 그녀의 커다란 방은 거의 1만 권의 책들이 바닥에서 천장까지 겹겹이 쌓여 있고 복도는 물론 수납장과 창고 안, 심지어 침대 밑까지 각종 서적들과 잡지들로 가득했다.

알베르트와 리지야 부부는 천성이 워낙 착해 그들이 내뱉는 욕설이 불쾌할 것까지는 없지만, 말끝마다 거친 욕설을 입에 담는 노동자들이다. 대화를 나누다보면 열 단어 이상을 나열하지 못해 듣는 이로 하여금 답답하게 만들 때가 한 두 번이 아니었다. 하지만 그들도 책을 읽었다. 리지야 아주머니는 매일 밤을 세워 삼류 애정 소설 시리즈를 탐닉했다. 10년 동안 한 번도 양치질을 하지 않아 이빨은커녕 어금니도 뭉개진 중년 부인이지만 캐딜락을 타고 레스토랑에 가서 샴페인을 곁들인 정찬을 즐기는 외국 젊은 남녀들의 화려한 로맨스에 흠뻑 빠진 나머지 남편의 배고프다는 소리에도 아랑곳하지 않고 눈물을 흘려가며 책을 읽어대었다.

다혈질인 아저씨 알베르트가 소리를 버럭 지르며 책을 모조리 갖다버리겠다고 하면 그녀는 남편에게 갖은 욕설을 퍼붓고는 얼른 책을 숨기고 밥을 차려준 다음 남편이 코를 골며 잘 때 줄담배를 피워가며 밤새도록 책을 읽곤하였다. 그렇다고 알베르트가 책을 읽지 않은 것은 아니었다. 그는 추리 소설에 몰두했다. 간혹 푸쉬킨의 단편이나 네크라소프의 시들, 음유 시인 브이

도서관에서 책을 읽고 있는 노인.

소츠키의 노래 말도 탐닉하곤 했다. 내가 문학 시간에 상당히 스트레스를 받은 그런 작가들의 작품을 노동자인 아저씨가 즐겨 읽는 것을 보니 이상했다.

"알베르트, 그런 것들을 읽기가 어렵지 않아요?"

"얼마나 재미있는데. 너도 읽어봐."

"뭘 느끼는데요?"

"느끼긴 뭘 느껴. 그냥 읽는 거지."

따찌야나 아줌마는 내가 전공을 위해 러시아 작가 선택을 고심할 무렵에 거주했던 하숙집 여주인이었다. 초기에 러시아 시를 공부하기를 원했던 나는 무조건 유명한 시인들만 전공하려고 애를 썼다. 그런데 선생님은 유명세보다 연구 가치가 있는 무명 시인들을 더욱 선호해 나와 갈등을 일으켰다. 선생님은 다른 교수님께 가서 내가 원하는 작가를 공부하라고 하셨지만 나는 작가를 선택하는 이유로 선생님과 절대로 헤어질 수 없다며 모든 걸 선생님의 충고를 따르겠노라 약속했다. 선생님은 신중에 신중을 거듭해 작가를 추천해주시려고 했다. 그러다 보니 자꾸 내키지 않는 문제들이 야기되어 작가의 선택을 자꾸만 번복하시는 것이었다. 나의 고민을 익히 알고 있었던 따찌야나는 내가 선생님을 만나고 오는 날이면 "오늘은 누가 뽑혔니"라며 물었다. "포파노프라는 사람인데 러시아인들도 모르는 시인을 내가 굳이 할 필요가 있을지 모르겠네요"라고 내가 푸념하면, 아주머니는 "그래, 너의 선생님 고집도 어지간하시구나"라며 나를 위로했다.

그러던 어느 날 선생님은 여러 가지 이유를 들며 포파노프 대신 아푸후친을 추천했다. 내가 얼마 전 서점에 가서 멋있는 책표지에 반해 무작정 구입한 시집의 저자가 우연히 선생님께 발탁된 것이다. 선생님은 아름답고 낭만적인 그의 시 세계를 잠깐 강의하시고 전공을 위해 적합한지 검토해보라며 몇 권의 책을 빌려주셨다. 비록 제대로 알지 못하는 시인과의 만남이었지만 일단 전공의 대상이 정해지자 마음이 흥분되었다. 나는 얼른 집에 가서 선생님이 빌려주신 책을 검토해보기로 작정했다.

그날 따찌야나는 맛있는 '삐로시키' (고기와 야채를 넣은 빵)를 굽고 있었다. 내가 차를 마시려고 책을 들고 부엌에 들어가자 그녀는 "오늘은 누가 뽑혔니?"라며 의례적으로 인사를 했다. 나는 자초지종을 설명하고 선생님이 검토해보라고 주신 시집 한 권을 보여주었다. 그녀는 밀가루 반죽이 손에 묻어 직접 볼 수 없으니 눈도 내리는데 낭만적인 시 한 수를 낭독해달라고 부탁했다. 나는 무작정 책을 펴고 시를 읽었다.

그녀는 내게 믿음을 빼앗고
그녀는 내게 영감을 불태웠네.
그녀는 측량할 수 없는 행복과
헤아릴 수 없는 눈물을,
눈물을 내게 안겨주었네.
　　　　　　　　　—아푸후친의 '사랑'

나의 부정확한 발음과 어눌한 리듬은 그녀의 시 감상에 조금도 장애가 되지 않았다. 그녀는 분주히 손을 놀리며 다른 시도 읽어보라고 계속 청했다. 나는 신이 나서 이것저것을 읽어대었다. 그녀는 갑자기 일손을 멈추더니 한동안 창 밖의 눈 내리는 풍경을 감상했다. 그러더니 식탁 위에 있던 담배를 연신 두 개피나 피워대고 말했다.

"그래, 적어도 시인은 이 정도의 글을 써야지. 너 그 사람을 공부하는 것이 좋겠다…."

첫사랑이 생각났는지 아니면 애틋한 과거의 그림자가 기억에 밟혔는지 모르겠지만 그녀는 아푸후친의 시를 통해 받은 감동을 물리치지 않고 여운을 계속 되새김질하고 있었다. 반복해서 말하지만 내가 경험했던 하숙집 주인들은 우리가 흔히 말하는 인텔리들이 절대로 아니었고 지극히 평범한 사람들이었다. 하지만 그들에게는 대부분 나름대로 책을 감상할 줄 아는 양식들이 내면에 살아 있었다. 러시아는 굳이 독서를 권장할 필요가 없는 나라였다. 요컨대 독서는 러시아인들의 삶 속에 이미 친숙해진 일부인 것 같다.

러시아인과 술

술 없는 러시아인들은 상상할 수 없을 정도로 러시아인들은 술을 상당히 좋아한다. 몇몇 점잖은 러시아인들은 술이 러시아의 '망국의 병'이라고 개탄하지만 술을 마시지 못하거나 술 자체를 거부하는 러시아인은 거의 보지 못했다. 사실 술을 거부하는 러시아인은 매력도 없고 러시아인 답지도 않다는 것이 내 생각이다.

술에 대한 러시아인들의 집착은 고대 키에프 루시의 블라디미르 대공이 종교를 수용하는 과정에 잘 나타나 있다. 10세기 때 블라디미르 대공은 자신의 역량을 대외에 천명하기 위해 외국 종교를 과감히 받아들이기로 결심했었는데, 그때 가장 마음에 들어했던 종교가 이슬람교였다. 웅장한 사원, 엄격한 율법, 경건한 종교 의식, 이슬람교의 모든 조건이 대공의 마음을 사로잡기에 충분했다. 하지만 블라디미르 대공은 술을 먹지 않는 무슬림들을 받아들일 수 없었다. 술 마시는 것이야말로 러시아인들의 최고의 기쁨인데 그것을 버릴 수는 없었던 것이다.

이처럼 러시아인들의 술에 대한 애착은 하루 아침에 일어난 것이 아니라 오랜 기간을 두고 대대손손 전해내려온 전통적인 양식이라고 보아도 무관하다. 러시아의 거장 숄로호프는 자국의 민족적 자존심과 기상을 술과 연관시켜 통쾌하게 묘사한 작품을 쓰기도 했다. 그의 명작 『인간의 운명』을 보면 제2차 세계대전에 독일군 포로가 된 주인공 안드레이 소꼴로프에게 나치 장교가 보드카와 안주를 내밀며 '독일의 승리를 위해' 마시든지 '죽음을 위해' 마시든지 양자 택일 하라고 주문한다. 소꼴로프는 당연히 '죽음을 위해' 술을 마시겠노라고 말하고는 보드카 한 컵을 입도 떼지 않고 끝까지 들이켠다.

우리가 흔히 마시는 맥주 잔에 보드카를 가득 채운 컵을 단번에 마신다는 것은 웬만한 주당도 혀를 내두를 정도인데 소꼴로프는 그가 잔을 비우자 안주를 먹으라는 독일 장교의 말에 "그까짓 한 잔을 마시고 안주를 먹지 않는다"고 대답한다.

그러자 독일 장교는 두 번째 잔을 가득 채웠고, 주인공은 다시 군소리 없이 들이켠다. 그리고 "두 번째 잔을 마시고 안주를 먹은 적이 없다"고 말한다. 은근히 부화가 치밀어오른 독일 장교는 어디까지 가나 보겠다는 오기로 세 번째 잔을 소꼴로프에게 권유한다. 그러자 그는 다시 단숨에 보드카를 쭉 들이켜고는 작은 빵 조각을 들어 끝 부분만 약간 깨물고 나머지를 탁자 위에 내려놓는다. 영화로 만든다면 대단한 압권이 될 장면이다.

그런 소꼴로프의 남자다운 기개에 감복한 독일 장교는 독일군이 볼가 강에 입성한 기념으로 주인공을 풀어주는데 장교 앞에서 자세 한번 흐트러지지 않던 주인공은 밖으로 나오자마자 정신을 잃고 쓰러져 막사로 끌려갔다는 이야기이다.

이처럼 술에 관한 애착과 자존심을 보인 사람들에게 1985년에 당 서기장으로 취임한 고르바초프는 알코올 생산을 제한하고 판매 시간을 단축하는 반 알코올 캠페인을 벌인 것이다. 러시아인들에게 이런 탁상 행정이 환영받을 리는 만무했다. 고르바초프의 금주령은 오히려 러시아 술 시장에 저품질의 사마곤(밀주)들이 암암리에 활개치게 만드는 결과를 초래했다.

당시 보드카를 만드는 군소 제조업체들이 우후죽순으로 난립했는데, 보드카의 생산 비용이 저렴할 뿐 아니라 유통 과정에 고수익을 보장하기 때문에 전환기를 틈타 암흑가의 조직들이 이를 파고들었던 것이다. 그들은 정상적인 보드카에 불순물이 함유된 싸구려 알코올을 타거나 혹은 아예 '스피르트'(알코올 농도가 96%인 독주로 라이터로 불을 붙이면 진짜 알코올에 불이 붙듯이 인화성이 매우 강하다. 러시아의 애주가들은 스피르트를 차에 싣고 다니며 마시다가 휘발유가 떨어지면 긴급 대체 연료로 사용하기도 한다.)를 물에 타서 몇 배의 이익을 올렸다.

물론 당국의 대대적인 단속에 의해 이러한 범죄는 거의 사라지게 되었지만 어쨌든 금주령을 강요한 고르바초프는 괘씸죄에 걸려 정치적인 인기가 끝없이 추락하게 되었다. 물론 전부 술 탓만은 아니지만, 적어도 나의 하숙집 주인 아저씨와 그의 친구들은 1996년 고르바초프가 러시아 연방 제2대 대통령 선거 후보로 나왔을 때 "러시아인들에게 금주령을 내린 고르바초프는 대통령이 될 자격이 없다"고 잘라 말했는데, 그것은 술을 못 마시게 했던 정치가에 대한 애주가들의 막연한 반발이기보다는 감히 러시아인들에게 금주령이나 선언하는 그의 민심 이반 정책 때문이었다.

러시아는 아직 카페나 레스토랑이 대중화되어 있지 않았기 때문에 서민들은 주로 메트로(지하철)나 키오스크(가두 판매대) 근처 아니면 아예 집에 판을 깔고 술을 마신다. 술을 못 마시는 사람은 계산적, 이기적인 사람이기 때문에 사람 냄새가 나지 않는다고 항변하지만 러시아인들은 술이 들어가게 되면 끝을 보려고 하기 때문에 산혹 그들과 술자리를 하다 보면 피곤하기도 하다.

상트페테르부르크 대학 영문학부생 이반의 집에 초대를 받아 그의 집을 방문한 적이 있었다. 부모가 주말에 별장을 가게 되었다며 나를 초대한 것이다. 저녁 식사를 하고 한동안 대화를 나누다보니 화제 거리가 동이 나 분위기가 서먹서먹해졌다. 그런데 갑자기 내가 그의 집을 방문하는 것을 어찌 알았는지 남녀 대학생들이 보드카를 사들고 무작정 쳐들어온 것이다. 어찌나 술을 잘 마셔대던지 그들이 사온 보드카 두 병은 금새 없어졌다. 이반이 어머니가 담가놓은 '사마곤'(밀주)을 꺼내왔지만 그것도 순식간이었다. 그래서 그들을 위해 보드카 다섯 병을 샀다. 그들은 세 병까지 게 눈 감추듯 금방 해치우더니 나머지 두 병은 '아치꼽'이라는 카드 게임을 하며 이긴 사람만 술을 마시는 규칙을 정해놓았다. 개인적으로 술을 못하는 나는 눈치를 보다가 내 잔을 술을 잘 마시는 이반의 친구한테 내주었다. 그런데 반응이 예상 밖이었다. 우리 같으면 '어, 감히 자기 술잔을 남에게 줘?' 하며 오히려 '벌주'를 가할 텐데 그들은 정반대였다. 한 여학생은 내 술잔까지 채가는 그를 못마땅해하며 "야, 너 양심도 없니?"라고 그를 쏘아붙이는 것이다. 그날 내가 그들과 술자리를 가진 시간이 저녁 일곱 시부터니까 다음날 새벽 다섯 시까지 우리는 열 한 시간 동안 술을 마신 셈이었다. 하긴 내 주위에서는 2박 3일을 꼬박 마셔댔다는 사람도 있었다.

러시아인들이 가장 즐겨 마시는 술은 보드카이다. 보드카는 한국의 소주와는 제조법이 다르다. 소주는 곡물을 희석시키고 주정을 물에 타 제조하지만, 보드카는 밀과 감자 등을 한동안 당화하고 효모를 넣어 발효시킨 다음 여분을 깨끗이 증류시켜 40%의 알코올을 만들어낸다. 러시아인들이 보드카를 만들 때 40%를 고집하는 이유는 화학 원소의 주기율표를 만들어서 전세계의 화학 발전에 지대한 공을 세웠던 러시아의 화학자 멘델레예프가 알코올은 40%에 가장 안정적인 구조를 유지하고, 적당히 마시면 인체에 무해하다고 주장했기 때문이다. 러시아에서 출처를 알 수 없는 싸구려 가짜 보드카만 마시지 않는다면 다음 날 숙취에 걸리는 경우가 없는 것을 보면 이 과학자의 말은 사실인 것 같다.

러시아인들은 자신들의 호탕한 이미지에 걸맞게 술을 혀끝을 대고 음미하거나 홀짝홀짝 마셔대는 감질나는 주법을 거부한다. 그들은 술은 취하기 위해 마시는 것이라며 스트레이트로 연거푸 두서너 잔을 마셔야만 후련해한다. 때문에 러시아에서 첫 잔은 늘 끝까지 비우는 것이 술판의 에티켓이다. 이런 그들의 문화를 모르고 보드카에 입만 대는 이방인들이 있는데, 그것은 대접하는 자의 친절을 거부하거나 그와 친구가 되기를 원치 않는다는 마치 판을 깨는 행위로 오해될 수 있으므로 조심해야 한다.

간혹 술 마시는 주당들의 표정을 보면 너무나 행복해 보여 무아지경에 빠지는 느낌이다. 러시아인들은 무작정 술을 들이켜지 않고 일단 강한 알코올

길가에 버려져 있는 술병들.

냄새를 잠시 코로 음미한 다음 숨을 쉬지 않고 끝까지 잔을 비운다. 그리고
는 흑빵의 효모 발효 냄새를 힘껏 들이켜고 '칼바사'(소세지)나 훈제 생선,
절인 청어 등을 안주로 베어 먹는다. 보드카에 어울리는 최고의 안주는 연어
나 철갑상어 알인데 러시아인들은 뱃속까지 보드카가 찌릿찌릿하게 스며들
어 여운을 남기는 순간에 검은 빵에 얹어놓은 짭짤한 캐비아들을 입에 넣고
맛을 음미하곤 한다. 하지만 서민들이 보드카와 곁들여 주로 먹는 최고의 안
주는 '살라'라는 것이다. 과거 우리 나라에 고기가 흔치 않던 시절 가마솥 뚜
껑에 올려놓고 볶아대던 돼지 비계가 바로 러시아인들이 좋아하는 보드카의
안주이다. 그들은 우리처럼 돼지 비계를 볶아 먹는 것이 아니라 비계 살점을
칼로 썰어 먹는데 어떤 이는 호주머니에 그것을 넣고 다니다 필요할 때마다

조금씩 잘라 먹곤 한다.

그밖에 러시아인들은 맥주, 포도주, 코냑 등도 즐겨 마시는 편이다. 비록 고가의 명품 브랜드는 없지만 세계인이 주목하는 술 정도는 생산해내고 있다. 맥주는 '뿌리발틱'이 유명하고 포도주는 그루지야 공화국의 '킨즈마라울리', 코냑은 아르메니아 공화국의 '아르마냑'이 세계적이다. 특히 아르마냑은 영화나 소설에 고급 코냑의 대명사로 자주 언급되는데 코카서스의 맑은 물과 수려한 경관이 조화를 이루어 이러한 고급술이 만들어지는 것 같다.

러시아의 술 문화는 파티에서 자세히 엿볼 수 있는데 생일 파티에 가보면 보드카, 샴페인, 코냑, 포도주 등 다양한 술들이 준비되어 있다. 그것은 손님들의 취향에 따라 원하는 술을 마시라는 주인의 배려가 담겨 있다. 재미있는 것은 그날 초대받은 사람들이 번갈아가며 생일을 맞은 사람을 위해 건배를 제의하는 것인데, 이것을 러시아어로 '토스트' (건배)라고 한다. 그들은 단순히 '생일을 축하합니다' 식의 간단한 건배의 표현이 아니라 적어도 1분 이상 축하의 말을 하며 자신의 개인기를 발휘한다. 다수의 공화국들이 구성되어 있었던 소련 시절에 축하의 말을 오래하기로 이름난 민족이 그루지야 민족이었는데, 그들은 보통 3분에서 5분 가량 축사를 하는 것으로 알려져 있다. 진한 감동을 연출하는 그들의 축하의 말을 한 두 번 듣는 것은 좋은데 수많은 사람들이 번갈아 축사를 할 때 3~5분 동안이나 잔을 계속 들고 있어야 하니 그 괴로움은 오죽할까.

"사랑하는 나타샤. 오늘 이 자리에 모인 모든 친구들과 함께 진심으로 네 생일을 축하한다. 모든 만물이 촉촉한 봄비를 맞아가며 겨울의 깊은 잠을 깨어 대지의 축복을 받는 계절에 태어난 네가 어느새 이처럼 아름답고 지적인 여자로 자라 오늘을 맞이했구나. 앞으로 네 앞길이 지금처럼 늘 행복하기만 바라겠다. 네 인생이 언제나 활기차고 아름답기를 간절히 소망한다. 항상 수호 천사가 너와 함께 하기를 바라면서 다시 한번 너의 생일을 진심으로 축하한다."

축사는 대략 이런 식이다. 물론 생일 파티뿐만 아니라 연말 연시 모임에서도 축사는 어김없이 이어진다. 때문에 파티에 초대받았을 경우에는 항상 어떤 축사를 할 것인가를 미리 준비하고 가는 것이 지혜롭다. 결혼식 피로연도 생일 파티와 비슷하게 진행된다. 결혼식이 끝나면 신랑과 신부는 친지들과 함께 피로연을 개최하는데 저녁 때까지 야외에서 술을 마시며 결혼을 축하한다. 보통 샴페인이나 포도주, 보드카 등을 마시는데, 몇 잔의 술이 돌고 나면 신랑과 신부는 키스를 하게 된다. 이때 친구들은 '고리커, 고리커'라고 계속 외친다. '고리커'라는 단어는 '(맛이) 쓰다'라는 뜻을 가지는데, '고리커'라고 외치는 이는 술이 쓰기 때문에 키스를 달콤히 해야 한다는 의미이다. 잉꼬처럼 아름다운 신랑과 신부가 하객들이 마시는 쓴 술을 키스로 달콤하게 만들라는 것이다.

사우나

대개 사우나 하면 핀란드 사우나를 먼저 떠올린다. 하지만 옐친 대통령이 독일의 콜 총리와 사우나 장에서 정상 회담을 했을 정도로 사우나에 대한 러시아인들의 애정도 각별하다. 러시아의 뒷골목에 가면 '바냐'라는 간판이 달린 건물들이 종종 눈에 띈다. 바로 그 곳이 우리의 대중 목욕탕과 같은 기능을 가지고 있는 러시아 대중 사우나 장이다.

　　러시아의 사우나는 특히 겨울철에 지친 심신을 달래는 데에 제격이다. 나는 보통 추운 날엔 외출을 자제하고 집에서만 몸을 웅크리고 있었는데, 사우나를 알고난 후론 틈만 나면 그 곳을 찾았다.

　　러시아는 공중 시설이 잘 발달되었기 때문에 위생 관념이 매우 철저하다. 예를 들어 정기적으로 실내 수영장을 다니려면 돈만 내는 것이 아니라 도시 당국이 인정하는 진찰증을 구비해야 한다. 괜한 전염병을 미연에 방지하기 위한 조치이다. 사우나에서는 그런 엄격한 절차는 거치지 않고 있지만 사우나 장의 청결을 위해 먼저 몸을 깨끗이 씻고 들어가는 것이 필수적이다.

　　러시아 사우나는 도시보다는 시골에서 즐기는 것이 제격이다. 그것도 큰 호수 근처의 사우나가 좋다. 사우나 장에 들어가면 벽 한쪽에 검은 돌이 쌓인 난로가 있다. 도시에서는 보통 가스나 전기로 난로를 달구지만, 시골은 아직도 그것을 화로처럼 만들어 장작불로 달구는 곳도 있다. 돌이 달궈지면, 그 곳에 물을 부어 김이 모락모락 나게 한다. 맥주를 부어 맥주 특유의 냄새를 즐기는 사람도 있다.

　　러시아 사람들은 간단한 복장으로 사우나를 즐긴다. 낯선 이들과 사우나를 할 때는 수영복을 입지만, 가족끼리 할 때는 완전히 알몸으로 한다. 그땐 갓난아기도 예외는 아니다. 사우나 실에서 10~20여 분 가량만 있으면 몸이 발갛게 달아오르는데, 호수의 얼음을 깨고 물 속에 들어가도 추위를 느끼지 않을 정도다. 아기를 동반한 엄마는 아기와 얼음물 속으로 들어간다. 당연히 아기는 자지러지게 울어댄다. 그럼 엄마는 달래기만 할 뿐 태연히 물 속으로 잠수까지 해가며 하던 일을 계속한다.

　　몸의 열기가 가시면 다시 사우나를 한다. 그리고 자작나무 줄기로 땀에

러시아의 대중 사우나장 모습.

98

사우나장의 스팀룸.

젖은 전신을 두드려 몸의 모든 노폐물들을 배출시킨다. 그때 엄마는 아기의 전신을 마사지하며 팔과 다리를 잡고 공중에 흔들어 아기의 골절을 단련시킨다. 아기는 보기에 애처로울 정도로 경악하며 울어대지만, 엄마의 마사지와 관절 단련 훈련은 계속된다.

그리고 그들은 다시 밖으로 나와 수목이 빽빽이 서 있는 대지를 산보한다. 도중에 눈 위에서 함께 뒹굴기도 하고 눈싸움을 벌이기도 한다. 해와 달이 만나듯이 대자연과 인간이 하나가 되는 순간이다. 사우나를 마치면 러시아인들은 정령들을 위해 곳곳에 물을 남겨두는 풍습이 있다. 정령들이 와서 목욕을 한다나?

러시아인들의 월급 수준은 얼마나 되는가

세계 억만장자와 우수 기업을 연도별로 발표하는 미국 잡지 〈포브스〉지
의 1998~2001년도 보고서에는 46개 국의 538명에 달하는 억만장자 리스트를
발표했다. 이중 러시아인은 여덟 명이었고 대부분 300위와 400위 권을 마크
했다. 1997년에 다섯 명(베레조프스키, 포타닌, 호르도프스키, 알렉페로프,
뱌히레프)인 반면에 2001년에 러시아의 최고 부자 호르도프스키는 194위였
고, 포타닌이 272위, 보그다노프가 312위, 그리고 그 다음이 뱌히레프, 이브
라모비치, 알렉페로프, 프리드만, 체르노미르딘 순이었다.

자본주의 역사가 얼마 되지 않는 러시아에 이처럼 신흥 부자들이 계속 속
출하지만 사실 일반 러시아 국민들이 받는 월급은 그다지 많은 편이 아니다.
현재 러시아의 공무원이나 대학 교수, 교사 등의 월급은 대략 월 100달러에
서 150달러 정도이다. 우리 나라의 IMF의 선언과 거의 동시에 러시아도 모라
토리엄을 선언했기 때문에 이나마도 장기간 체불되는 사태를 맞고 있는데,
최근에는 상당히 사정이 좋아졌다고는 하나 러시아 국민들의 고충은 여전한
것 같다.

내가 생각하기에 공산주의의 최대 장점 가운데 하나는 모든 인민들의 생
활 수준이 거의 엇비슷한 것에 있다. 그런데 자본주의가 들어와 과거에는 고
만고만한 평범한 사람들이 재주 좋게 신흥 부자가 되자 자녀들이 친구들을
집에 데리고 오는 것을 꺼려하는 사태에 이르게 되었다.

가정 경제 사정이 좋지 않게 되다보니 러시아인들은 근면과 절약 정신이
몸에 베어 있다. 대부분의 러시아인들은 맞벌이로 부족한 생활 자금을 충당
하는데, 남편의 봉급이 나오면 그 돈을 절약해가며 아내의 봉급이 나올 때까

지 생활비로 버티고 있다. 생활이 불안정하게 돌아가다보니 많은 사람들이 아르바이트를 한다. 손재주가 있는 사람은 기념품을 만들고 가전 제품이나 자동차를 수리하며, 자가용이 있는 사람은 불법 자가용 영업을 하고 있다. 어떤 사람은 폴란드나 터키 등지로 기차를 타고 가서 돈이 허락되는 대로 물건을 들여와 가두 판매대에 넘기는 일을 하고 있다. 다행이 집에 텃밭이 딸린 농가가 있는 사람은 주말마다 농장에 가서 감자, 오이, 당근, 마늘, 양배추 등 러시아 식생활에 절대적인 채소들을 직접 재배하고 있다.

재정 환경이 이처럼 열악하다보니 러시아 정부는 전기세, 전화세, 광열비, 수도세 등의 공과금을 가계에 그렇게 큰 부담이 되지 않도록 아주 저렴하게 징수하고 있다. 예를 들면 시내 통화는 아직까지 일정 시간 안에는 무료로 사용하도록 조치하고 있다. 때문에 러시아인들이 실질적으로 벌어들이는 돈이 몇 푼 되지는 않지만 수입은 현재의 몇 배로 올라갈 수 있다.

러시아인들의 개 사랑

어떤 한국인이 개를 한 마리 사서 길러보려고 모스크바의 동물 시장에 들렀다. 모스크바 시내 남동쪽에 위치한 이 시장에는 개와 고양이, 새 등 일반 애완 동물들과 뱀, 독거미, 전갈 등의 엽기 애완 동물들을 팔고 있었다. 그는 견공들이 모인 곳에 가서 개의 가격을 물어보았다. 그러자 아줌마 한 사람이 "이 사람에게는 팔지 마! 잡아먹을 거야"라고 하는 것이 아닌가. 어디에선가 한국 사람과 중국 사람이 개고기를 먹는다고 들었던 모양이다.

러시아인들은 개를 가족처럼 생각한다. 대부분 주거 형태가 아파트인데도 불구하고 러시아인들은 승강기에 개들이 오줌을 싸도 불평하지 않고 오

침대 위에 벌렁 누워 있는 개.

히려 귀여워할 정도로 개를 사랑하고 있다. 러시아의 집 근처 공원을 나가보면 개와 산책하는 인파들을 언제나 볼 수 있다. 한가하게 공원을 거닐며 망중한을 즐기는 그들의 모습은 앞만 보고 바삐 사는 우리네 모습과 너무 대조적이다.

나의 하숙집 주인도 '똘랴' 라는 개를 키웠다. 주인댁 식구들과 14년을 산 똘랴는 끼니만 되면 귀신처럼 알고 식탁 밑에 자리를 잡고 앉아 사람들을 자기 발로 툭툭 건드리며 먹이를 재촉할 줄 알 정도로 영리한 개였다. 이 집에서는 가족과 마찬가지였다. 나도 평시에는 개를 상당히 귀여워하는 사람이다. 하지만 목욕도 하지 않은 검둥이가 나의 침대에 자리를 틀고 잠을 자며

102

온갖 잡동사니들을 털어내는 꼴은 도저히 용납할 수 없었다. 그래서 "똘랴,
너 저리 안 가?"라고 내가 호통치기라도 하면 주인 아줌마는 쪼르르 달려와
귀여운 개가 뭐 잘못했냐며 속 좁은 나를 핀잔했었다.

개 때문에 속 좁다는 핀잔은 받을 수 없는 노릇이다. 나는 하숙집 식구들
이 집에 있을 때는 아주 어질게 똘랴를 보듬어주다가 식구들이 외출했을 때
에도 똘랴가 여전히 내 침대 위에 뒹굴고 있으면 신문지를 둘둘 말아 뒤통수
를 내리치곤 했다. 그런 일들이 반복되자 똘랴는 식구들이 외출하면 얼른 내
침대를 내려와 주인 방에 몸을 숨기곤 했다. 아무리 동물이라지만 주인 부부
가 집에 있을 때는 내가 자기를 전혀 손대지 못한다는 것을 알고 태연히 내
침대에 누워 있다가 주인만 없으면 내 눈치를 보는 것이 너무나 괘씸했다.
나는 그런 똘랴를 혼내주려고 기회를 엿보았다.

어느 날 주인 아주머니가 집을 나가자마자 나는 신문지를 둘둘 말며 "너
잘 걸렸다"고 소리 치며 쫓아다니면서 혼을 내주었다. 그런데 그때 초인종
소리가 들리더니 예기치 않던 주인집 딸 레나가 들어오는 것이었다. 똘랴는
구세주를 만난 듯이 그녀를 보듬어대며 꼬리를 마구 흔들어대었다. 완전히
분풀이를 하지 못한 나는 꼴랴의 추근대는 꼴이 눈에 거슬려 "야 임마, 저리
가"라고 발로 툭툭 찼다. 그러자 레나는 정색을 하며 "꼴랴는 발로 이리 가라
저리 가라 하는 동물이 아니야"라고 하는 것이었다.

사람은 아주 우연힌 기회에 뭔가를 깨닫는 것 같다. 물론 별것은 아니지
만 레나가 정색을 하며 개를 비호하는 소리를 듣고, 나는 똘랴가 그 집에서
얼마나 중요한 존재인가를 깨달았다. 똘랴는 그 후에도 내 침대에 누워 털을
털어내는 짓을 계속 했지만 나는 "저리 꺼져"라고 악담은 퍼부어도 놈을 때

리지는 않았다. 그리고 주인 식구들이 한동안 외출했을 때 내 방에서 캥캥대며 어쩔 줄 몰라하는 똘랴를 밖으로 데리고 나가 용변을 보게 한 이후로 나도 똘랴와 무척 절친한 사이가 되었다.

어학 연수를 위해 모스크바에서 1년 동안 머물었던 내 친구는 음식이 입에 맞지 않아 고생을 하면서도 좋은 경험을 한답시고 러시아 할머니 집에 고집스럽게 하숙을 했었는데, 특히 저녁마다 상다리에 오르는 채소들에 거의 물릴 지경이 되었다. 어느 날 수업을 마치고 집에 와보니 고기 냄새가 집안을 진동하는 것이 아닌가! '드디어 오늘은 고기를 먹겠군.' 그렇게 생각한 친구는 저녁 식사 시간을 손꼽아 기다리다가 식탁에 앉았다. 그런데 식탁에는 고기는커녕 또 그린 필드가 아닌가. 냄비에 요리된 고기는 개가 먹을 음식이었던 것이다. 이처럼 러시아인들은 자신들은 풀만 먹으면서도 개에게는 고기를 먹일 정도로 끔찍이 개를 사랑하는 사람들이다.

부부 싸움

많은 외국 남성들이 러시아 여성과 국제 결혼을 원하고 있다. 얼마 전만 해도 자기 얼굴과 직장, 그리고 사는 모습을 셀프 카메라에 담아 러시아 여성들의 마음을 은근히 설레게 했던 사람들이 최근엔 컴퓨터 입력 자료를 통해 조건이 맞는 여성들을 골라 교제하려고까지 한다.

얼렁뚱땅 재미삼아 러시아 여성들과 교제하려는 부류도 없지는 않다. 하지만 아주 진지하게 자기를 소개하는 남자들도 많이 있다. 그들은 자기 침실이 어디이고 냉장고엔 무엇이 들어 있으며 집에서 기르는 강아지의 종류는 무엇이고 직장은 어디, 수입은 얼마인지까지 꼼꼼히 챙겨 자기를 소개하면서 인연이 닿아 결혼만 하면 행복을 보장한다고 말하고 있다.

특히 결혼에 실패한 중년 남자들이 적극적인 구혼장을 보내오기도 하는데, 그들은 미국, 프랑스, 이태리 같은 선진국의 남자들이 대부분이다. 자기 나라에서 찾아봐도 맘에 드는 여성들이 많을 텐데 참 할 일 없는 사람들이라고 이해하지 못할 수도 있지만 그 내막을 알고 보면 충분히 납득할 이유가 있기도 하다.

그들이 인터뷰를 통해 밝히는 바를 곰곰이 들어보면 '지고지순하고 여성다운' 여인을 자기 나라에서 찾기가 무척 힘들어 러시아 여인을 구한다는 것이다. 즉 가정보다 직장을, 도의보다 사랑을 쫓는 서구의 '커리어 우먼'들이 남편들을 제대로 대우해주지 않아 불만이 많다는 것이다. 하지만 러시아 여성들은 미모도 탁월할 뿐 아니라 약간 보수적이고 가정적이며 무엇보다도 남편을 자기 집 가장으로 대우해주고 있어 남자로서 상당한 보호 본능을 일으키는 '보듬어주고 싶은' 여인들이라고 그들은 말하고 있다.

대개 권위적이고 보수적인 서구 남성들이 그런 생각을 하는데, 각설하고 그들의 생각은 전통적인 러시아 여성상과 그다지 어긋나지 않는다. 최근 보도에 의하면 러시아 여성들의 이혼율이 60%를 상회한다. 그런데 통계상으로 대부분 남편들의 무절제한 폭음이나 경제적 무능력이 상당수를 이루는데 이혼을 하게 되는 결정적인 사유는 남편에 대한 불신감이다. 물론 러시아 여성 쪽에서 아내로서의 도의를 허무는 경우노 있지만 남편이 자기말고 다른 여성을 사랑할 때 그들은 이혼을 고민하기 시작하는 것이지 남편의 약점을 핑계로 무조건 이혼을 고려하지는 않는다는 것이다.

러시아의 아파트는 방음 장치가 적절히 되어 있지 않아 가끔 이웃집의 부부 싸움 소리가 들려온다. 예를 들어 부인이 남편보고 집을 나가라고 고함지를 때가 있는데, 그것을 들어보면 가끔 논리가 맞지 않는다는 느낌이 든다.

우리 나라 부부가 격렬히 부부 싸움을 할 때 보면 부인이 "당신 그 따위로 살 거면 당장 집을 나가"라고 남편에게 고함친다. 뉘앙스에 따라 의미가 달라지겠지만 부인이 남편에게 실망하여 죽기 살기로 고함을 칠 때는 '당신 얼굴은 꼴도 보기 싫으니 당장 집에서 나가 다시 들어오지 말라'는 극단적인 의미로 받아들여질 수 있다.

하지만 러시아 여성들은 이런 극단적인 표현을 쓰지 않으며 언어상에도 그런 표현은 없다. 즉 러시아 여성들은 "보기 싫으니 당장 '우하지!'(나가)"라고 말하는데 원래 집에서 나가 다시는 들어오지 말라고 말할 때는 완료형인 '우이지!'라고 말해야 한다. 즉 '우하지'는 완료된 행위 자체를 의미하지 않은 불완료체로 어법상 '나갔다 들어오라'는 의미가 함축되어 있다. 한 번 언어학자에게 이 문제를 문의하였더니 자기들이 당연하게 사용하는 언어가 외국인들의 어법적 시각에서는 잘못될 수 있는 현상을 신기해하며, 그것은 '관습적인' 표현이라는 대답을 들은 적이 있었다. 남편에 대한 러시아 여성들의 애착은 언어의 관습에도 배어 있는 듯하다.

러시아의 교통

친구처럼 포근한 뜨람바이와 뜨롤레이부스

러시아의 몇몇 대도시에만 운영되고 있는 지하철에 비해 전국 어느 도시에 가보아도 흔히 볼 수 있는 뜨람바이와 뜨롤레이부스는 러시아인들이 애용하는 대표적인 교통 수단이라고 할 수 있다.

뜨람바이는 과거 우리 나라에 청량리부터 서대문까지 운행된 궤도형 전차(電車)를 연상하면 된다. 도로의 노면 위에 레일을 깔아놓고 차량 외부 지붕 쪽에 전선을 설치하여 그 곳에서 동력을 받아 운행되는 교통 수단이다. 뜨람바이 종점은 대개 교외에 위치해 있고, 5~20분 간격으로 도시의 중심부까지 운행되고 있다. 운행은 물론 승객 맞이까지 운전사 혼자 도맡는다. 가끔 안내원과 검표원이 동승하기도 하지만 그런 경우는 매우 드물다. 운전석은 객석과 유리로 차단되어 있다. 그 곳엔 작은 유리창이 하나 달려 있는데, 그것은 표를 미처 구입하지 못한 승객들이 운전사로부터 곧장 승차권 '딸론'을 구입할 수 있게 만든 배려이다. 딸론은 뜨람바이뿐 아니라 뜨롤레이부스나 버스에서도 사용이 가능하다. 간혹 운전 기사들 중에는 딸론뿐 아니라 신문과 대중 소설들을 비치해 부수입을 올리는 사람들도 있다.

뜨롤레이부스는 전차와 유사하나, 바퀴로 운행되는 것이 특색이다. 바퀴는 객차 위에 설치된 전선의 길이 만큼 좌우로 움직일 수 있다. 만일 실수로

동력을 운반하는 전선의 고리가 이탈되면 운전사가 갈고리로 다시 전선을 걸어놓는 모습을 러시아의 길거리에서는 흔하게 목격할 수 있다.

지하철을 제외한 러시아의 대중 교통은 후불제인 것이 특징이다. 승객들은 일단 차량에 올라타고 자리를 정한 후 차내에 설치된 펀치에 딸론을 대고 구멍을 뚫어 자신이 차비를 지불했다는 표시를 해놓는다. 러시아 대중 교통을 처음 이용하는 외국인들은 당황할 경우가 많다. 왜냐하면 옆 사람들이 딸론을 주며 무언가를 부탁하기 때문이다. 그러나 당황할 필요는 전혀 없다. 그것은 펀치와 멀리 떨어져 있는 사람이 딸론을 주며 대신 구멍을 뚫어달라는 부탁을 하는 것이다. 펀치 근방에 서 있을 경우에는 많은 사람들이 딸론을 찍어달라고 부탁해온다. 그럴 경우에 거절하지 말고 도움을 주는 것이 러시아 대중 교통의 에티켓이다.

일단 딸론에 구멍을 뚫게 되면 그것을 주머니에 소지하고 있다가 검표인의 검문시 제시해야 한다. 검표는 항상 있는 것이 아니라 불시에 시행된다. 운 좋은 날은 공짜로도 대중 교통을 이용할 수 있는데 이를 위해서는 상당한 모험이 필요하다. 배짱이 두둑한 사람은 구멍을 뚫어 1회에 한하여 사용할 수 있는 딸론을 버리지 않고 깨끗이 보관해두었다가 재차 검표인에게 제시하곤 한다. 그러나 그런 모험은 외국인은 삼가야 한다. 검표인이 승객을 가장하고 다니다 모든 정황을 파악한 다음 불시에 검문을 하기 때문이다. 무임 승객에게 상당한 벌금이 부과되는데 외국인들이 주요 타켓이 되고 있다.

가끔 버스 안에 벌금을 매기려는 검표인과 핑계를 대는 승객 사이의 실랑이가 벌어지곤 한다. 무임 승객들의 변명은 대부분 천편일률적이다. "막 딸론을 찍으려고 했는데 당신이 온 거요", 혹은 "딸론을 사러 운전석으로 가는 중이에요"라고 핑계를 댄다. 하지만 검표인이 단호하게 벌금을 부과하려고 하면, "지금 경제 사정도 어려운데 한번 봐줘"라며 애걸한다. 그래도 검표인이 벌금을 요구하면 오히려 검표인의 신분증을 확인해달라고 난리다. 검표인이 신분증을 제시하면, '어떻게 믿을 수 있는가' 를 따진다. 왜냐하면 검표를 가장해 무임 승객을 위협하고 눈감아주는 대가로 돈을 뜯는 신종 사기가 곳곳에 발생하고 있기 때문이다. 검표인은 '그럼 내려서 확인하자' 고 말한다. 그때 무임 승객이 '당장 내려 확인하자' 고 거세게 나오면, 검표인은 그를 밖으로 밀쳐내고 운전사에게 '출발' 을 외친다. 그도 후환이 무섭기 때문이다.

이것은 남자의 경우이고, 여성 무임 승객들은 주로 무반응이다. 검표인이 아무리 신분증을 요구해도 여자들은 말없이 창문만 바라볼 뿐 들은 척도 하지 않는다. 그러다 목적지에 다다르면 차에서 내려 유유히 집으로 향한다. 검표인은 그런 여자를 잡을 수도 없고, 집까지 쫓아가서 벌금을 달라고 강요할 수도 없다. 증거가 있어야지. 여하튼 주위에 무임 승차를 하는 사람들이 종종 있었는데, 벌금을 냈다는 사람은 한 번도 들어보지 못한 것 같다. 아마 검표인은 승객들에게 무임 승차를 하지 말라는 무언의 전시 행정인 것 같다. 하지만 외국인들에게는 다르다. 그들은 외국인들에게는 악착같이 돈을 받아낸다. 만일 실수로라도 이런 봉변을 당하지 않으려면, '까르토치카' 라는 패스권을 구입해야 한다. 이 패스권은 교외로 나가는 전동차와 택시를 제외하고는 지하철뿐 아니라 시내 모든 대중 교통을 자유자재로 이용할 수 있다.

용돈이 부족한 젊은이들이나 어린이들은 뜨람바이나 혹은 뜨롤레이부스 뒤에 있는 굵은 고리에 몰래 올라타고 다니기도 한다. 그 곳엔 몇 명이 족히

뜨람바이.

앉을 공간이 있다. 전차 속도가 그다지 빠르지 않기 때문에 그 곳에 젊은이들이 앉아도 위험해 보이지는 않는다. 종종 가난한 연인들이 데이트를 마치고 그 곳에 올라타 귀가를 하곤 한다. 트람바이 고리에 걸터앉아 대화를 나누다가 입 맞추는 연인들의 모습은 상당히 낭만적이다.

늦은 밤에는 운전사에게 애교를 떨고 무임 승차를 하는 데이트 족들이 많이 있다. 냉정하게 거절하는 운전사들이 대부분이나, 차에 오르라고 흔쾌히 허락하는 마음씨 좋은 아저씨들도 많다. 과거 우리의 '아버지' 세대가 온종일 도시를 걸어다니며 데이트를 즐긴 것처럼, 러시아 젊은이들도 이런 무임 승차를 하나의 낭만처럼 즐기고 있다. 운전사에게 탑승 허가를 받은 젊은이들은 온 세상을 다 얻은 것처럼 주위의 사람들과 즐겁게 수다를 떤다.

　간혹 롤러브레이드를 착용한 젊은이들이 뜨롤레이부스 뒤를 잡고 달리는 모습들도 볼 수 있다. 매우 위험하기는 하지만 그들만의 독특한 문화인 것은 분명하다. 러시아 정부는 이런 젊은이들의 모습을 국정 홍보의 컨셉에 이용하기도 했다. 싱그러운 아침, 모스크바의 한적한 거리를 뜨롤레이부스가 달리고 있다. 그 뒤를 따라 롤라브레이드를 착용한 반바지 차림의 미모의 여대생이 뛰어온다. 그녀는 뜨롤레이부스를 타지 않고 우산대를 내밀어 뜨롤레이부스의 끝자락을 잡는다. 아가씨의 깜찍한 모습에 운전사도 방긋이 미소를 띤다. 그리고 화면은 아름다운 모스크바의 아침 풍경을 보여준다. 크레믈린, 붉은 광장, 볼쇼이 극장, 화려한 도시의 곳곳을 지나 마침내 뜨롤레이부스는 모스크바 대학을 향해 달린다. 목적지에 도착한 여대생은 운전사에게 감사의 손짓을 보내고 캠퍼스로 달려간다. 화면에 "모스크바는 우리의 자존심입니다"라는 글귀가 나온다.

　뜨람바이와 뜨롤레이부스가 러시아의 일상에 친근한 존재인 것은 분명하지만, 이를 위해 도시 곳곳에 레일을 깔고 전선을 연결하기 때문에 도로의 노면이 상당히 거칠어지고 보수 공사를 해도 육중한 차량의 무게로 인해 얼마 가지 않아 또다시 노면이 파이게 된다. 일반 차량이 주행할 때도 혼잡과 정체를 야기한다. 즉 파란 불이 들어와 주행하려 해도 도로 중앙에 멈춰선 뜨람바이 승객들 때문에 주행이 불가능하다. 왜냐하면 승객들이 양 방향으로 길을 건너 도로를 점거하기 때문이다. 이를 기다리다보면 다시 빨간 불이 들어와 정지선에 멈추어 서야 한다. 겨울철엔 레일이 깔린 부근의 경사면이 상당히 미끄러워 보행에 불편을 겪기도 한다. 이런 이유 때문인지 처음 러시아에 갔을 때 러시아의 선결 과제 중 하나가 뜨람바이나 뜨롤레이부스를 없애는 것이라 생각하기도 했다. 비 오고 눈 내리는 날 덜커덩거리는 소음을 내며 질주하는 모습들이 여간 미워 보이는 것이 아니었다. 하지만 그 곳 생활에 어느 정도 익숙해지자 나도 모르게 뜨람바이와 뜨롤레이부스에 강한 애정을 갖게 되었다. 사람들과 밀고 밀리는 사투를 벌이며 탑승하는 경우도 있기는 했지만 그런 살아 있는 접촉들이 있었기에 내가 러시아를 더욱 좋아할 수 있었던 것은 아닐까?

뜨람바이와 뜨롤레이부스가 앞으로도 변함 없는 러시아 대중 교통의 얼굴이 되기를 바란다. 그것들이 없어진다면 러시아에 대한 나의 향수도 상당히 퇴색될 테니까.

대중 교통의 제왕, 지하철

러시아에서는 모스크바, 상트페테르부르크, 노보시비르스크 등 세 개의 도시에 지하철이 운행된다. 특히 모스크바와 상트페테르부르크의 지하철은 도시민의 일상과 긴밀한 유대 관계를 가지고 있다. 러시아 지하철은 오전 5시 30분부터부터 다음날 새벽 1시까지 운행되기 때문에 이른 아침에 출근하는 사람들과 늦은 시각에 귀가하는 사람들에게 훌륭한 발이 되어주고 있다. 운행 간격도 1~2분에 한 대 꼴이라 편리하다. 운행 속도는 거의 시속 100Km 정도이다. 때문에 모스크바 북쪽 끝에서 남쪽 끝까지 한 시간이면 이동이 가능하다.

모스크바 거리를 다니다 보면 곳곳에 '메트로'의 약자 M자가 표시된 건물이 눈에 띄는데, 그 곳이 러시아의 자랑인 지하철역이다. 모스크바 지하철이 얼마나 편리하고 아름답게 건설되었는가는 모스크바를 방문한 수많은 사람들이 증명하고 있다. 모스크바 지하철은 전 지역에 139개의 역이 거미줄처럼 뻗어 있다. 환승도 매우 편리하게 설계되어 있다. 각 역에는 독특한 조각 장식품과 아름다운 벽화가 그려져 있어 감탄을 자아내는데 마치 박물관에 들어와 유물을 감상하는 느낌이다.

러시아에서는 모든 지하철역의 에스컬레이터가 지상의 출구까지 연결되어 있다. 때문에 노약자나 장애인들이 이용하기에 편리하다. 지하철의 질서는 상당히 잘 잡혀 있는 편이다. 일례로 에스컬레이터를 탈 경우 반드시 오른쪽에 서야 한다. 바쁜 사람들을 위해 왼쪽을 비워놓는 것이다. 에스컬레이터의 속도는 우리 나라 지하철의 에스컬레이터보다 두 배 가량이 빠르다. 지레 겁을 먹고 머뭇거리다 타이밍을 놓치게 되면 넘어지는 봉변을 당한다. 에스컬레이터에서 넘어지면 상당히 위험하다. 러시아 지하철의 에스컬레이터는 지하 100m를 내려갈 정도로 깊다. 반대쪽의 출구가 거의 보이지 않으며 도시를 가로지르는 강물 밑을 통과하기도 한다.

놀라운 것은 거의 100m의 깊이에서 지하철이 운행되고 있는데도 불구하고 유체역학 원리를 응용한 자연적인 환기 장치를 설치한 덕택에 공기가 혼탁하다는 느낌이 없다. 또한 무더운 여름철에 지하철 속으로 들어가면 마치 냉장고에 들어온 것처럼 시원해 피서에 안성맞춤이다. 러시아의 지하철이 이처럼 깊게 건설된 이유는 모스그바 지역의 지반이 매우 약해 지상의 하중을 견딜 수 있도록 하기 위해 설계되었다는 설이 있다. 그러나 내가 보기에는 그것보다 전쟁을 대비한 방공호로 이용하기 위해 이처럼 가급적 지하 깊이 지하철을 건설했던 것 같다.

러시아 지하철은 각 역마다 독특한 조각 장식품과 아름다운 벽화가 그려져 있다.

　지하철을 타려면 '제톤'이라 불리는 동전을 구입해야 한다. 이 제톤을 자동 개찰구에 넣고 통과해야 하는데, 요즘은 작은 마그네틱 카드로도 이용하는 추세이다. 자동 개찰구 옆에는 검표원이 무임 승객들을 감시하는데, 그 앞에는 패스권을 가진 승객들, 노인들, 장애자들이 무료로 승차할 통로가 마련되어 있다. 그들은 단지 검표원들에게 증명서만 제시하고 통로를 지나친다.

　러시아 지하철은 문이 이중이고, 객차와 객차 사이를 통행하지 못하는 것이 특징이다. 안내 방송은 러시아어로만 하며 남자의 목소리이다. 열차가 역을 출발하면 '다음 역은 ○○입니다' 라는 안내가 나온다. 그리고 그 역에 다다르면 'ㅇㅇ역입니다. 문을 열 테니 조심하세요'라는 방송이 나온다. 안내는 십중팔구 이렇게 방송된다. 러시아를 모르는 사람도 당황하지 말고 자기가 하차할 역의 이름만 정확히 알고 있으면 안내 방송을 들을 수 있다. 물론 자기가 탑승한 역에서 하차할 역을 미리 세고 가는 것이 더욱 정확하겠지만. 모스크바 지하철은 스탈린이 소련의 명예와 자존심을 걸고 건설했다고 한다. 그 후 지하철 건설 책임자로 일한 흐루시초프가 성공적인 책임 완수 덕택으로 소련 공산당 서기장에 오를 수 있었다는 일화가 있다.

뜻밖의 경험의 장소, 기차

흔히 모스크바에는 모스크바 역이 없다고 한다. 이는 우리 나라처럼 기차 역이 어디에 위치하느냐에 따라 명칭을 만드는 것이 아니라 기차가 어디로 운행하는가를 따라 역명을 만들고 있기 때문이다. 즉 모스크바에는 모스크바 역이 없고, 상트페테르부르크로 가는 기차가 운행되고 있기 때문에 상트페테르부르크 역이 있다. 반면 상트페테르부르크에는 모스크바로 가는 기차가 운행되고 있기 때문에 모스크바 역이 있다.

기차표를 구입할 때 우리와 다른 점은 누가 가장 마지막인지를 확인하는 절차이다. 즉 매표소에 들어서자마자 마지막 사람에게 '당신 다음은 나요'라는 눈 도장을 받고 다음 사람에게도 '나 다음이 당신이오'라는 확인을 한다. 일단 순서가 확인되면 잠시 다른 곳에 다녀올 수 있지만, 이런 절차 없이 마냥 서 있으면 남에게 자기 차례를 빼앗겨도 할 말이 없다. 이것도 처음에는 상당히 불편했지만 줄서기를 잘하는 그들의 문화를 이해하고 보니 이것이 새치기를 방지하는 최고의 방법임을 알게 되었다.

러시아에서는 표를 발권하는 데 약 5분 정도 걸린다. 왜냐하면 단순히 행선지만 말하고 돈을 지불하는 우리 나라와 달리 그들은 차표 소유자의 이름을 기차표에 일일이 기록하기 때문이다. 즉 증명서가 온전해야 기차표도 살 수 있다. 증명서에 이상이 있으면 이에 대한 확인 절차를 거쳐야 하기 때문에 상당히 발권이 더디게 나오고 간혹 경찰에 인계되는 경우도 있다. 때문에 구매자는 기차표를 사기 위해 한 두 시간은 족히 기다릴 줄 아는 인내가 필요하다.

러시아에서는 기차표를 예매하는 것이 현명하다. 당일에는 표를 구할 수 없는 경우가 많다. 물론 표가 완전 매진되어 구하지 못하는 경우도 있지만 정작 표가 있어도 매표원이 없다고 잡아떼는 경우가 있다. 그것은 매표인이 암표를 사도록 승객을 유도하는 수작인데, 표가 매진되어 창구 앞에 당황하고 있으면 십중팔구 암표상이 다가와 흥정을 하려 한다. 그때 절대로 서둘러 흥정하려 하면 안 된다. '내가 못 가면 못 갔지 그런 가격엔 도저히 구입할 수 없다' 는 입장을 분명히 해야 한다. 약간 시간을 끌면 오히려 암표상이 안절부절하며 적당한 타협안을 제시한다. 암표상이 제시하는 가격이 적당할 경우도 서둘러서 표를 사면 안 된다. 일단 표가 당일 표인지, 시간은 맞는지, 가짜가 아닌지 일일이 확인해야 안심할 수 있다.

암표를 사지 못해도 걱정할 필요는 없다. 차장을 통해서도 좌석은 충분히 구할 수 있다. 러시아에는 객차마다 차장들이 배치되어 있다. 그들의 주요 임무는 승객 여행 기간 동안 승객의 안전과 편의를 책임지는 것이다. 때문에 객실을 안내할 때도 일단 표와 증명서의 내용을 꼼꼼히 확인한다. 그런데 차장들에게는 침대가 두 개 달린 업무용 객실이 제공된다. 때문에 그들은 손님

모스크바 행 기차의 내부.

을 맞이하고 홍차를 나르고 담요를 분배하는 일보다 자기 객실에 '귀빈'을 모시는 것에 관심이 크다. 또한 객차에 빈 자리가 남아도는 경우 염가로 손님들에게 객실을 내주고 돈을 챙긴다.

러시아에서 기차 여행을 할 때는 침대칸을 이용하는 것이 상식이다. 기차는 4인용 쿠페와 2인용 룩스로 구성되어 있다. 물론 중앙 통로가 복도로 만들어진 침대차도 있다. 하지만 외국인들은 이런 기차를 거의 이용하지 않는 편이다. 승객들을 객실에 배치할 때 기장 문제되는 것이 남녀가 한방에 동승하는 것을 막는 일이다. 물론 컴퓨터로 미리 성별을 구분해 이성이 함께 동승하는 것을 방지하고 있지만 승객 숫자와 객실 수가 맞아떨어지지 않으면 어쩔 수 없이 이성이 함께 동승하는 경우가 있다. 즉 4인용 쿠페에 외간 남자

모스크바에 있는 키예프 기차역.

3명에 여자 1명이 동승하거나 2인용 룩스에 남자 1명과 여자 1명이 동승하는 경우가 있는 것이다. 이럴 경우 차장에게 자리를 재배치해줄 것을 요구할 수는 있지만 러시아인들은 대개 배정받은 자리를 옮기지 않으려고 한다.

여기서 우리 같은 동양인들에게는 참으로 이해할 수 없는 희한한 일들이 벌어지곤 한다. 보통 러시아 여성들은 얇은 천으로 만든 '할라트'라는 잠옷을 입고 잠을 자는 습성이 있다. 그런데 기차 안에서도 이 잠옷을 고집하는 경우들이 많이 있다. 언젠가 나도 러시아의 아리따운 처녀와 2인용 룩스에 동승하여 상트페테르부르크로 여행한 적이 있었다. 범상치 않은 이런 갑작스런 행운에 가슴이 콩콩 뛰면서 마음속에 쾌재를 불러대었는데 갑자기 그녀가 내 앞에서, 감히 외간 남자인 내 앞에서 속옷 차림으로 할라트를 갈아입

118

모스크바에 있는 야로슬라블 기차역.

는 것이 아닌가. 미지의 여인이 잠옷을 갈아입는 모습을 면전에서 보는 재미도 재미지만, 다른 한편으로는 도대체 이 여자가 나를 무시하는 것 같기도 하고 나를 남자로 보지 않는 것 같기도 하여 여간 자존심이 상하는 것이 아니었다. 나의 정서로는 도저히 이해하지 못할 범상치 않은 행동을 그것도 뻔뻔스럽게 얼굴 하나 붉히지 않는 대범함에 기가 막혀 나는 양말도 제대로 벗지 못하고 몸을 벽에 돌린 채 조용히 잠을 자야 했다.

재미있는 것은 외간 남자 세 명과 동승히고 가는 여자도 혼자의 몸으로 할라트를 입고 잠을 자려 한다는 점이다. 그럴 경우 여자는 옷을 갈아입으려고 하니 잠깐 자리를 피해달라고 남자들에게 요구한다. 남자들은 밖으로 나가 주는 것이 에티켓이다. 남자들은 여자가 옷을 갈아입는 동안 흡연실에서 담배를 피우거나 화장실에 가서 세면을 한다. 그렇다고 남자들이 옷을 입은 채 잠을 자는 것은 아니다. 러시아 남자들은 보통 팬티 차림으로 잠을 자는데, 여자가 기차에 동승했다고 이런 차림을 삼가지는 않는다. 간혹 낯선 남녀가 객차에서 만나 다음날 손을 잡고 기차에서 내리는 진풍경도 러시아에서 목격할 수 있는 광경이다.

뜻밖의 만남을 조성해주는 러시아의 기차 여행이 어찌 이성과의 만남이 선부이겠는가. 가끔 마음이 통하는 룸메이트를 만나는 경우가 있다. 그럴 때면 밤을 세워 많은 대화를 나누며 우정을 쌓는 특별한 경험도 할 수 있다. 모르는 사람들이 만나 아무런 사심 없이 서로 자신이 살아가는 다양한 이야기를 나눈다는 것도 러시아 기차만이 제공할 수 있는 환경이 아닐까 생각된다.

새롭게 도약하는 러시아 항공 '아에로플로트'

러시아 국영 '아에로플로트'는 명실공히 세계 최대 규모를 자랑하는 러시아의 국영 회사이다. 기술도 일류이다. 러시아 전역에만 100여 개의 공항이 있다. 한번은 친구와 시베리아 기차 여행을 하던 중에 카프카즈 전사 두 명을 룸메이트로 만나 신변에 위협을 느끼고 무작정 '키로프'라는 작은 마을에 내려야 했던 적이 있었다. 어디로 가야 될지 몰라 난감하던 차에 우리는 일단 호텔을 수소문했다. 사람들은 공항 호텔이 가장 크고 안전하다고 했다. 이 작은 마을에도 공항이 있었던 것이다. 그것은 바로 비행기가 러시아인들에게 자동차와 기차처럼 예전부터 일반 교통 수단의 하나로 인식되어 왔음을 말해주고 있다. 그럼에도 불구하고 아에로플로트는 얼마 전까지만 해도 낙후된 서비스로 인해 외국 승객들의 질타의 대상이었다.

"세관 검사가 너무 권위적이고 길어요."

"잘못한 것도 없는데 무조건 벌금을 내래요."

"화물을 부쳤는데 짐이 사라졌어요."

"세르메체보 Ⅱ 공항에서 시내까지 택시를 탔는데 120달러나 내래요."

사실 수속과 통관보다 기내의 서비스가 더욱 가관이었다. 기내식은커녕 냄새 나는 탄산수를 일회용 컵에 달랑 내주는 것이 서비스의 전부였다. 콜라, 사이다, 맥주 등 비싼 음료수들은 돈을 주고 사먹어야 했다. 화장실 문은 커녕 커튼 하나만 달랑 붙여놓고 운행하여 화장실 근처 좌석은 냄새가 진동했다. 좌석의 기본인 안전 벨트는커녕 초과 탑승으로 좌석 배치가 제대로 이루어지지 않아 승객들은 자기가 들고 온 가방에 앉아 가기도 했다. 흡연 문제도 심각했다. 러시아인들은 담배를 무척 즐긴다. 때문에 기내에 흡연석은 있지만 형식적이었다. 스튜어디스들이 빈 자리에 걸터앉아 잡담을 하며 담배를 피울 정도였다. 이것은 흡연의 문제 외에도 항공 승무원들의 서비스 문제를 드러내었다. 장거리 여행을 할 때 기내식은 물론 한두 편의 영화를 보여주며 승객들의 지루함을 달래주는 국내 항공사의 그것과는 전혀 달랐다. 그들은 약간의 간식만 제공하는 것으로 서비스를 끝내려고 했다.

이처럼 거대한 규모에 비해 내부는 상당히 비조직적, 비전문적으로 흘러가고 있었다. 그러니 이런 비행기를 타는 외국인들에게 생각지도 못한 에피소드 하나 정도는 흔히 생기곤 했다.

1994년 친구와 러시아 여행을 떠났을 때였다. 휴가철이라 비행기 표를 구한다는 것이 보통 어려운 일이 아니었다. 우리는 비교적 여러 개의 공항이 있는 모스크바에 가서 표를 구해보기로 작정했다. 모스크바에는 세르메체보

아에로 플로트 2003년 3월호 기내지 표지.

I, 세르메체보 II, 도모제도바, 브누코바, 브이코바 등 다섯 개의 공항이 있다. 세르메체보 II 공항만 국제 공항이고 나머지는 국내 공항이다. 우리는 모스크바 중심에서 한 시간 떨어진 도모제도바 공항에서 표를 구입하기로 했다.

비행기표는 예비 표까지 완전히 매진이었다. 여행을 위해 모스크바까지 왔는데 이게 무슨 꼴이람? 하지만 우리는 "되는 일도 없고 안 되는 일도 없다"는 러시아 속담을 알고 있었다. 그래서 지나가는 스튜어디스를 붙잡고 우리의 이런 사정을 호소해보았다. 그런데 그녀의 반응은 예상 밖이었다. 갑자기 호들갑을 떨며 우리보고 다른 데로 가지 말라고 신신당부하는 것이었다. 그리고 그녀는 남자 승무원들에게 달려가 급하게 무언가를 상의하는 듯했다. 알고 보니 그녀는 정시에 도착하지 못한 승객들을 파악하던 중이었고 출발 몇 분 전에 그들이 와도 탑승을 하지 못하도록 조치를 취하고 있는 것이었다. 이제 15분만 있으면 비행기는 시베리아로 출발한다. 그런데 여덟 명은 아직 도착하지 않았다. 10분 전까지 그들이 오지 않으면 좌석은 우리 것이 된다. 목적지에 도착해 통관 문제를 걱정했지만 그녀는 그런 걱정은 하지 말라고 일축했다. 사실 모스크바에서 여덟 시간 가량 걸리는 극동행 비행기를 암표로 간다는 것이 겁이 나긴 했지만 그런 경험 자체가 너무나 흥미롭고 재미있었다. 결국 그들이 오지 않아 우리는 비행기 계단을 오르고 있었는데, 아뿔싸! 일단의 무리들이 고래고래 소리를 지르며 뛰어오는 것이 아닌가. 우리보다 스튜이디스가 더 허달해했나. 우리는 비행기 문이 닫힐 때까지 그녀에게 아부를 했다. "아가씨, 제발, 제발" 하며 애원을 했지만 아가씨는 자기 힘으로 더 이상 곤란하다며 문을 닫았다.

'기술은 최첨단, 서비스는 낙제' 라는 오명으로 한동안 외국은 물론 러시

아의 승객들에게까지 불신을 당했던 아에로플로트. 1998년 최초의 모스크바
—니즈니 노보고로드(1923) 노선 70주년을 계기로 아에로플로트는 대대적
인 개혁을 단행했다. 무분별한 국제 노선을 줄이고 아에로플로트 조직에 구
조 조정을 단행했다. 아에로플로트의 이와 같은 조직 정비는 러시아의 혁신
경영에 좋은 예가 되고 있다. 또한 구형 모델로 성능의 의심을 받고 있던 '일
류 신' 기종을 다른 신종 기종들로 교체하는 한편, 최근에는 '에어 부스'를
도입하는 등 적극적인 체질 개선에 임하고 있다. 화장실 문이 없는 비행기는
추억으로 사라진 지 오래이다. 지금은 화장실 문은 물론, 일을 보고 향수를
뿌릴 호사스런 화장 도구들도 비치되어 있다. 모스크바—상트페테르부르크
간 1시간짜리 운행 노선에도 음료수는 물론 맛있는 간식 거리들이 제공된
다. 2003년부터는 기내에서의 흡연이 법적으로 불허되고 있다는 소식이다.

불법 자가용 영업의 천국, 러시아 택시

러시아의 택시는 생계에 위협을 느낄 정도로 불황이다. 러시아인들이 택
시를 이용하지 않는 탓도 있지만, 불법 자가용 영업이 성행하기 때문이다.
나의 하숙집 주인도 틈만 나면 외국 유학생들이 몰려 사는 기숙사에 있다가
그들을 학교로 한 두 번 등교시켜주고는 '벤진'(휘발유)과 부품 문제를 해결
하곤 했다. 비행장에 급히 가야 하는 초보 외국 승객을 만나는 날엔 한 달 월
급의 절반(20~30달러)이나 되는 돈을 버는 경우도 종종 있었다.

이른바 우리가 말하는 자가용 영업은 합법과 불법이 있다. 합법 영업은 국
가 공훈자나 장애인들이 정부의 정식 허가를 받고 일정 기간 동안 영업을 할
수 있는 자격을 따는 경우이고 불법은 말 그대로 불법 자가용 영업을 말한다.

그러나 이런 합법과 불법은 아무 의미가 없다. 왜냐하면 러시아의 모든 자가용들이 불법 영업을 한다 해도 과언이 아니기 때문이다. 나는 급할 때는 경찰차, KGB차, 군용 트럭, 장군 차, 구급차, 소방차뿐 아니라 벤츠, 혼다, 포드, 차이카, BMW, 소나타, 게다가 쓰레기차, '똥차' 까지 온갖 자동차를 다 타보았다.

한번은 상트페테르부르크 대학에 연수를 온 대학생들과 도시의 야경을 관광했을 때였다. 우리는 네바 강에 다리들이 올라가는 모습을 구경한 다음 새벽에 숙소로 돌아가야 했다. 여름이지만 밤바람이 몹시 거세었다. 우리는 몸을 떨며 아무 차라도 빨리 지나가기만을 애타게 기다렸다. 마침 자동차 한 대가 우리 앞에 멈추어 섰다. 우리는 일단 다섯 명이 출발하고 나머지 세 명은 다음 차에 오기로 했다. 그러자 운전사가 말했다. "야, 나머지는 왜 안 타?" 그는 우리와 흥정한 돈에서 절반을 더 내라고 했다. 우리는 추운데 "애라 모르겠다" 하고 앞자리에 세 명, 뒷자리에 다섯 명이 껴 앉았다. 그런데 얼마 가다보니 경찰 차가 우리를 따라오는 것이 아닌가? '자식, 괜한 객기 부리다 엄청난 벌금만 물게 되었군.'

그런데 경찰들이 운전사와 몇 마디 주고받더니 쏜살같이 내빼는 것이다. 운전사는 의기양양하며 말했다. "너희들 놀랐지? 왜 쟤네들이 나를 안 잡아가는 줄 아니? 봐라, 나도 '가이'(교통 경찰)야." 그는 훈장처럼 생긴 경찰 배지를 자랑스럽게 우리에게 보여주었다.

택시가 아닌 불법 자가용을 이용하는 것이 정당한 것은 아니지만 러시아에 이것이 상식화되어 있기 때문에 불법 영업 자동차를 탈 때 지혜롭게 행동해야 하는 방법이 있어 여기에 소개해보려고 한다.

첫째, 자기가 서 있는 장소에서 목적지까지 대략 얼마나 지불해야 하는지 미리 정보를 입수하는 것이 좋다. 왜냐하면 외국인일 경우 대부분의 운전사들이 터무니없는 가격을 부르기 쉽다. 때문에 자동차가 서면 자기가 미리 정한 금액에 맞추어 흥정을 벌일 필요가 있다.

둘째, 조바심은 금물. 자가용 영업은 택시처럼 전문적인 돈벌이가 아니다. 운전자의 목적지와 손님의 목적지가 다를 때 가격은 당연히 오른다. 왜냐하면 그들이 노동비와 휘발유 값을 따지기 때문이다. 그러나 자가용 영업 택시는 얼마든지 있다. 일단 그 차를 보내면 다가오는 차들은 얼마든지 있다.

셋째, 흥정할 때 한국인임을 밝히지 말라. 러시아인들은 한국을 일본처럼 막강한 경제 대국이라고 오해를 하고 있다. 그들의 경제 사정에 비해 돈을 흥청망청 써댄 초기의 '자랑스런' 한국인들 때문이다. 운전사와 흥정을 할 때 "어디서 왔니?"라고 물으면 나는 '베트남'이라고 했다. 그럼 값은 절반으로 떨어진다. 러시아인들은 일단 약속을 하게 되면 불이익을 당해도 지키는 것이 일반화되어 있다.

넷째, 아파트 입구와 먼 곳에서 하차하라. 자가용 영업 운전사들은 신분이 불분명한 사람들이다. 합승은 절대로 삼가야 하고 특히 여자의 경우에는 자신의 신분을 굳이 밝힐 필요가 없다.

보행자보다 자동차가 우선인 거리

러시아에서는 보행자보다 자동차가 우선이다. 이것은 거의 상식처럼 되어 있다. 보행자가 뜨람바이에 가벼운 접촉 사고가 일어났을 때 엑스레이를

교통 사고를 당하면 피해자만 손해를 볼 경우가 대부분이다.

찍거나 치료비와 정신적 피해 보상을 해달라는 소란을 피우는 법이 없다. 믿어지지 않겠지만 오히려 차와 왜 부딪쳤냐며 운전사가 부상자를 욕하고 때리는 경우도 있다. 러시아에서는 교통 보험이 일반화되어 있지 않기 때문에 사고를 당하면 피해지만 손해다. 추돌 사고일 경우에는 피해자가 가해자와 합의해 적당히 일을 처리하면 되지만, 사람이 중상을 입거나 사망을 하게 되면 영락없는 '개죽음' 이다.

몇 년 전에 한국 유학생이 상트페테르부르크에서 교통 사고를 당해 사망한 일이 있었다. 동기들과 함께 독감을 앓고 있는 친구를 위해 감기 약을 전하러 갔다가 네바 강의 새벽 다리를 구경하려고 택시를 잡던 중에 뺑소니를 당한 것이다. 상트페테르부르크 유학생들이 발칵 뒤집혔다. 척박한 이국 땅에 한국 여학생이 꽃도 피우지 못한 채 비극적으로 죽었다고 통곡하며 애도하는 것도 잠시. 우리는 사태 수습을 위해 사방을 뛰어다녀야 했다. 범인을 잡기 위해 언론 매체에 광고를 띄우려고 했지만, 경찰들이 헛수고라며 이를 극구 말려, 그렇다면 어차피 죽은 여학생의 장례를 치르는 게 급선무라고 생각했다. 그래서 한국에 있는 그녀의 일가와 대사관에 이 사실을 통고했다. 그런데 러시아에서 외국인이 사망하는 경우가 극히 드물어 현지 기관에 알아보아도 외국인을 위한 장례 절차를 아는 사람들이 없었다. 그래서 우리는 대사관에 도움을 요청했다. 하지만 국가의 막중한 임무를 수행하는 사람들이 그런 '사사로운 일'에 관심을 기울일 리는 만무했다. 졸지에 '서자 취급'을 당한 우리는 분통을 터트릴 시간도 없었다. 학생들이 자발적으로 100달러씩 부조한 돈을 모아 장례식을 준비했다.

화장터를 찾아 계약하는 데 3일이 걸렸다. 경찰 조사를 받는 데 5일이 걸렸다. 결국 유족과, 상트페테르부르크, 모스크바의 모든 유학생 및 상사 직원들에게 장례식을 통보했을 때는 사후 1주일이 지나서였다. 당시 모스크바에 체류하고 계셨던 고 이철 교수님은 모스크바에 있는 모든 제자들의 부조금을 손수 모아 기차를 타고 먼길을 오셔서 제자의 죽음을 애도하셨다. 장례식은 생각보다 장엄하고 엄숙했다. 그때 경찰이 망자를 위해 위로금으로 건넨 액수는 우리 나라 돈으로 300원 안팎인 것으로 기억된다.

장례식이 끝난 후 우리는 자체 결산을 가졌다. 그때 한 여학생이 울며 말했다. "죽은 여학생에게 안된 얘기지만 그 학생은 동문이라도 있지요. 저는 혼자예요. 대사관도 나 몰라라 하는 판국에 제가 그런 사고를 당하면 누가 저를 거두어주나요?" 상당히 일리 있는 말이었다. 한국인이 죽어도 대사관이 나 몰라라 하는 판국에 생판 모르는 자의 시신을 누가 거두어준담? 이를 계기로 상트페테르부르크의 유학생들은 '죽었는지 살았는지 서로 안부라도 물어보자는 취지로' 전체 유학생회를 조직하게 되었다. 모스크바 유학생회도 이때를 즈음해 소수 모임을 해체하고 전체 유학생회를 조직하게 되었다. 러시아의 유학생회는 바로 이런 슬픈 출범의 사연을 가지고 있다.

아름다운 러시아 학교

내가 경험한 러시아의 초등학교 공개 수업

러시아인들만큼 독서를 좋아하는 민족도 없다. 웬만한 러시아의 가정에 가보면 책이 가득 쌓여 있는 방 하나 정도는 어렵지 않게 발견할 수 있다. 그들은 우리처럼 책을 장식하지 않는다.(장식용 책을 구입하기에 그들의 주머니 사정은 여유롭지 않다.) 그들은 자기가 원하는 책을 구입해 통독한 다음 주위에 돌려 읽힌 후 책장에 꽂아놓는다. 때문에 책꽂이에 꽂힌 책들은 거의 전부 그들이 읽은 책들이라고 보아도 무방할 것 같다.

아기를 '해바라기' 시키기 위해 공원에 산책 나온 앳된 엄마들이 한 손으로는 유모차를 끌고 다른 한 손에 책을 들고 독서하는 모습은 정말로 아름답고 평화롭다. 해변에서 비키니 차림으로 음악을 들어가며 하루 종일 책 한두 권을 읽는 아가씨들. 거리에 좌판을 깔고 앉은 잡상인들이 물건값을 흥정할 생각은 하지 않고 독서에 열중하는 모습들. 그것은 러시아에서 흔히 볼 수 있는 광경들이다. 나는 한적한 교외 사원 입구에 앉아 돈통을 앞에 놓고 책에 몰두하는 걸인도 몇몇 본 적이 있다. 지하철을 타면 각종 신문을 탐닉하는 우리와 달리 그들은 책을 읽는다. 버스를 기다리는 정류장에서도 많은 사람들이 자투리 시간을 이용해 길거리에 서서 책을 읽고 있다.

러시아인들이 독서에 열중하게 된 것은 그리 오래 되지 않았다. 1917년 볼세비키 혁명 당시만 해도, 즉 지금부터 약 90년 전만 하더라도 러시아인들은 대다수가 문맹이었다. 대략 남자는 70%, 여자는 85%가 글을 읽지 못했다. 볼세비키들은 그래서 혁명 정부를 수립한 후 경제 부흥과 함께 문맹 퇴치 운동을 자신들의 숙원 사업 중 하나로 생각했다. 레닌은 문맹 퇴치 구호를 내걸고 전국에 수많은 노동자들을 위한 특별 교습서를 설치함과 동시에 자질 있는 노동자들에게 대학 교육을 받을 기회를 제공했다. 이러한 관 주도의 대중 교육과 계몽 정책은 3년 만에 남자는 70%, 여자는 30~40%가 글을 읽을 정도로 급격하게 효력을 발휘하게 되었다.

그러나 정작 러시아인들의 지식 궁핍을 완전히 해결해준 것은 모든 러시아인들이 의무적으로 7년 동안 교육을 받게 했던 교육 정책 덕분이었다. 물론 8학년을 마치고 능력과 적성에 따라 상급 학교에 진학하여 사회에 진출하기도 하고 대학에서 공부하기도 하지만 적어도 그들은 자신의 가치관 정도는 무난히 형성할 수 있는 교육 혜택을 받게 되어 그만큼 책에 대한 관심도 증폭되게 되었다.

하지만 이런 교육 제도는 우리 나라도 전혀 처지지 않고 부끄럽지 않은 환경을 가지고 있다. 그런데 왜 그들은 우리와 달리 그렇게 책을 많이 읽고 있는 것일까? 일전에 선생님과 함께 선생님의 친척이 다니는 초등학교 수업을 참관한 적이 있었다. 러시아의 '쉬콜라'(초등, 중등 과정)에는 어학과 문학 수업이 따로 있는데 내가 갔던 수입은 문학 공개 수업이었다. 문학 박사인 나의 전공 선생님이 초대받아 나도 덩달아 따라갔던 것이었다.

학생들은 선생님이 미리 내준 투르게네프 문학 선집을 읽고 반 친구들과 토론하고 있었다. 토론 진행과 내용 모든 면에서 훌륭했다. 그날 토론의 쟁

점은 투르게네프의 정체성 문제였다. 어떤 남학생이 놀랍게도 투르게네프 사상의 정체성을 걸고넘어졌다. 즉 투르게네프는 프랑스의 여가수 비아르도에 미쳐 위기의 조국을 외면하였고, 평생을 외국에 나가 자기만 혼자 편히 살았으면서, 정작 작품에는 조국의 아픔을 그리며 자신의 열띤 조국애를 과시했으므로 그것은 지식인의 위선에 불과하다는 것이었다. 당연히 투르게네프를 사랑하는 주위의 많은 학생들이 들고일어났다.

"이렇게 네가 감히 러시아의 대문호를 욕보일 수 있니?"

"민중과 동고동락하지 않은 지식인의 말은 허울좋은 공염불에 불과해."

"그의 소설들이 당시 러시아의 병적인 문제와 아픔을 담고 있다는 것을 알고 그런 말을 하니?"

"그는 훌륭한 작가야. 하지만 민족이 추앙할 작가로서는 자질이 부족해."

"행실이 반드시 너의 마음에 들어야 훌륭한 작가니? 그럼 여인들과 염문을 뿌린 푸쉬킨은? 농노들을 학대한 네크라소프는? 도박에 미친 도스토예프스키는? 간음한 톨스토이는? 혹시 너는 작가가 하나님처럼 전지전능하고 한 점의 허점이 없는 삶을 살아야 한다고 믿는 거니?"

토론이 격해지자 선생님이 중재에 나섰다. 선생님은 일단 투르게네프의 정체성에 시비를 걸은 남학생에게 그의 독자적인 시각에 경의를 표하였다. 그렇다고 그의 견해가 완전히 맞는 것만은 아닌 것 같다며 그의 동의를 구한 다음, 차근차근 문제에 관해 설명했다. 즉 투르게네프의 작품은 당시 러시아 사회의 전형이 분명하고, 그의 세계관은 당시의 사상을 주도할 정도로 대단한 것이었으며, 그는 비록 몸은 프랑스에 있었지만 작품을 쓸 때는 언제나 러시아의 별장에 돌아와 한동안 식음을 전폐하고 몰입했다는 것, 그렇기 때문에 그가 정신적인 방황을 하며 절필을 했을 때 그보다 훨씬 나이가 많은 대문호 톨스토이가 "진심으로 존경하는"이라는 경칭까지 써가며 제발 러시아 문학으로 돌아오라고 눈물로 호소했던 것이라는 말을 해주었다.

용감히 문제를 제기한 학생과 그를 공격한 다른 친구들, 그리고 토론을 종합해 차분히 결론을 내리는 선생님의 모습을 보면서, 그들은 단지 책을 읽는 것이 아니라 주관적으로 감상하는 눈을 뜨게 하는 '산 교육'을 실천하고 있음을 느낄 수 있었다.

전인 교육의 산실 러시아의 일반 학교

러시아가 문호를 개방한 지 10년이 지난 지금 정치, 경제, 비즈니스는 물론 문화, 학술, 종교 차원에서도 국내의 많은 사람들이 러시아를 찾고 있다. 따라서 러시아의 교육 상황은 대학을 졸업하고 러시아 유학을 마음먹은 젊은이들만의 문제가 아니라 자녀들과 러시아로 떠나야 하는 사람들 혹은 어린 자녀들을 러시아로 조기 유학을 보내는 모든 부모들의 관심사이기도 하다.

대부분의 많은 사람들이 과연 러시아가 학교에 자녀를 맡겨도 될 만큼 신뢰할 만한 교육 환경과 제도를 갖추고 있는지에 의구심을 갖는다. 나는 이에 대해 정확하게 답할 자신이 없다. 왜냐하면 각자의 개성이 다른 만큼 러시아의 교육이 체질에 맞는 사람도 있을 테지만 그렇지 못한 사람들도 있을 것이기 때문이다. 나는 단지 내가 알고 있는 러시아 교육 과정과 현장을 스케치하려고 한다.

러시아의 초등 교육 과정은 11년제를 채택하고 있다. 입학 연령은 만으로

쉬콜라 학생들의 운동 시간.

6~7세이고, 입학한 학생들이 11년 동안 같은 학교에서 공부한다. 하지만 상급반 진학과 학생들의 진로에 따라 학교를 재편성하는 유동성이 있기 때문에 모든 학생들이 11년을 함께 공부하는 것은 아니다.

러시아의 초등학교를 '쉬콜라' 라고 하는데, 공교육이 시작되는 단계이다. 쉬콜라는 국가가 운영하는 공립 학교이다. 대다수의 러시아 학생들이 바로 이 과정에서 공부를 하고 있지만 자본화가 도입되면서 최근에는 사립형 쉬콜라가 늘어가는 추세이다. 이런 학교를 '김나지야' 혹은 '리체이' 라고 부른다. 그밖에 러시아에는 과학, 예술, 스포츠를 중점 교육하는 영재 학교가 있고 불우한 아동들에게 교육과 숙식을 무료로 제공해주는 '인테르나트 쉬콜라' (무료 기숙 학교)가 있다.

대부분의 쉬콜라는 규모가 우리 나라의 5층짜리 평범한 주공 아파트 한 개 동 정도로 작고 운동장도 없는 형편이다. 있다고 해봐야 고작 배구나 농구 경기를 할 수 있는 정도이다. 그래서 체육 시간에 기초 체력 단련을 실시할 경우에는 대학 캠퍼스나 한적한 도시 주변으로 나와 뜀뛰기를 하고 기타 구기 종목이나 수영 같은 종목을 훈련할 경우에는 도시의 공공 체육관 시설을 이용하고 있다.

러시아는 경제난으로 인해 학교 재정 문제를 제대로 해결해주지 못하는 실정이다. 따라서 비록 학교 내부는 청결하고 체계도 갖추어졌지만 건물과 책걸상들이 오래되어 낙후된 모습이다.

러시아는 단일 학급 인원수를 30명으로 책정하고 있는데 상당수의 교실이 모자라 보통 2부제 수업을 하고 있다. 게다가 부대 시설이 미비해 쾌적한 면학 분위기를 조성하고 있다고는 볼 수가 없다. 학급을 운영하는 자금도 자체적으로 조달하고 있는 실정이다. 신학기가 되면 러시아의 학부모들은 우리 나라의 학부모들과 비슷한 고민을 하게 되는데 연초에 소집된 학부모 회의에 교사가 재정난을 호소하며 학부모들에게 여러 가지 물자들을 지원해달라고 요청해온다. 크게는 텔레비전이나 교실 커튼, 적게는 휴지통까지 종류는 다양하다.

그럼에도 불구하고 러시아의 쉬콜라를 아름답다고 말하는 것은 그들의 순수하고 알찬 교육 정신 때문이다. 지금 러시아 교육계에 최고의 화두가 '아름다운 학교' 만들기 운동이다. 이 운동은 적절한 정부의 교육 환경과 교육 지원 사업을 앉아서 기다릴 것이 아니라 학교가 주체가 되어 아름다운 학교를 만들어보자는 것이다. 상트페테르부르크의 몇몇 교사들의 주도하에 시작되어 러시아 전국으로 확산된 이 운동은 지금 상당한 반향과 효과를 거두고 있다. 무엇보다도 많은 사람들이 자기의 자녀들을 로봇이 아닌 인간으로 키워보겠다는 교육 이념에 공감하고 있다.

교사들은 학교와 학부모와 연대해 어떻게 하면 우리 자녀들을 올바르게 가르칠 것인가를 공동으로 모색하고 외부의 간섭 없이 자율적인 회의를 통해 얻은 결과들을 실행에 옮기고 있다. 학교가 학생들에게 단순 지식을 가르쳐 상급 학교로 올려보내는 현실 기능을 포기하자, 자연적으로 수업은 질문과 토론을 반복해 학생들의 능력 및 창의력과 인성을 최대한 발휘할 수 있는 장이 되었다. 교사들은 어떤 학생들이 어떤 문제를 잘 풀었는지에만 주안점을 두지 않고 교과서든 참고서든 어떤 자료든지 학생들이 자발적으로 조사하고 준비하여 해결해내는 논리의 과정을 존중해주었다.

일례로 하숙집 딸 야냐는 상트페테르부르크의 '가반' 대로의 일반 공립 학교를 다녔는데, 어느 날 그녀가 열심히 공부를 하고 있기에 격려를 하며 교과서를 들여다보니 내가 아는 루트 문제가 나오는 것이었다. 옛날 생각이 나서 "야냐, 너 이 문제 풀 줄 아니?"라고 물으니 그녀는 "물론이죠"라고 대답하더니 전자 계산기를 두드려 자랑스럽게 정답을 내게 보여주는 것이었다. 학창 시절 칠판 앞에 불려나와 진땀을 흘려가며 수학 문제를 풀었던 나인지라 그녀가 장난하는 줄만 알았다. 그래서 전자 계산기를 두드리는 문제 풀이는 인정할 수 없다고 했더니 야냐는 정색을 하며 "우린 시험 시간에도 전자 계산기를 가지고 문제를 풀어요" 하는 것이었다. 과연 이것이 참다운 수학 교육인지 의아하기만 했다. 어느 날 교사인, 야냐 엄마의 친구가 놀러왔을 때 은근 슬쩍 이 문제를 비꼬았더니 그녀는 이렇게 대답했다.

"초등 학교 수학 과정에서 학생들에게 정답 풀이를 가르치는 것도 중요하지만, 수학의 원리와 논리를 이해시키는 것도 중요하지요. 일상적인 전자 계산기를 놔두고 무조건 학생들에게 기능적인 풀이 방법만 요구하는 것도 옳지 않다고 봐요."

이처럼 러시아의 초등학교 수업 방식은 우리와 사뭇 다르다. 초급 과정 시험도 우리의 단편적인 읽기, 쓰기, 산술, 그리기, 노래하기 등에만 치중하지 않고 독서와 도시, 그리고 박물관 관람에 대한 감상문에 상당한 비중을 두고 있다.

하루는 선생님 댁을 방문해보니 항상 밝은 미소로 나를 맞이하던 초등학교 1학년인 선생님의 손녀딸이 징징대며 울고 있는 것이었다. "베로니카, 왜 그러니?"라며 달래주려고 하자 선생님은 "놔둬요, 지금 '논문' 때문에 고민하는 거예요"라고 대답했다. 알고 보니 그녀는 꽃을 관찰하는 논문을 제출해야 하는데 선생님이 혼자 하라며 도와주지 않자 울면서 보채고 있었던 것이었다.

나는 러시아의 아름다운 학교 만들기 운동이 소기의 성과를 거둘 것이라고 확신한다. 왜냐하면 러시아는 교육자를 존경하는 사회이기 때문이다. 학부모들은 교사들을 무척 신뢰하고 있으며, 혹여 자녀가 교사의 편견이나 미움 때문에 힘들어할 경우에도 직접 학교를 찾아가 교사와 상담을 통해 오해를 풀려고 한다. 그들은 박봉 때문에 아르바이트를 하는 열악한 처우에도 불구하고 교사들이 교육자로서의 양심을 버리지 않고 학생들을 올바로 키워내려고 노력하는 것을 굳게 믿고 있다.

교사들은 '드네브닉'이라는 학생 개개의 일일 생활 기록 수첩을 통해 숙제는 물론 학부모들과 긴밀한 교신을 주고받고 있다. 때로는 학생들의 학습과 교우 관계 등을 꼼꼼히 적어 보내기도 하고 이에 준한 가정에서의 적절한 교육 방침을 충고하는 등 자녀 문제를 고심하는 학부모들의 고민 해결에 공동으로 대처해주고 있다. 러시아는 각 대학이 자율적으로 신입생들을 선발하는 제도를 채택하고 있다. 아름다운 학교 만들기를 꿈꾸는 교사들의 바람은 대학과의 유기적인 연대로 인해 실현될 토대를 마련해놓고 있다.

적성과 능력에 따라 양성하는 공교육

러시아의 쉬콜라는 초급 과정, 중등 과정, 고등 과정이 있다. 초급 과정은 1학년부터 3학년까지, 중등 과정은 5학년부터 7~8학년까지, 고등 과정은 9학년부터 11학년까지이다. 초급 과정은 담임 전담제로 수업이 진행되며, 약간의 기초 학습과 음악, 미술, 체육 같은 교양 교육, 단체 생활, 준법 정신 등을 함양하는 데에 초점을 맞추고 있다. 때문에 수업 내용은 까다롭지 않고 적응하기도 그다지 어렵지 않다.

하지만 3학년이 되면 상급반 진급 시험을 보게 된다. 즉 3학년을 마친 학생이 상급반에 올라가도 원활하게 학습 내용을 따라갈 수 있는지를 검증하는 과정이다. 이 시험은 학생의 학습 능력을 변별하기 위한 것이기 때문에 거의 모든 학생들이 통과한다. 그렇지 못한 학생들은 학습 능력이 부진하다는 판정을 받아 4학년 과정을 통해 보충 교육을 실시하고 상급반에 올라간다. 반면 시험을 통과한 학생들은 4학년을 거치지 않고 곧바로 5학년으로 올라간다. 즉 4학년 과정은 모든 학생들을 대상으로 하는 것이 아니라 성적 부진아들을 위한 과정이라고 보는 것이 좋겠다.

담임 교사가 모든 과목을 전담해 가르치는 '초급 과정' 과 달리 '중급 과정' 은 학생들이 대학교처럼 해당 교실을 찾아다니며 수업을 듣는다. 이 과정은 우리 나라의 초등학교 5학년부터 중학교 3학년 정도에 해당된다. 이 과정부터 비로소 본격적인 외국어 시간이 도입되고 수업 내용이 진지해진다. 외국어는 영어와 불어가 대부분이고 독일어, 이태리어 그리고 개중엔 중국어, 일본어를 포함시키는 학교도 있다. 과목은 국어, 역사, 수학, 과학, 물리, 음악, 미술, 체육 등인데, 모든 과목이 교사의 직강이 아니라 학생들의 발표와 토론을 유도하는 방식이 채택되어진다. 따라서 교사가 다음 수업 내용과 준비 사항을 설명하면 학생들은 자체적으로 자기가 토론에 참여할 구체적인 자료들과 내용을 실증에 의해 논리 정연하게 발표하기 위해 준비하고 노력한다. 교사는 학생들의 발표 내용을 면밀히 검토하여 수시 점수에 가산을 하고 있다. 따라서 자기가 알고 있는 지식을 그냥 넘겨버리는 학생들은 거의 없고 적극적으로 발표에 참여하려고 한다. 물론 단답식의 발표는 제자리에 일어서서 발표를 하지만 교사들은 가급적이면 학생들을 교탁으로 불러 발표하도록 유도한다.

그렇게 9학년을 마치면 학생들이 구체적으로 자신의 진로 방향을 완전히 정할 시기가 온다. 진로에는 크게 인문계와 실업계로 나뉘고 명문대를 겨냥한 사립 학교나 과학, 예술, 스포츠 등 특수 목적 학교가 있다.

인문계를 지원한 학생들은 2년 동안 본격적으로 자신이 대학에서 전공할 과목을 미리 정하고 준비한다. 러시아 학생들은 우리 나라처럼 입시로 인한 고통을 받고 있지 않다. 따라서 기계적인 문제 풀이나 혹은 낯선 문제를 대할 때 당황하지 말고 차근차근 풀어가는 전략 따위의 유치한 교육은 생각해 볼 수도 없다. 대신 우리 나라 대학에서 받는 교양 수업에 비견되는 수업을 중고등 과정에 미리 숙지하고 대학에서 혹독한 공부를 하게 된다. 그래서 러시아에는 사교육 제도가 없는 것 같지만 그렇지도 않다. 명문대를 희망하는 학생들이 유명 교수나 강사를 통해 과외를 받는 경우가 늘어나는 추세이다.

러시아는 대학 입시 시험을 정부가 관여하지 않고 대학 당국이 자체적으로 실시하고 있다. 때문에 입시 선발 위원들은 해당 학과의 기초 지식을 사전에 어느 정도 알고 있는 학생들을 선발하기를 원한다. 특히 러시아의 명문대는 아마추어 수준을 훨씬 넘는 수많은 우등생들이 지원하는 데에 반해 소수의 학생들만 선발하기 때문에 전공 분야에 대한 지식 습득은 필수적이다. 예를 들어 불어를 전공할 학생은 상당한 불어 실력은 기본이고 불문학과 프랑스 사정에 어느 정도 정통해야 마음을 놓을 수 있다. 그렇다고 해서 기초 학문을 간과해서도 안 된다. 내가 아는 여학생은 상트페테르부르크 국립 대학의 문학부를 지원했는데 수학 점수가 부족하여 세 번을 낙방하다 결국 비인기과인 생물학과에 들어가게 되었다.

실업계를 거쳐 사회로 진출하기를 희망하는 학생들은 실업 학교(콜리쥐와 체흐니쿰)에서 수학한다. 그들은 그 곳에서 2년 동안 해당 전문 기술을 습득하고 사회로 배출된다. 과거에는 실업 학교를 졸업한 학생들이 대단위 생산 공단 단지에서 나름대로 산업 역군의 자부심을 가지고 일할 기회가 있었는데, 지금은 대부분의 국영 기업체가 민영화로 넘어가는 바람에 인력 수급에 상당한 차질을 빚게 되어서 일부 학교를 제외하고는 성적 미달로 인해 막판에 몰린 학생들이 어쩔 수 없이 선택하는 골칫거리로 변모했다.

러시아 정부 당국은 이러한 부작용을 막기 위해 실업 학교를 2년제와 4년제로 나누고 수업 연수에 따라 자격증을 차등해 배분하는 제도를 채택하고 있다. 즉 2년제는 전공 분야의 기능 자격증을 받고, 다시 2년을 수료하면 한 단계 높은 자격증을 지급하며 처음부터 4년제를 마친 학생들은 해당 자격증 외에 단과대학과 동등한 학위증을 주어 원하는 학생들에게 대학에 진학할 수 있는 문호를 마련해주고 있다.

영재 교육을 꿈꾸는 특수 학교

러시아의 특수 학교는 러시아가 각 분야의 탁월한 영재들을 발굴 육성시키기 위해 만든 교육 기관이다. 보통 9학년을 마친 후 치열한 경쟁을 뚫고 영재 학교로 입학하지만 우수한 학생은 7학년이나 8학년을 마치고도 입학한다. 러시아는 소수의 영재들만을 위한 교육을 지향하지 않고 모든 인민들이 공평하게 교육을 받는 평준화를 선호했던 나라였다. 하지만 인류 최초의 인공위성 '스푸트니크' 발사가 성공을 하게 되자 우주 항공 기술 인력을 양산해내기 위해 소수의 인재들을 집중 교육하는 교육 정책을 채택했다. 예를 들어 러시아의 최고 명문 '콜모고로프' 모스크바 제18학교는 모스크바 대학의 부설로 운영되는데 기숙사는 물론 일정의 장학금을 지급해주며 러시아 최고의 대학 교수들과 기타 전문가들이 강의한다.

러시아의 특수 학교는 비단 과학 분야뿐만이 아니라 예술 분야에도 폭넓게 확대되어 있다. 초등학교 8년 동안 정규 수업과 음악을 병행한 학생이 자질이 우수하다고 인정받으면 전문 4년제 음악 학교인 '우칠리쉬'에 입학을 한다. 체계적인 음악 교육을 받고 재능이 인정되면 월반도 가능하고 경쟁을 통과해 음악원에 진학을 할 수도 있다. 그러나 애초부터 음악원 부설의 쉬콜라에서 11년 동안 전문 음악 과정을 밟도록 하는 특수 학교도 있다. 일례로 그네쉰이나 림스코 음학원 부설 학교가 그렇다. 6세 이하 유치원 과정에서 재능의 우수성을 판정받고 까다로운 선발 과정을 거쳐 입학을 하게 되는 이 학생들은, 초기에는 악기 다루기와 성악, 합창 등 기초 과목을 3년 동안 훈련을 한 다음 3~5년을 기본적인 인성 교육과 전공 분야를 병행해서 공부를 하고, 그 후 전공에 필요한 갖가지 필요한 기능을 함양한다. 그렇게 해서 음악원에 입학하게 되면 자신들이 그 동안 축적해온 음악적인 지식과 화려한 기능을 최고조로 올리기 위해 전심전력을 다한다.

러시아인들은 예술 분야에 한해 조기 영재 교육의 절실함을 강조하는데, 일례로 '볼쇼이 발레 학교'는 학생들을 선발할 때 춤의 재능보다 체격 조건을 우선 검토한다. 따라서 지원서를 내는 모든 학생들이 시험을 보는 것이 아니라 발레에 필요한 내적 외적 건강(골격, 시력, 청력, 유연성 등) 상태가

러시아인들은 예술 분야에 한해 조기 영재 교육의 절실함을 강조한다.

자격에 부합된다는 전문 의사의 동의서를 거친 아동들에 한해 춤에 대한 재능을 테스트하고 있다.

참고로 러시아는 소년 소녀 가장이나 보호자의 생계 능력으로 학습 기회를 박탈당한 학생들을 보호하기 위해 '인테르나트 쉬콜라' 라는 빈민 학교를 운영하고 있다. 학생들은 숙식을 학교의 기숙사에서 해결하고 있지만 주말에는 학교에서 급식이 제공되지 않기 때문에 집이나 친척에게 잠시 의박해야 한다. 물론 영양사와 주방장이 있지만 학생들은 밥짓는 것부터 배식과 청소까지 학교의 모든 일들에 순번을 정해 참여하고 있다.

자녀들이 러시아 일반 학교에 적응을 못할 것이라고 걱정되는 한국의 부모들은 러시아의 사립 학교가 좋은 대안이 될 수 있다. 러시아의 대부분의 교과 과정이 무료인 데 반해 사립 학교는 유료이며 가격도 천차만별이다. 보통 매달 200~500달러를 학교에 지불해야 하는데 커리큘럼 자체는 상당히 괜찮은 편이다. 이런 일반 사립형 학교의 장점은 각종 어학을 배울 수 있는 것인데 영어는 물론 프랑스어, 독일어 등을 동시에 배울 수 있다. 강의를 영어로 진행하는 학교도 있고, 명문대 진학을 위한 전문 교육을 실시하기도 한다. 한국 학생들은 당연히 러시아어도 배울 수 있다. 따라서 어릴 적부터 이렇게 러시아의 사립 학교에서 충실히 공부하고 졸업하게 되면 한국어는 물론 2~3개 국어를 자유자재로 구사할 수가 있다.

소련 이후의 변화들

지금은 사정이 많이 달라졌지만 전환기 러시아의 사정은 상당히 열악했다. 모스크바의 굼 백화점 같은 대형 국영 상점은 화려한 물건들이 빼곡이 진열되어 있지만 중소형 상점들에는 살 만한 물건들이 거의 없었다. 정작 필요한 물건이 상점에 들어와도 부자들이 몽땅 선점하여 늘 헛걸음을 해야 했던 서민들의 고초는 말이 아니었다. 그 무렵 가끔 물건을 사기 위해 장시간 줄을 서서 기다려본 경험이 있는 나로서도 앞에서 물건을 전매하는 것을 보면 여간 짜증이 나는 것이 아니었다.

대부분의 공장들이 폐쇄되거나 가동을 멈추어 러시아산 제품은 거의 생산되지 않았다. 정작 생산된 물건들도 조잡하고 유치해 이를 대체할 만한 물건들이 옆에 있으면 거들떠보기도 싫을 정도였다. 자연히 러시아인들은 수입품에 눈을 돌렸다. 눈치가 빠른 자들은 폴란드, 터키, 중국, 한국으로 보따리를 싸들고 들어가서 생필품들을 반입해 '키오스크'(자판대)에 내다 팔았다. 물론 물건값은 일반 서민 주머니로는 도저히 감당할 수 없을 정도로 천정부지로 치솟아올랐다. 겨울에 외투도 입지 않은 채 비닐 가방을 들고 등교하는 학생들을 보는 것은 그다지 어렵지가 않았다. 그래도 전혀 기죽지 않고 천진난만하게 재잘대며 떠드는 것이 다행이었다.

학교 식당을 가도 먹을 것이 거의 없었다. 기껏 삶은 달걀, 소금 저린 청어, 샐러드, 투박한 빵과 만두, 만나(곡류의 일종)로 만든 죽, 홍차, 커피, 회사 불명의 소다수 정도가 판매되었다. 우리 입맛에 맞는 것이 삶은 계란과 빵 정도라 종종 홍차나 커피를 곁들어 사먹곤 했는데 주위에서 쳐다보는 시선 때문에 마음대로 게걸스럽게 먹을 수도 없었다.

나라 경제가 휘청거리다보니 법보다 주먹이 판을 쳤다. 당시 러시아에는 마피아는 물론 한량들의 좀도둑질이 판을 치고 있었다. 차를 타고 가다 보면 기관총과 수류탄으로 중무장한 마피아 일당들이 떼를 지어 이동하는 장면도 목격되었고, 신호를 받아 횡단 보도에 차를 대놓고 기다리다 보면 낯선 젊은 이가 다가와 권총을 꺼내들고 200달러라며 흥정을 벌이기도 했다. 상황이 이런지라 집집마다 이중문을 설치하는 것이 필수였다. 그렇지 않으면 도저히 불안해서 살 수가 없었다. 나의 주인 아주머니도 낯선 사람이 벨을 울리면 절대로 문을 열지 말라고 신신당부하는 것이 일과였다.

당시 한국 여학생이 집에서 돈을 털리는 사건이 발생했었다. 범인은 끝내 밝혀지지 않았지만 아파트의 내부 상황을 잘 아는 정황으로 미루어보아 그녀의 집을 방문했던 누군가와 관련된 패거리들이 분명했다. 돈만 빼앗기고 아무 상처도 입지 않은 것만 해도 천만다행이다. 헌데 그녀는 어디서 용기가 났는지 차비는 주어야 하는 것이 아니냐며 강도들에게 강짜를 부려 100달러를 받아내었다.

나와 절친한 선배도 새 차를 구입한 지 1주일도 채 안 돼 도둑을 맞은 적이 있었다. 하도 분통이 치밀어 경찰서로 가서 분실 신고를 했는데 담당 형사는 이런 좀도둑 사건은 비일비재하니 그만 포기하라고 말했다. 선배는 막

무가내로 도저히 그럴 수 없다고 고집을 피우며 차를 찾아주는 대가로 차 값의 반을 주겠노라고 그를 꼬드겼다. 선배는 도둑의 얼굴이라도 볼 작정이었다. 결국 그의 오기는 이루어졌다. 하지만 범인이 감옥에 수감된 상태라 차 값을 지불할 능력도 없거니와 소송을 걸어도 최소한 3년이 걸리기 때문에 변호사 비용 등 배보다 배꼽이 더 커 결국 포기하고 말았다.

당시 우리는 매달 350달러를 루블로 환전해 수업료를 냈었다. 그런데 중앙 은행이 고시하는 환율이 수시로 뒤바뀌어 환전 시기를 정하는 것이 매우 중요했다. 우리는 관망을 하고 있다가 적당한 때가 오면 필요한 돈을 모아 암시장에 내다 팔았다. 은행은 암시장보다 훨씬 저렴해 거의 거래하지 않았다. 우리는 주로 '가스친느이 드보르' 의 환전상과 거래했고, 가끔 답답할 때는 여행삼아 모스크바의 베트남인들과 거래했다. 그들에게 3,000달러를 바꾸면 여행 경비는 물론 약간의 공돈도 떨어졌다. 문제는 돈을 운반하는 것인데, 당시는 고가의 화폐가 없어 배낭에 돈을 가득 짊어지고 와야 했다. 내 생전에 그처럼 많은 지폐들을 만져본 적이 없었다. 우리는 3~5인이 한 조가 되어 행동했다. 한 사람이 돈을 메고 중간에 서게 되면 나머지 사람들이 양옆에서 그를 경호했다. 그리고 방에 들어가 혹시나 앞집 사람이 볼까 두려워 커튼을 내리고는 주인 몰래 밤새도록 돈을 세었다. 그리고 학교 경리과에 돈을 접수시키면 직원들은 황당해하며, 돈을 셀 동안 산책이나 하라고 우리에게 말하곤 했다. 우리는 경리과 주변을 기웃대며 한참을 쑤그리고 앉아 시꾸한 잡담을 주고받다가 영수증을 받아오곤 했다.

흔들리는 나라의 경제가 노숙자들이나 쓰레기통을 뒤적이는 노파들만 배를 곯게 하는 것은 아니었다. 애완 동물들도 배고프기는 마찬가지였다. 당시

아파트 주변에는 집 없는 개와 고양이들이 넘쳐났다. 아파트 복도를 지나올 때면 구석에서 잠을 자던 고양이가 거칠게 야옹 하며 내빼는 바람에 소름이 끼친 적이 한 두 번이 아니었다. 귀가 때는 아파트 현관에 서성이는 들개들을 피하느라 조심조심 우회해 걸어들어오는 적도 종종 있었다.

벼랑 끝에 서 있는 여인들

지금 러시아에는 고향을 떠나 모스크바나 상트페테르부르크로 무작정 상경하는 현상이 심각한 사회 문제로 대두되고 있다. 개방 초인 90년경만 해도 모스크바의 인구는 약 900만 정도였다. 하지만 지금은 1,300만 명을 육박하고 있다. 상트페테르부르크도 마찬가지다. 몇 년 전만 해도 500~600만이었는데 지금은 800만을 훌쩍 뛰어넘는다. 아무런 대책도 마련해놓지 않고 기차에 무작정 몸을 실어 상경하는 이들 가운데 가장 선의의 피해를 받는 부류가 여성들이다.

모스크바와 상트페테르부르크에는 지방 학생들도 공부를 하고 있다. 그들은 지방에서 최고의 엘리트로 인정받고 대도시로 유학을 온 수재들이다. 당국은 그들에게 무료로 기숙사를 배정해주고 장학금도 지급한다. 열악한 러시아 교육 당국의 실정으로서는 최고의 배려가 아닐 수 없다. 하지만 이런 배려는 오히려 지방 여학생들을 타락의 구렁으로 몰아넣는 계기가 되기도 한다.

학비 면제와 기숙사 제공은 질을 따지기에 앞서 그들에게 그럭저럭 큰 도움이 되고 있다. 문제는 그들이 받는 장학금이다. 그들은 한국 식당에서 육개장 한 그릇(10달러)을 시켜먹을 정도의 장학금을 받고 있다. 아무리 러시아라고 해도 이 돈을 가지고는 대도시 생활이 불가능하다. 문제는 그들이 고향의 부모에게 학비 보조를 요청할 처지가 아니라는 점이다. 왜냐하면 가족들도 생계가 어렵기는 마찬가지이기 때문이다. 이런 연유로 대학 내에는 가끔 이상한 해프닝이 벌어진다. 수업 도중 여학생이 졸도하여 병원으로 옮기면 의사는 진찰도 하지 않고 환자에게 묻는다.

"오늘 아침에 뭐 좀 먹었니?"

"아니오."

의사는 고개를 좌우로 저으며 영양 실조 진단을 내린다.

수업 도중 졸도하는 여학생은 그래도 자기의 꿈을 올바르게 실현하려고 발버둥치는 의지의 여성이다. 그 여학생이 어려움을 극복하고 성공할 수 있다면 얼마나 좋을까만 아직 러시아는 이런 기대를 하기에 시기상조다.

도시로 상경한 여학생들의 가계부를 적어보자. 이미 말한 바처럼 그들은 학교로부터 기숙사를 제공받고 있다. 그들이 지정받는 숙소는 대부분 중심가로부터 상당히 멀리 떨어진 외곽에 위치하고 있다. 따라서 그들은 통학용 패스권을 구입해야만 하는데, 장학금에 비해 금액이 상당히 비싸다. 식생활은 자급자족해야 한다. 정상적인 러시아인들은 '바톤'이나 '흘레브'란 빵을 매일 한 개 정도 먹는다. 가격은 우리 나라 돈으로 약 200~300원 가량이다. 감자는 1kg당 300~400원 꼴이다. 버터, 치즈, 홍차, 설탕도 구입해야 한다. 하지만 모두 만만치 않은 가격이다. 어떻게 빵만 먹고 살 수 있는가. 고기도 먹어야 한다. 하지만 그들이 받는 장학금을 가지고는 절대로 고기를 사서 먹을 수 없다. 전공 서적은 도서실에서 해결된다. 하지만 공책과 필기구는? 철에 맞는 옷은? 화장품은?

이런 상황하에 지방 학생들이 선택할 길은 두 가지밖에 없다. 첫째로 꿈을 포기하고 '고향 앞으로' 하는 것, 둘째로 도시에서 버틸 때까지 버텨보는 것. 하지만 부모의 품으로 돌아가는 문제는 그리 간단한 것이 아니다. 그들은 금의환향의 꿈을 갖고 도시로 상경한 젊은이들이다. 고향에 가서 평생 노동자나 주부로 일한다는 것은 그들에게 인생을 포기하라는 말과 같은 것이다.

그들은 엘리트로 뽑힌, 자부심이 많은 학생들이다. 때문에 가능한 모든 수단을 동원해 현재의 어려움을 극복하려고 애를 쓴다. 그러나 같은 처지의 여학생들이 세련된 옷과 말보로 담배를 피는 것을 보면서 다른 생각을 하게 된다. 그들은 자포자기하는 심정으로 내일을 위해 오늘의 매춘은 부끄러운 것이 아니라는 사실을 마음에 다지게 된다. 그래서 돈에 눈이 멀어 학업을 완전히 포기하고 타락하는 경우들이 많다.

막다른 골목에 접어들어 매춘을 하는 경우는 미혼모나 이혼녀들도 마찬가지다. 그들이 몸을 파는 데는 처녀처럼 무분별한 이성과의 접촉이 원인이 되고 있다. 문제는 아기의 양육인데, 거의 여성의 몫이 된다. 왜냐하면 아기 아버지들이 십중팔구 양육비를 대줄 능력이 전혀 없는 미성년자들이거나 한때의 불장난의 산물로 간주해버리는 한량들이 대부분이기 때문이다. 많은 아이들이 거리에 버려지거나 혹은 고아원에 보내지고 있지만, 자기 목숨은 끊을지언정 어린 자식들을 이런 환경에 내몰고 싶어하지 않는 것이 모정이다. 러시아의 미혼모들과 이혼녀들은 자녀 양육을 위해 최선을 다하고 있다. 하지만 안타깝게도 돈벌이가 만만치 않아 눈물을 머금고 남몰래 몸을 파는 길로 나서기도 한다.

영화 '인터걸'

1989년에 소련 사회주의 영화가 한국에 처음 직수입되어 전국 개봉관에 상영된 적이 있었다. 그 영화가 바로 표도르 또도롭스키 감독이 연출하고 엘레나 야코블레바가 주연한 영화 '인터걸' 이다.

이 영화가 수입되기 전까지만 해도 당시 러시아 여성들을 거의 접할 수 없었던 우리에게 그들의 모습은 톨스토이의 카츄샤나 도스토에프스키의 소냐처럼 지고지순한 여인이거나, 공산주의 선전 영화에 주로 나타난 사회주의의 여전사나 총과 망치를 들고 노동 현장을 뛰어다니는 또순이들로 인식되어 있었다. 즉 영화 '인터걸'이 들어오기 전까지만 해도 러시아 여성들은 심성이 무척 곱고 생활력이 매우 강하기로 소문난 여인들이었다.

그런데 이러한 좋은 이미지가 이 영화를 통해 뒤바뀌게 되었다. 밋밋한 내용이 한국 관객들을 파고들지 못할 것을 우려한 영화사가 광고 전면에 이런 자극적인 문구를 제멋대로 넣어 관객들을 현혹시켰던 것이다.

"소련이 옷을 벗는다."

이 표현은 개방을 즈음해 소련이 겹겹이 껴입었던 옷을 일시에 벗어던지고 세계 만방에 자기의 몸통을 보여주고 있다는 상징적인 의미로 받아들일 수도 있지만, 영화의 내용과는 전혀 다른 것으로, 러시아 여성을 마치 '인터걸' 로 비하시키는 엄청난 결과를 몰고오는 계기를 만들게 되었다.

영화가 철저히 베일에 가려져 있던 사회주의 여성들의 매춘 실태를 보여준다니 당시 반공주의 사상에 철저히 물들은 우리의 관객 입장에서는 그것보다 더한 볼거리가 없었다. 때문에 그릇된 광고 문구에 현혹된 적지 않은 관객들이 야릇한 조명과 자극적인 신음 소리조차 없는 영화를 보고 속은 마음을 쓸쓸히 달래야만 했다. 나도 뭔가 기대하고 가벼운 마음으로 영화관을 찾았다 무거운 메시지에 머리가 아파 '젠장, 이게 뭐야' 하고 푸념을 했던 기억이 있다. 하지만 영화에서 매춘을 보여주느냐 혹은 자극적인 노출을 하였느냐와는 상관없이 우리 관객들의 의식 속에는 '아하, 바늘로 찔러도 피 한 방울 나오지 않을 정도로 지독한 공산주의인 줄만 알았던 러시아에도 매춘이 있었구나' 하는, 즉 미모의 러시아 여성들에 대한 육감적인 호기심의 여운은 계속 남아 있게 되었디.

영화에서 엘레나 야코블레바가 열연한 '타냐' 는 전환기의 어려운 러시아를 떠나 서방에서 물질의 풍요와 자유분방한 삶을 누리기 위해 외국인을 상대로 몸을 파는 국제 창녀이다. 그녀는 주위의 부러움을 한몸에 받고 스웨덴 사업가에게 시집을 가게 되는데, 그 동안 누리지 못한 화려한 생활을 스웨덴 현지에서 마음껏 향유하게 된다. 처음에는 계획했던 모든 것이 현실로 다가온 것 같아 너무나 행복하기만 했다. 멋진 단독 주택에 차도 사고 고급 옷을 백화점에서 사대니 얼마나 좋았겠는가.

하지만 운명은 언제나 그녀의 편만은 아니었다. 타냐의 무분별한 구매 행각에 놀란 남편은 그녀의 일거수일투족을 간섭하고 게다가 매춘을 통해 만난 그녀였기에 계속적인 의심을 늘어놓는다. 그것은 타냐에게 동경하던 서구 생활에 대한 실망과 자기의 정체성에 관한 문제를 불러일으키게 한다. 러시아에서는 비록 그녀가 매춘을 했지만 어머니에게는 사랑받는 딸로, 이웃과 친구들에게는 마음 깊은 처녀로 모두의 사랑을 받을 수 있었다. 하지만 외국에서 그녀는 천덕꾸러기였다. 타냐의 과거를 알고 있는 남편은 절제되지 못한 그녀의 행동을 일일이 간섭하며 의심했고, 이웃들도 그녀를 애정을 가지고 대하기보다 유럽을 떠돌아다니는 다른 러시아 여인들과 똑같이 대하려고 했다.

그때 타냐의 마음속에는 작지만 아늑한 아파트며 초라하지만 착한 어머니 언제나 명랑하고 쾌활한 이웃과 친구들이 떠오른다. 허울좋은 이국의 삶을 위해 그처럼 소중한 모든 것들을 송두리째 버린 것이다. 가족도, 친구들도, 이웃도, 고향도, 조국도, 그리고 자기의 자존심까지도 버린 타냐에게 하늘이 벌을 내린 것일까? 그녀의 일탈 행위는 너무나 큰 비극을 몰고 온다. 딸이 인터걸이라는 사실을 알게 된 어머니가 모멸감을 견디지 못해 자살하게 되고 친구는 달러 소지와 매춘 혐의로 구속된다. 타냐는 이 소식을 듣고 어쩔 줄을 몰라 하며 러시아로 돌아가려 하지만 이제 스웨덴 남편을 버려야 하는 것이 슬프기만 하다.

결국 러시아의 유명한 민요 '방랑자'가 폭우 속에 울려퍼지는 가운데 하염없이 눈물을 흘리며 무작정 공항으로 차를 몰고 달려가는 장면으로 이 영화는 끝을 맺게 된다.

타냐가 러시아 비행기를 탔는지 아니면 남편의 곁으로 되돌아갔는지 영화에서는 불분명하다. 아마도 타냐는 러시아로 돌아갈 수 없었을 것이다. 왜냐하면 러시아로 귀국하게 되면 그녀는 불법 외화 소지 및 매춘 혐의로 구속될 것이 뻔하기 때문이다. 내 말대로 되었다면 그녀는 정말로 방랑자가 되어 유럽을 떠도는 여인이 되지 않았을까?

이처럼 이 영화는 우리가 기대하는 사회주의 매춘 실태를 감각적으로 묘사한 영화가 아니다. 오히려 전환기에 러시아를 떠나 외국을 가면 신세계에서나 누릴 수 있는 행복을 누릴 것이라고 생각한 당시의 젊은이들에게 정체성의 문제를 던지는 영화인 것이다. 동시에 진정한 행복은 조국말고 그 어느 곳에서도 이룰 수 없다는 애국적인 교훈을 일깨워준 영화이기도 하다. 아울러 미국과 함께 세계의 헤게모니를 주도한 소련이 개방과 동시에 서방에 의해 물질뿐 아니라 도덕적인 능욕을 당한 아픈 현실을 또도롭스키 감독이 타냐의 일탈 행위를 통해 비극적으로 묘사한 영화였던 것이다. 웬만한 영화광이면 영화의 이런 메시지를 짐작하고도 남을 텐데 "소련이 옷을 벗는 영화"라는 자극적인 문구로 관객을 우롱하여 러시아 여성을 인터걸로 비하시킨 것이 안타깝기만 하다.

나는 누구인가요

러시아에서 가장 골머리를 앓는 문제가 바로 민족 문제이다. 약 70년 전에 소련 전역에 살고 있는 주류와 비주류 민족들을 마구잡이로 뒤섞어 모든 민족들을 형제, 자매로 만들겠다는 스탈린의 '소수 민족 이주 정책' 이 지금도 해결되지 않는 심각한 문제로 남아 있는 것이다.

스탈린의 이주 정책 덕분에 많은 소수 민족들의 정치적인 위상이 향상되고, 상당한 권리를 보장받은 것은 사실이다. 하지만 사가(史家)의 기록을 보면 보이지 않는 곳에서 그들을 공공연히 학대하고 착취한 것도 사실이다. 그러나 어쨌든 그들은 소련, 당시 하나의 거대 연방 소속의 국민들이었다. 어떤 민족의 출신이건 간에 그들은 소비에트 연방의 이름을 빛내고 위업을 달성하는 '동무' 들에게는 축하의 메시지를 아끼지 않았고 절대적인 지지를 보내주었다.

하지만 소비에트 연방의 붕괴 이후 러시아와 신흥 국가들 사이에는 이상한 기류들이 흐르게 되었다. 러시아로부터 주권을 되찾은 신흥 독립 국가들은 그 동안 말살되어왔던 자기들의 언어, 문화, 역사 등의 회복 운동을 적극적으로 전개해나갔다. 당연히 그들은 자기 땅에서 주인 행세도 하지 못하고 소련인들의 눈치를 보며 살아온 설움을 러시아인들에게 일순간 앙갚음하려고 무진 박해를 시작했다. 그로 인해 중앙아시아나 카프카즈 지역에 살고 있던 러시아인들은 할아버지 때부터 그 곳을 내 나라, 내 민족, 내 형제, 내 이웃이라고 생각하며 살아왔는데, 갑자기 소수 민족이란 설움을 톡톡히 당해야만 했다. 신흥 독립국들은 러시아인들을 자기들의 동족이 아닌 외국인들이라고 생각하고 그들의 재산과 직장 그리고 시민의 권리조차 박탈하고 있다.

언젠가 나는 후배와 재미있는 여행을 계획했다. 그냥 마구잡이 여행이었다. 추억은 기다리는 것이 아니라 만드는 것이라며 의기 투합한 우리는 구체적인 여행 일정을 정하지도 않고 무작정 짐을 꾸려 비행장으로 나갔다. 당연히 여행은 순조롭지 못했다. 다른 곳은 비행기 예약이 끝나 있었고, 모스크바 비행기 표만 몇 장 남아 있었다. 우리는 일단 모스크바로 가기로 마음먹었다. 모스크바에는 다양한 교통편이 있었기 때문이다. 하지만 휴가철 모스크바에도 표가 없기는 마찬가지였다. 러시아 사회의 혼란을 무릅쓰고 친구들에게 러시아 일주를 선언한 우리가 모스크바에서 여행을 마감할 수는 없었다. 그래서 우리는 시베리아를 횡단해보기로 마음먹었다.

한여름, 그것도 1주일이나 기차 안에서 생활해야 하는 시베리아 횡단 여행이 말처럼 고상한 것은 아니다. 하지만 우리는 그처럼 사연이 많은 열차를 탄다는 생각에 무척 마음이 설레었다. 하지만 웬걸. 우리는 최악의 룸메이트를 만났다. 카프카즈 전사들이라고 자신들을 소개한 그들은 여행 동안 실컷

술에 취해보려고 보드카를 휘발유 두 통에 가득 담아 왔다. 그들은 보드카를 잔에 따라 '원 샷'을 요구했고, 우리는 계속 사양하다 못 이기는 척 보드카를 입에 물고 몰래 창문 밖으로 내뱉었다. 그날 우리는 호신용으로 가져간 잭나이프와 가스총을 손에 쥔 채 뜬눈으로 밤을 보내야 했다. 결국 우리는 다음 날 시베리아 여행을 포기하기로 마음먹고, 키로프라는 작은 도시에 내려 다른 비행기편을 수소문했다. 그래서 가게 된 곳이 중앙 아시아였다.

타슈켄트를 거쳐 사마르칸트를 가는 동안 우리는 이상한 점을 발견했다. 매번 호텔에 체크인을 하려면 직원들이 방이 없다며 나가달라는 것이었다. 공짜로 자는 것도 아닌데 그처럼 홀대를 받는 것이 화가 났지만 '로마에 가면 로마의 법'을 따를 수밖에 없었다. 사마르칸트에서는 호텔 직원이 우리의 여권과 학생증을 보더니 내일 오전 8시 반까지 체크아웃을 하는 조건으로 우리를 받아주었다. 이를 어길 경우 경찰서로 끌려갈 수 있다고 그는 경고했다. 구하고 구해도 못 구하던 방인데 어쩌겠나. 사마르칸트에는 미안한 말이지만 그때 하도 문전박대를 많이 당해 '더러워서 간다'는 심정으로 우리는 그 곳을 떠났다. 그리고 무작정 표를 사서 갔던 곳이 우크라이나였다.

우리는 우크라이나로 가면 사정이 다른 줄 알았다. 왜냐하면 우크라이나의 수도인 키예프는 러시아 문화의 발상지일 뿐만 아니라 슬라브 문화의 중심지이기도 했기 때문이다. 도시 외관과 정서, 문화 모두가 러시아와 거의 다를 게 없었다. 그래서 우리는 우크라이나에 가면 환대는 못 받아도 여행은 무난히 할 수 있을 것이라고 생각했다.

과연 기대대로 키예프는 역사와 전통을 자랑하는 멋진 곳이었다. 볼가 강을 중심으로 신구 도시가 나뉘어져 있어 과거와 현재를 한눈에 볼 수 있어 좋았고, 숙소 문제도 그다지 어렵지 않았다. 우리는 인투리스트 호텔에 여장을 풀고, 곧바로 성 소피아 수도원, 성 안드레이 사원, 전쟁 박물관 등을 여행했다. 그리고 키예프 대학을 둘러보고는 도시 중앙의 고급 식당으로 가서 점심을 먹으려고 했다.

식당 안에 들어가자 검은 양복을 말쑥이 차려입은 웨이터들이 분주히 몸을 놀려 우리를 안내했다. 오랜만에 받는 환대에 기분이 좋아진 우리는 전형적인 우크라이나의 음식을 주문했다. 웨이터는 기분 좋게 '알았다' 고 말하며 물을 따라주었다. 그리고 우리의 신상을 가볍게 캐물었다. 우리는 상트페테르부르크에서 공부하고 있는 '올림픽 코리아, 서울 코리아' 인이라고 힘차게 외쳐대었다.

그런데 분위기가 이상했다. 친절하던 웨이터는 갑자기 어디론가 사라져 보이지 않았고 한참 동안 음식을 내올 낌새도 보이지 않았다. 최고급은 아니지만 결코 싼 음식을 주문한 것도 아닌데 이상하다 싶은 생각에 지나가는 웨이터를 불러 가볍게 항의했다. 그는 자기가 우리의 담당 웨이터가 아니기 때문에 모른다고 잘라 말했다. 우리는 지배인을 불렀다. 그리고 자초지종을 이야기했다. 그러자 그는 우리의 담당 웨이터가 지금 식당에 없고 우리에게 내올 음식도 없다고 말했다. 이런 고급 식당에 음식이 없다니 말이 되느냐, 저기 저 사람들의 음식은 어디서 나온 것이냐고 항의했지만 소용이 없었다. 단지 우리에게 내올 음식이 없으니 다른 식당에 가보라고 정중히 말하는 것이었다.

우리는 황당해하며 그 곳을 나와 다른 식당을 가보았다. 다른 곳 역시 마찬가지였다. 처음엔 과분할 정도로 친절히 대해주다가 정작 우리와 몇 마디

주고받고나면 나가달라는 것이었다. 하는 수 없이 거리로 나와 아무 좌판에 들러 점심을 때우려고 했다. 그런데 모든 상점과 가게들의 문이 닫혀 있었고 노점상도 없었다. 무더위에 밥을 먹지 못하니 몹시 짜증이 났다. 우리는 터벅터벅 힘없이 도시의 중앙 분수대 쪽을 향해 걸어갔다. 언뜻 보니 그 곳에 많은 사람들이 운집해 있는 것 같았다. 우리는 지나가는 행인에게 무슨 일인지 물어보았다. 그는 오늘이 우크라이나가 러시아로부터 독립한 6월 12일, 바로 우크라이나의 독립 기념일이라고 대답했다.

아하! 한국 유흥업소들이 6월 6일 현충일 하루 동안 영업을 하지 않고 애국심을 발휘하듯이 우크라이나의 웨이터들도 독립 기념일만은 러시아와 관계된 그 어떤 손님도 받으려 하지 않는 것이었다. 결국 우리는 호텔로 돌아와 밥을 먹어야 했다. 그리고 웨이터가 무언가를 물을 때마다 당황한 척 손을 내저으며 영어로 "I don't know"라고만 대답했다. 1993년에 겪은 일이다.

이런 현상은 러시아 내에서도 마찬가지였다. 러시아인들도 과거와 달리 러시아에 사는 소수 민족들에 대해 경계와 더불어 냉담한 반응을 보이기 시작했다. 따라서 부모들이 러시아인이 아닌 젊은이들은 자신의 정체성에 상당한 혼란을 겪게 되었다. 언젠가 러시아의 텔레비전 방송에 각 민족을 대표하는 대학생들을 초대해 소련 해체 후의 민족 분규 사태를 비롯해 젊은이들의 정체성 문제를 토론한 적이 있었다. 그때 그루지야 계의 젊은 대학생이 이런 하소연을 했다.

"아버지는 그루지야, 엄마는 우크라이나인이에요. 저는 러시아에서 태어났지요. 그럼 저는 누구인가요?"

"당신은 스스로를 누구라고 생각하시나요?"

사회자가 반문했다.

"우리 가족은 러시아에서 살아요. 헌데 아버지는 그루지야인이라고 말하고 어머니는 우크라이나인이라고 자기를 소개하지요. 근데 저는 달라요. 저는 러시아에 태어났고, 러시아에서 자랐고 친구들도 러시아인들이 많아요. 주민등록도 러시아인으로 적혀 있고요. 나 스스로도 자신을 러시아인이라고 생각하고 있지요. 그런데 사람들은 외모만 보고 나를 이방인 취급해요. 여러분, 제가 누구인가요? 말씀해주세요."

몇 년 전만 해도 그에게 이런 고민이 없었다. 그는 분명히 자신이 소련 사람인 줄 알았고, 친구들도 그를 동족으로 대했으며, 학교에서도 떳떳이 공부했다. 그런데 어느날 갑자기 낯선 이방인이 되어 러시아 땅에 살게 된 것이다.

하지만 소수 민족 문제는 그의 사사로운 입장만 들먹일 것이 아니었다. 그것은 가장 골치 아픈 첨예한 사회 문제로 이미 돌변해 있었다. 그루지야는 독립과 동시에 러시아와 잦은 국경 분쟁을 일으켰고, 과거 형제들인 주변국들과도 수시로 물리적인 충돌을 일으켰다. 어제의 동지가 오늘의 적이 된 것이다. 하지만 러시아인들이 이처럼 카프카즈인들에게 반감을 가지고 있는 이유는 정치적인 문제뿐만이 아니었다. 현지의 정치, 경제 혼란을 틈타 무작정 러시아로 상경한 카프카즈인들이 러시아에서 무리를 지어 저지르는 온갖 불법 행위의 수위가 위험에 도달했기 때문이다. 그들에게 당한 러시아인들의 피해 사례는 끝이 없을 정도였다. 때문에 그날 패널로 참가한 여대생은 이런 카프카즈 청년의 하소연을 한마디로 일축했다.

"당신은 러시아인들이 카프카즈인들을 멀리하는 것이 불쾌하고 불필요
한 인종 차별이라고 주장하는데, 솔직히 그것이 우리에게 얼마나 해를 끼치
는지 몰라요. 어두운 밤에 컴컴한 지하철 통로나 골목을 걸어갈 때 러시아인
들을 만나면 안심이 되지만, 당신 같은 남쪽 지방 사람들을 만나면 겁이 나서
지나가지를 못해요. 그리고 만일 러시아와 그루지야가 전쟁을 벌이면 당신
은 누구 편이 될 것인가요? 지금 당장 러시아 편이 될 것이라고 맹세할 수 있
나요?" 나는 여학생의 말이 러시아의 민족 문제 중 가장 민감한 부분을 정곡
으로 찔렀다고 생각했다. 그래서인지 청년은 묵묵부답이었다.

'루스키'와 '루시스키'

러시아어에는 러시아 사람을 표기하는 방법이 두 가지 있다. 하나는 '루
스키'이고 다른 하나는 '루시스키'이다. 일반적으로 '루스키'는 토종 러시아
민족을 말한다. 즉 다른 공화국들을 염두에 두지 않고 러시아 민족만을 지칭
할 때 '루스키'라고 부른다. 이와는 반대로 러시아는 물론 모든 공화국의 사
람들을 통틀어 지칭할 때 '루시스키'라는 단어를 사용하고 있다. 사실 러시
아의 천 년의 역사는 '루시스키'의 역사라 해도 과언이 아니다. 소련의 해체
전까지 '루스키'와 '루시스키'는 동일한 의미로 사용되었다. 오히려 그 당
시에는 러시아인들이 '루스키'라는 말을 사용하면 체제에 대한 반감의 표시
처럼 들리기도 했다. 그것은 다른 공화국의 사람들도 마찬가지였다. 카자흐
스탄이나 우즈베키스탄 사람들이 공장이나 감옥, 또는 시장 바닥 같은 데에
서 자기들만 끼리끼리 모이고 러시아인들은 '왕따' 시켰다는 사례들도 있기
는 하나 소련 사회주의 공화국 연방의 누군가가 올림픽에서 금메달을 따면

민족과 출신에 상관없이 모두들 환호하고 좋아했다. 그들도 모스크바나 상트페테르부르크 같은 행정 특구 사람들과 우크라이나의 키예프, 백러시아의 민스크 사람들과 멀리 시베리아의 캄차트카 사람들과 모두 형제 자매처럼 지낸 것에 만족했던 것이다. 이런 그들을 하나로 묶어준 것은 다름 아닌 모든 노동자들이 차별을 받지 않고 평등하게 권리와 의무를 통해 행복과 번영을 꿈꾼 사회주의 이념이었다.

그런데 소련으로부터 공화국들이 독립을 선언하자 '루시스키' 는 러시아와 신흥 독립 국가 사이에 상당한 골칫거리가 되어버렸다. 신흥 독립 국가들의 입장에서 보면 그들이 '루시스키' 라는 단어를 사용하면 그 자체가 자기들이 여전히 러시아의 속국임을 인정하는 것이기 때문에 상당히 불쾌한 단어가 되어버렸다.

신흥 공화국의 몇몇 진보 세력들은 '루시스키' 개념 자체를 아예 부정하고 자국의 뿌리만 인정하는 철저한 민족주의자들로 돌변했다. 학교에서 러시아어, 역사, 문학 수업들을 아예 폐지하거나 선택 과목으로 전향시키고 회사에서 자국어를 쓰지 않는 자는 내쫓는 식으로 탈 러시아 운동을 전개하고 있는 것이다. 그러다 보니 오래 전부터 그 곳에 살던 러시아인들이 고충을 겪게 되었다. 갑자기 아파트에서 강제로 쫓겨나고 길에서 구타당하고 희롱당하고 강간당히고 연금조차 지불받지 못하는 불상사가 줄을 잇고 있다. 결국 현지에 사는 러시아인들은 자신들의 오랜 생활의 터전을 버리고 목숨을 연명하기 위해 고국으로 돌아오는 추세이다.

때문에 러시아의 입장은 더욱 곤혹스럽다. 현지를 도망쳐오는 러시아인들뿐 아니라 여러 가지 이유로 러시아로 들어오려 하는 각 공화국의 사람들까지 수용해야 하기 때문이다. 과거 소련을 주도한 주류 민족으로서 생활고를 견디지 못하고 과거의 형제들을 찾아 러시아로 오는 사람들을 무작정 거부할 수만은 없는 것이다.

문제는 러시아 내에 공화국 사람들이 정착을 해도 대부분이 러시아인이기를 꺼린다는 점이다. 언젠가 방과 후 자가 영업용 택시를 타고 간 적이 있다. 그때 나를 태운 운전사는 상트페테르부르크 국립 대학 옆의 군부대에 근무하는 영관급 장교였다. 중후한 풍채에 군복이 어울려 그에게 고향이 어디냐고 넌지시 물어보았다. 그는 그루지야라고 대답했다. 그는 자기의 부모와 형제들이 지금도 그 곳에 살고 있다고 말했다. 나는 짓궂게 "당신은 러시아군 장교인데, 그루지야와 전쟁이 나면 누구 편에 설 것이냐"고 물어보았다. 그는 전혀 머뭇거리지 않고 "당연히 그루지야지"라고 대답했다. 그럼 뭐란 말인가? 비약하면 러시아의 대통령 이하 장관, 각료, 관리, 재벌, 군부 중에는 무늬만 러시아인일 뿐 마음은 고향에 있는 사람들이 많다는 얘기인데, 그런 구조하에서 순수한 러시아의 국익을 위한 정책이 나올 수가 있다는 말인가?

따라서 러시아 내에는 이제 본격적으로 '루스키'와 '루시스키'들을 구별하는 작업을 착수해야 한다는 요구가 제기되고 있다. 러시아인들이 '루스키'는 우리, '루시스키'는 남임을 선언하는 것이기는 하나 '루시스키'와의 완전한 결별이 아니라 독자 노선을 선택하는 의미가 짙다. 과거의 모든 소련 공화국을 러시아가 계속 책임질 수는 없다는 것이다.

러시아인들은 이 문제를 매우 신중하게 대처하고 있다. 즉 이미 모든 공화국에 뒤섞인 민족들을 돌이킬 수 없는 만큼 현 상황에서 자신이 증명서에 적힌 무늬만의 러시아인이 아니라 몸과 정신과 혼이 완전히 러시아인이라고 인식하는 사람만 '루스키' 가 될 수 있다는 것이다. 즉 그루지야에 태어나 우크라이아의 아내와 결혼한 사람이 자신이 러시아인이라고 생각하고 러시아의 번영과 행복을 위해 충성을 바치는 사람이라면 슬라브의 피가 섞이지 않아도 '루스키' 가 될 수 있다는 것이다. 그리고 이를 거부하는 자는 본국으로 추방하거나 러시아 내에 활동 영역을 제한해야 한다는 주장이다.

구소련은 없다

구(舊)소련이란 단어는 사전에 없는 말이다. 그런데 사전에도 없는 단어가 지금 언론과 학계에 심심치 않게 사용되고 있다. 물론 이유야 있겠다. 하지만 러시아와 망한 소련을 굳이 차별하는 것이 좋게 보여지지만은 않고 있다. 소련이 서방의 도움으로 공산주의 수렁에서 겨우 기사회생했다는 비아냥 같은 느낌이 들고 잡다한 이유로 소련에 반감을 갖는 사람들이 암흑의 역사가 지구상에서 완전히 사라진 것을 강조하기 위해 굳이 '구'(舊)자를 붙여 사용한다는 느낌이 들기 때문이다.

어느 민족이나 통치 세력과 이념이 과거의 권력과 완전히 별개인 역사를 가지고 있다. 우리 나라의 예를 들어보아도 현 대한민국은 고조선, 고구려, 신라, 백제, 발해, 고려, 조선의 과정을 밟고 지금 존재하고 있다. 그런데 우리는 고조선을 구(舊)고조선이라고 부르지 않고 있다. 발해와 고구려의 주요 무대가 지금의 만주나 시베리아라고 해서 그들을 러시아와 숭국의 신조들이라고 부르지 않는다. 일제에 점령당한 조선을 구(舊)조선, 일제 점령기로부터 해방된 조선을 신(新)조선이라고 부르지 않는다. 그것은 수천 년을 방랑하다 겨우 나라를 되찾은 이스라엘을 신(新)이스라엘이라고 부르지 않는 것과 마찬가지이다.

별것 아닌 명칭을 가지고 궤변과 '어거지'를 부린다고 말할지 모르겠지만, 이로 인해 러시아에 아주 민감한 문제들이 가끔 야기되고 있다. 러시아의 자유주의자들은 소련이 붕괴되자마자 지긋지긋한 공산 체제에 대한 증오와 분노 때문인지 기록에 있는 '소련'을 러시아로 바꾸고 있다. 또한 과거 사회주의 체제를 신봉한 적극적인 공산주의자들도 자유화 시대에 자기의 새로운 위상 정립을 위해 이런 재편집 작업을 하고 있다.

과거에 소련 정부 체제의 지원을 받아가며 '잘 먹고 잘 살았던' 독립 국가 출신의 지식인들도 마찬가지다. 그들은 과거에 자신들이 가장 화려한 미사여구를 동원하며 부르짖었던 '조국'의 의미를 소련이 아니라 자기 출신국인 우크라이나, 그루지야, 아제르바이잔, 리투아니아 등으로 바꾸어버리고 있다. 오랜 기간 동안 제 목소리를 내지 못하고 러시아에 의해 억압당해왔다는 피해 의식을 가진 그들이 해방을 즈음해 조국의 정체성을 되찾으려는 애국심의 발로로 그런 행동들을 하고 있다는 것은 충분히 이해된다.

하지만 여기에는 중요한 문제가 제기되기도 한다. 분명히 소련은 지구상에서 사라진 것이 사실이지만 그 역사까지 사라진 것은 아니다. 소련의 역사에는 러시아는 물론 14개의 독립국들도 묻어 있다. 때문에 소련을 무조건 분리하거나 거부하는 선상에서 시대를 논할 수는 없는 것이다. 일례로 우크라이나의 급진주의자들은 자기 민족을 거룩하고 '초월된 민족'이라고 찬양하면서 러시아인들을 몽골과 핀란드 민족들 사이에 뒤섞인 잡종들이라 부르고 있다. 그들은 러시아인들이 그토록 자랑하는 키예프 루시의 역사도 이제는 러시아의 것이 아니라 과거에 '키예프에서 우랄' 산맥까지 살았던 민족(즉 우크라이나)의 역사라고 분명히 못박고 있다.

　이처럼 극단적인 소련 죽이기 움직임은 커다란 개념의 혼돈을 몰고온다. 일례로 러시아의 고고학자들은 러시아 상고사를 약 70만 년 전이라고 내다보는데, 그들이 말하는 지대는 지금의 아제르바이잔, 아르메니아, 그루지야, 중앙 아시아, 크림 반도 즉 대부분이 다른 나라 지역이 되었다. 즉 역사를 과거와 현재로 구분해 부른다면 그 곳은 러시아와 거의 무관한 장소들이다.

　러시아인들이 가장 자랑하는 시대가 키예프 루시이다. 그 곳에서 러시아의 언어, 종교, 문화, 풍습, 그리고 찬란한 구전 문학이 생겨났던 것이다. 그런데 키예프는 이제 우크라이나의 땅이 되었다. 그렇다면 고대 러시아 문학은 우크라이나만의 문학이 되어야 한다. 고대 러시아의 융성기인 키예프도 우크라이나로 귀속되어야 한다. 정교를 받아들인 곳도 키예프이기 때문에 정통 정교의 뿌리도 우크라이나가 되어야 한다. 소련이 소멸되었기 때문에 구소련이 타당하다면 소련 전후의 러시아도 신러시아와 구러시아로 구분해야 한다.

　독립국가들도 마찬가지다. 재정 러시아 시대 때의 우크라이나는 구(舊)우크라이나, 소련에서 독립한 우크라이나는 신(新)우크라이나라고 불러야 한다. 백러시아도 소련 이전은 구(舊)백러시아, 소련 이후는 신(新)백러시아라고 불러야 한다.

　소련은 러시아의 역사이고 독립 국가들의 역사이기도 하다. 체제에 대한 반감과 어둡게 돌변한 일신상의 자기 보신을 이유로, 독립과 함께 과거의 흔적을 지우고 새로운 역사를 집필하려는 극단적 국수주의 사고로 ‘구(舊)’라는 표현을 써서 소련을 용도 폐기된 시대처럼 비하시키는 것은 생각해볼 문제이다.

러시아는 마피아의 천국인가

일전에 러시아 뉴스 프로그램인 '부레메치코'에 어떤 사람들이 모스크바의 야시장에서 횡포를 부린다는 제보가 들어왔다. 당연히 기자들이 출동했고, 마피아들이 자릿세를 바치는 상인들에게만 고객을 빼돌린다는 사실을 알아내었다. 기자들은 현장 촬영과 즉석 인터뷰를 통해 이런 불법 행위를 전국에 폭로하려고 했다. 그러자 순식간에 깡패 수십 명이 모여들었다. 그들은 이유도 대지 않고 무조건 방송을 방해했다. 기자들은 황당해하며 보스와의 대화를 요청했다. 그러자 중간 보스가 나오더니 "이 일대는 이런 조건하에 영업이 허용되었으니 너희들은 알 바 아니다"며 고함을 질러대었다. 기자들은 "경찰서에 가서 문제를 따지자"고 주장했다. 그러자 중간 보스는 "당장 가자"며 오히려 큰소리쳤다. 결국 뉴스는 구체적인 해결점을 찾지 못한 채 오히려 경찰 서장의 구차한 변명과 해명만 방영해야 했다. 마피아의 불법 행위를 보고도 눈감는 경찰들의 태도도 그렇지만 이런 일들이 당연한 것처럼 인식되는 주위 현실에 시청자들은 치를 떨어야만 했다.

이것은 지극히 평범한 사례이다. 러시아인들은 지난 10년 간 러시아에서 가장 영향력을 발휘하는 세력이 마피아라고 생각한다. 러시아의 마피아는 지금 이 순간에도 사회의 거의 전 분야에 개입되어 이익을 조정하고 있다. 러시아 정치가와 공무원들은 인·허가 과정 등에서 뇌물 수수를 통해 거대한 부를 쌓고 있고, 군부도 각종 무기와 구리나 아연 같은 전략 금속 등을 암거래하고 있다. 대부분 국영 기업의 사유화도 노멘클라투라(옛 사회주의 체제에서의 특권 계급층)에 의한 사유화이거나 혹은 부정·부패와 불공정 거래를 통해 이루어지고 있다.

일례로 '바우처'라는 것이 있다. 이는 주식 매입 증권을 말한다. 러시아 정부는 사회주의 시절의 국가 재산을 분배하기 위해 1993년에 1만 루블짜리 바우처를 1억 5,000만 명에게 한 장씩 무상 분배했다. 그리고 이를 각종 기업체에 투자하면 아파트나 자동차를 구입할 수도 있다고 흑색 선전을 했다. 많은 러시아인들이 정부의 선전을 믿지 않았지만 혹시나 하는 심정으로 어차피 집에 놔두면 휴지가 될 바우처를 펀드 회사에 위탁했다. 얼마 후 기적 같은 일이 벌어졌다. 바우처의 값이 수십 배 혹은 수백 배로 뛴 것이다. 러시아인들은 프레미엄을 얹어서라도 남의 바우처를 매입하려고 야단법석을 떨었다. 시장, 백화점, 지하철 역 주변에는 '바우처 구매'라는 간판을 목에 건 사람들로 붐볐었다. 이런 분위기가 절정에 치닫는 순간 갑자기 날벼락이 떨어졌다. 고소득을 보장하던 펀드 회사들이 자취를 감추어버린 것이다. 당연히 바우처는 파산한 펀드 회사 사장의 몫이 되었다.

그리고 러시아 정부가 모든 국가의 제반 시설과 생산 공장을 민영화하자 그들은 권력과 유착해 염가로 거대한 재산을 사들일 수 있었던 것이다. 그때 러시아 사영화를 주도한 츄바이스가 TV에 출연해 "보십시오, 이처럼 빠른 템포로 온 국민이 국가의 사영화에 동참한 나라는 러시아밖에 없습니다. 이것이 러시아의 저력이고 위대함입니다"라고 떠들었다. 하지만 이것은 권력이 국민을 대상으로 마피아와 결탁하여 벌인 사기극이라는 것을 의심하지 않는 러시아인들은 거의 없었다.

러시아의 일반적인 마피아는 주로 골동품, 마약, 핵물질 등을 국내외에 암

거래하고, 매춘업과 카지노 등을 운용하며, 시장 경제 이행 과정의 가격, 유통, 조세, 은행 체계를 이용해 거금을 착복하고 있다. 최근 러시아 내무성 보고에 따르면 마피아가 모든 재화와 서비스 영역의 40% 이상을 통제한다고 했다. 때문에 몇몇 우리 사업가들도 유통로의 확보와 과세 부담과 위험 방지를 위해 마피아와 적절한 선에서 결탁을 유지하기를 희망하기도 한다.

러시아의 마피아는 서방의 '조직 범죄 단체'로서의 마피아보다 폭넓게 통용되어 흥미롭다. 즉 정치·관료 마피아, 경제·유통 마피아, 가두 상인과 보따리 장수의 세 가지 형태를 마피아라고 생각한다. 보수주의자들은 이윤을 추구하는 모든 사람들을 마피아라고 부르기도 한다. 이런 러시아 마피아는 체제의 변혁과 이행 과정에서 자체 형성되었다고 볼 수 있다. 과거의 마피아는 귀족들의 착취와 부정·부패에 조직적인 투쟁을 벌인 지하 결사대, 즉 볼세비키 지하 조직 같은 배타적 무리들이었다. 소련 시대의 공산당은 비밀 경찰을 조직하여 반체제 인사를 강압적으로 제거하는 과정에서 국가 테러를 자행했다. 1960년 중반부터 브레즈네프가 정권을 장악하면서 관료의 부정·부패는 체제의 안정에도 불구하고 더욱 극성을 부렸으며, 조직적인 범죄 단체도 생성되었다. 이들은 관직 매매와 마약과 면화를 불법 거래했다. 브레즈네프의 사위도 우즈베키스탄의 '면화 마피아'에 연류된 것으로 나타났다.

그런 와중에 경제 사정이 악화되면서 국민들은 '지상 경제'보다는 '지하 경제' 활동에 더욱 관심을 갖게 되었다. 예를 들면 지위를 악용해 국영 기업의 물건들을 개인적인 용도로 몰래 팔아넘겨 뒷돈을 챙기는 부업에만 몰두했다. 고르바초프의 페레스트로이카 정책은 이러한 지하 경제 활동을 상당부분 지상으로 이끌었지만 지하 경제 활동을 완전히 제한하기에는 역부족이었다. 또한 시장 경제와 민주주의로의 이행 과정 중 과거 기득권층이었던 노멘클라투라들은 사유화 과정에서 막대한 부를 축적했는데, 특히 소연방의 해체와 더불어 연방 공무원, 특히 공권력에 종사했던 KGB, 내무부, 군 간부들은 해임이 된 후 막강한 연줄과 자금을 동원하여 조직 범죄 단체에 직·간접적인 연류를 모색하기도 했다.

여하튼 지금 러시아에 유일하게 부를 축적한 자본 계층은 마피아이다. 대부분 유통업과 서비스업에서 불공정 거래로 벌어들인 마피아 자본이 공정한 시장 게임 법칙에 따라 생산·유통·소비 부문, 특히 제조업에 투자된다면 러시아의 미래는 더욱 밝아질 수도 있다. 그럼에도 불구하고 마피아가 러시아 경제의 미래를 책임지는 신흥 자본 세력이 될지는 미지수이다. 왜냐하면 마피아는 마피아이기 때문이다. 내가 러시아를 방문할 때마다 찾는 수도원이 있다. 그 곳은 미사 시간 때마다 거지들로 북새통을 이룬다. 그래서 그 곳을 갈 때 늘 잔돈을 준비하곤 했다. 한 번은 잔돈이 떨어져 마지막으로 구걸하는 할머니에게 1달러를 건네준 적이 있었다. 잠시 후 어떤 사람이 나를 툭 치며 저 곳 좀 보라고 했다. 그 곳을 보니 웬 젊은이들이 걸인 할머니에게 다가가 내 돈 1달러를 꺼내고 그 곳에 200루블(100원)을 집어넣는 것이 아닌가. 결국 수도원 거지들도 자의거 타의건 간에 마피아와 연루되어 있는 것이다.

과거에 러시아의 이미지는 크레믈린과 혹독한 추위, KGB와 수용소가 진부였지만 지금은 여기에다 마피아, 인터 걸 등의 이미지가 추가로 각인되어 있다. 이것은 러시아에 대한 부정적인 이미지들이 주로 우리의 잠재 의식에 자리잡혀 있다는 것을 의미하는데, 마피아의 문제만 보더라도 잘못 왜곡된

면들이 상당히 많이 있다. 우리는 러시아가 경제적으로 너무 낙후되어 있는 데다가 마피아가 상당히 조직적인 연결망을 가지고 있어 치안의 부재로 인한 범죄가 난무해 일반 서민들은 거리조차 제대로 활보하지 못하고 불안에 떨며 생활한다고 생각한다. 그러나 어쩌면 마피아는 자본주의 체제하에서 필연적으로 생성될 수밖에 없는 산물이라고 이해하는 것이 옳을 수도 있다. 왜냐하면 각 나라마다 많은 기업들이 초기에는 불법적인 경제 활동을 통해 자본을 형성한 후, 정상적인 기업 활동을 통해 부를 축적하는 예가 얼마든지 있기 때문이다. 때문에 마피아는 현시점의 러시아에 있어서 한마디로 주도 권 쟁탈전을 벌이는 기업 집단이라고도 할 수 있다. 러시아의 마피아는 일반 인을 상대로 범죄를 저지르는 집단이 아니라 조직의 이권 관계에 있어 장애 가 되는 인물만을 범죄 대상으로 삼고 있다. 때문에 모스크바 밤거리를 산책 하는 것은 생각보다 위험하지 않다. 오히려 뉴욕의 밤거리보다 훨씬 안전하 다. 그러므로 러시아 여행을 계획하는 사람들은 안심하고 여행을 해도 될 것이다.

민주화의 열망과 빅토르 최

1990년 라트비아 공화국의 수도 리가의 한적한 도로에서 28세의 나이로 불행하게 요절했던 한국인 4세 빅토르 최(1962~1990)는 지금도 러시아의 젊 은이들에게 잊혀지지 않는 전설이다. 매년 8월 15일마다 많은 젊은이들이 상트페테르부르크의 보고슬롭스꼬예에 있는 그의 묘지로 모여들고 있다. 그 들은 상트페테르부르크, 모스크바, 노보고로드, 야로슬라블 같은 인근 도시 뿐 아니라 멀리 극동이나 아니면 카자흐스탄, 우크라이나, 백러시아 같은 다른 공화국에서 기차를 타고 상경한다.

상트페테르부르크에서 그들이 하는 일이란 대단하지 않다. 밤을 새워 요절한 영웅의 무덤 가에서 그의 추억을 더듬기도 하고 청바지와 청재킷 차림에 빅토르 최 얼굴이 새겨진 뺏지를 달고 길거리에서 목청껏 그의 노래를 부르다 술과 담배로 마음을 달래고는 다시 고향으로 돌아간다. 도처에 그의 추모 공연이 기획되고 신문, 잡지, TV도 그의 음악과 생애에 관한 특집 보도에 여념이 없다.

내가 처음 그에 대해 관심을 기울이게 된 것은 유학 시절 우연히 그에 대한 특집 프로그램을 계획한 모 방송 특파팀의 통역을 담당하면서부터이다. 그 다큐멘터리의 방송 컨셉은 그의 진보 음악과 러시아 민주화의 상호 관계였다. 지금까지 우리에게 알려지지 않은 한국인 4세 러시아 대중 가수가 현지 젊은이들에게 얼마나 절대적인 사랑을 받았고, 러시아의 민주화 과정에 얼마나 이바지했는가를 드라마틱한 그의 생애와 함께 조명해보려고 했던 것이다. 1991년 러시아 민주화에 관한 기본 자료는 국내외의 보도 자료를 통해 이미 확보된 상태였기 때문에 현지 방송 파견자 관계자들의 주업무는 그의 생애에 굵직한 사건들과 일화를 뒷받침할 흔적을 찾는 것이었다. 덕분에 나도 일반인이 감히 접근하지 못하는 그의 부모 최동렬 씨와 발렌티나 씨, 그의 아내 마리아나, 아들 사샤, 전 멤버 올레그, 그의 음악 선생이자 대중 가수인 보리스 그리벤쉬코프, 전 매니저, 기타 그의 동료들을 만나볼 수 있었다. 키노의 다른 전 멤버 르이빈이 저술한 빅토르 최에 관한 추억록도 그때 읽어보게 되었다.

빅토르 최가 가장 애착을 가진 음악은 록(rock)이었다. 음악가의 기교와 연주만이 아닌, 객석과 정신적 교감을 나눌 최고의 음악 장르를 그는 원했다. 그것이 우연인지, 혹은 그의 광적인 팬들의 낙서처럼 '하나님이 그들에게 필요한 자를 보내주었기' 때문인지는 몰라도 빅토르 최의 음악은 러시아의 개혁과 개방의 시기와 상당히 맞물려 있다. 곱슬머리에 구릿빛 얼굴, 강한 반항적 인상에 날카로운 눈을 가진 동양의 젊은이가 불러대던 록큰롤은 시원한 청량제처럼 평화와 반전과 민주화를 갈망한 당시 젊은이들의 답답함을 대변해주기에 충분했던 것이다.

러시아 '록'(rock)은 우리가 흔히 아는 로큰롤(rock'n roll)과 의미가 다르다. 러시아의 '록'은 보고 듣고 감상하며 열광하는 단계를 넘어 체제와 이념으로 굳게 닫힌 사회적인 숙명에 반항하는 음악처럼 정치적인 색채가 강하다. 여기에 '록'이라는 단어가 갖는 발음상의 특성과 의미가 한몫하고 있다.

보통 러시아어로 '운명'을 뜻하는 단어가 '수지바'이다. '인간의 운명', '도시의 운명', '나라의 운명'처럼 '수지바'는 개인과 집단의 삶의 총체를 표현하는 말로 통용된다. 그런데 러시아어에는 '수지바' 외에 운명을 뜻하는 단어가 또 하나 있다. 그것이 바로 '록'이다. 영어 rock과 발음이 아주 유사하다. 그래서 러시아인들은 '록'을 불행하고 처절한 자신들의 삶과 운명을 대신 표출해주는 '속 풀이' 음악처럼 간주하고 있다. 한때 우리 나라 대학생들이 통기타를 품고 자유와 민주화를 갈망하는 저항의 노래를 부른 것처럼 러시아의 젊은이들은 '록'을 통해 그들의 반사회적, 민주적, 전인류적 정서를 담은 저항의 노래를 불러대었던 것이다.

불타는 도시에 여름이 깔린다. 활활 타는 도시에 그늘이 내린다.

우리 가슴은 변화를 원한다. 우리 눈은 변화를 요구한다.

우리의 웃음에도, 우리의 눈물에도, 그리고 우리의 맥박에도

변화를, 변화를, 우리는 변화를 기다린다.

— 변화

변화는 1980년대 후반 소련 사회의 가장 큰 화두였다. 당시 고르바초프를 위시해 대다수의 진보주의자들은 장기간 소련 사회를 지배한 진부한 사회 구조를 허물고 개혁과 개방을 통해 자본주의 경제 구조를 수용하는 것이 소련이 살 수 있는 유일한 방안이라고 주장했다. 빅토르 최의 음악은 자유와 민주화를 요구한 당시 러시아 젊은이들의 시대적인 열망에 너무나 잘 부합하는 노래였다. 중요한 것은 그것이 무명 가수가 오직 인기몰이를 위해 의도적으로 저항의 노래를 불렀던 것이 아니라는 점이다. 이것은 생전에 그의 다양한 흔적이 잘 말해주고 있다.

빅토르 최는 음악뿐 아니라 회화, 조각 등에도 상당히 조예가 깊었다. 그가 남긴 그림들을 보면 예사롭지 않다. 물론 초상화나 화분 혹은 과일들을 묘사한 정물화들도 있기는 하지만 대부분의 그림에는 반전, 반핵, 민주화의 열망으로 가득 차 있었다. 즉 레닌, 스탈린, 흐루시초프, 브레지네프를 위시해 고르바초프가 저지른 패권주의와 핵의 위험을 알리는 지극히 시사적이고 정치적인 내용의 그림인 것이다. 이처럼 민족과 인류의 아픔을 함께 고민하려고 했던 빅토르 최는 인기인답지 않게 매우 소박하고 인간적인 삶을 살았다. 그는 때와 장소를 가리지 않고 자기를 필요로 하는 관객들에게 노래를 들려주기를 좋아한 가수로도 유명하다.

벽에 붙어 있는 빅토르 최의 추모 공연 포스터.

　그는 데뷔 전에 공장 기숙사의 난방을 관리하며 가수로서의 꿈을 키우고 있었다. 어느 정도 대중의 인기와 지명도를 받게 되면 지긋지긋한 지하의 생활은 질릴 만도 한데 그는 과거 무명 시절 자기 노래를 들어주었던 젊은이들을 버리지 않았다. 오히려 그 곳으로 가끔 젊은이들을 초대해 지하 콘서트를 개최하곤 했고, 그때마다 건물 지하실에 몰려든 젊은이들이 그의 노래를 듣고 얼마나 '틀에 얽매이지 않는 삶'이 아름답고 행복했는가를 절실히 느낄 수 있었다고 전한다. 그래서인지 건물 지하실, '캄차트카' 공연은 지금도 많은 사람들에 의해 회자되고 있다.

　그렇기 때문인지 빅토르 최의 팬들은 과히 광적으로 그를 사랑하고 있다. 흔히 우리가 말하는 '팬'이란 말을 러시아 말로 '발렐쉬크'라고 하는데, 빅

174

토르 최의 팬들은 '파나티크' 즉 '광신자' 혹은 '맹신자들'이라고 부른다. 그가 사망했을 당시 러시아 각지의 교회에서는 그와 영혼 결혼식을 올리고자 하는 여인들이 줄을 이었고 어떤 젊은이들은 그의 무덤이 들어선 공동 묘지 화장실에 기거하며 영웅의 죽음을 애도했다는 일화는 국내에도 잘 알려져 있다. 당시 나는 촬영팀 덕분에 알라라는 한 여인을 만날 수가 있었다. 촬영 팀이 빅토르 최와 영혼 결혼식을 올린 그녀의 인터뷰를 요청했던 것이다. 인터뷰를 마치고 그녀를 배웅하기 위해 차를 타고 가던 도중에 나는 그녀로부터 왜 그녀 자신이 빅토르 최와 영혼 결혼식을 올리지 않을 수 없었는지를 상세하게 들을 수가 있었다.

"빅토르가 한창 인기를 끌 무렵 나는 '키노' 그룹이 있다는 것은 알았지만 그의 노래가 좋다고는 생각하지 않았어요. 그의 노래는 매우 우울하거나 상당히 과격했지요. 그래서 잔잔한 선율을 좋아하는 내 취향엔 맞지 않았죠. 그런데 그가 죽던 해에 갑자기 남편과 이혼을 하게 되었어요. 남편과 헤어지고나서 나는 한동안 집에서 시간을 보내며 마음의 상처를 달래었지요. 그런데 어느 날 점심을 먹고 책을 읽다 깜박 잠들었는데 갑자기 아름다운 선율이 귓가에 울려퍼지는 거예요. 당시 저는 그것이 누구의 노래인지 몰랐어요. 하지만 노래는 징말 감동적이었어요. 바하도, 모차르트도, 그 어떤 명곡도 그처럼 나를 감동시키지는 못할 거예요. 나는 곡에 흠뻑 취해 듣고 있었지요. 그때 갑자기 이상한 목소리가 들려왔어요.

'빅토르 최를 받아들일 준비가 되었느냐?'

나는 너무 놀라 잠에서 깨어 일어났죠. 그리고 그것이 우울증 때문에 생긴 환청이라고 생각했어요. 그런데 며칠 후 잠을 자다 또 그 목소리를 듣게 된 거예요.

'빅토르 최를 받아들일 준비가 되었느냐?'

나는 어찌할 바를 몰라 잠결에 목소리가 울려퍼지는 곳에 대고 '저는 빅토르 최가 누군지 잘 모르고, 갑자기 겪은 일이라 판단을 내리지 못하겠으니 며칠만 시간을 더 달라' 고 애원을 했지요. 그리고 얼마 후 다시 그 목소리가 들렸는데 그때 저에게 일방적인 선언을 하는 거예요.

'하늘의 빅토르 최와 지상의 알라 바락사는 남편과 아내로서 연을 맺게 되었노라.'

나는 너무나 놀라 무심결에 '네' 하고 동의를 했지요. 그리고 외출을 하게 되었는데, 갑자기 레코드 가게에서 내가 꿈에서 들었던 멜로디가 골수를 파고드는 것이었어요. 바로 빅토르 최의 노래였어요. 나는 그의 음반을 몇 장 사들고 집에 와 한동안 식음을 전폐하고 반복해 들었지요. 그 후 내게 이상한 일이 생기게 되었어요. 가끔 낮잠이나 선잠을 자다보면 누군가 아름다운 시를 읊조리는 거예요. 잠을 깨어도 기억이 너무나 선명해 나는 누군가 읊조린 시 구절들을 받아 적곤 했지요. 이렇게 해서 내가 적은 시들이 노트로 몇 권이나 되요. 모두 아름다운 시들이지요. 저는 고등학교밖에 나오지를 못했어요. 그래서 이런 시를 지을 능력이 없거든요. 학창 시절에 저는 작문 실력도 뛰어나지 못했어요. 그런데 보세요. 여기에 놀라운 글들이 적혀 있어요. 이건 나의 시가 아니에요. 빅토르 최의 시지요. 나는 단지 그가 불러준 글을 적었을 뿐이에요."

빅토르 최에 대한 추종자들에게는 이처럼 각별한 사연들이 많이 있다. 지금도 그의 무덤을 가보면 그가 좋아하던 담배와 술, 그리고 꽃을 가져다놓고 주변을 빗자루로 정성껏 청소하는 젊은이들이 있는가 하면 그의 기념비를 부둥켜안고 흐느껴 우는 젊은이들도 종종 있다. 그들은 20~30대도 있지만 대부분 거의 10대들로 구성되었다. 빅토르 최가 사망했을 때인 1990년에 그들의 나이는 상당히 어렸을 텐데 그들은 자신들이 빅토르의 진정한 팬이라고 주장한다. 정말 그의 노래가 좋아서 팬이 되었는지, 아니면 추종자들의 열정에 반해 그를 추종하는 것인지는 모르지만 빅토르 최에 대한 애정은 사후 10년이 지난 지금도 전혀 식을 줄 모르고 있다.

2부

러시아의 역사와 유물

비교적 짧은 러시아의 역사

고대 러시아

러시아의 역사는 비교적 짧다. 러시아가 역사 속에 처음으로 등장하게 된 것은 8~9세기경이니까 약 천 년에 불과하다. 그들의 조상은 이미 1세기를 전후로 해서 돈 강 유역 등 기름진 옥토와 생명수를 찾아 사방으로 이동했던 슬라브 족이었다고 한다. 그들 가운데 한 부류가 동진(東進)을 거듭하다 지금의 러시아 흑해와 중앙아시아 등지에 정착한 것이다. 그들이 바로 동슬라브 인들이고, 혈통상 러시아의 직계 조상인 셈이다.

동슬라브 인들의 정착은 쉽지 않았다. 무엇보다도 인근 지역의 유목민들로부터 자신들의 생활 터전인 정착지를 보호해야만 하였는데, 그러려면 힘이 필요했다. 그들은 결속을 강화하여 부족을 만들었는데, 우크라이나의 수도 키예프에 인접한 드네프르 강의 한 지류인 '루시' 강가에 살았던 사람들이 대표적인 부족들이었다는 설이 있다. 사람들은 그들이 '루시' 강가에 살고 있다고 해서 '루시' 족이라고 불렀다.(서방의 학자들은 '루시'가 '노를 젖는 사람'이라는 뜻의 핀란드어 'ruotsi'에서 유래되었다고 주장하기도 한다.)

'루시'와 '러시아'. 러시아어를 잘 몰라도 '루시'와 '러시아'라는 단어를 나란히 들으면 무언가 친근한 느낌이 든다. 그렇다. '러시아'라는 말은 바로

블라디미르가 드네프르 강을 쳐다보고 있는 정경.

182

'루시'에서 파생되었다. '러시아'가 국가의 명칭으로 처음 사용된 것은 15세기 말 이반 3세 때였다. 그러니까 그 이전까지 러시아의 대내외적인 국명은 '루시'였다.

'루시' 부족은 약 6~7세기경에 출현한 것으로 보고되고 있다.(학자에 따라 그보다 훨씬 이전에 출현했다는 학설도 강하게 제기되고 있다.) 루시인들은 응집력이 강하고 평화를 사랑하며 개방적이었지만, 때론 대범하기도 했고 호전적이었다고 한다. 그래서 무력을 동원해 비잔틴까지 원정을 감행했고, 인근 부족들을 통합해나갔다. 발트해에서 흑해까지, 카르파티아 산맥에서 오카 강과 볼가 강 상류까지 분포되어 살고 있던 동슬라브 인들을 최초로 통합한 사람은 올레그 공후였다(9세기). 그리고 그가 통합한 공국이 러시아 최초의 국가라고 할 수 있는 '키예프 공국'이다. '키예프 루시'를 시점으로 러시아의 역사를 계산하면 약 천 년을 조금 웃도는 수치가 나온다.

키예프 루시

키예프 루시는 블라디미르 대공 때에 강성해졌다. 블라디미르가 대공의 권좌에 올랐을 때 키예프 루시는 이미 유럽에서 가장 커다란 나라로 성장하고 있었다. 그래서 대공은 국내에 자기 권력을 더욱 확고히 할 뿐 아니라, 국외에도 루시의 위상을 강하게 천명하고자 했다. 이를 위해 비잔틴 제국과 다양하고 우호적인 교류와 협력 관계들을 이루어내야만 했는데, 문제는 종교였다. 당시 키예프 루시 사람들은 조상들을 섬기고 다양한 자연 현상을 신으로 숭배하는 다신교도들이었다. 그들은 절기 때마다 풍성한 음식을 차려 조상신을 모셨다. 조상들을 잘 대접하고 위로해 그들의 보호를 받고자 했던 것이다. 또한 천둥, 번개를 위시한 강한 힘을 가진 자연 현상들과 들판, 숲, 가축 등의 여러 정령들을 통해 안전하게 보호받기를 원했다.

블라디미르 대공은 키예프 루시가 대외적으로 야만적인 이교도들의 국가라 불리는 오명에서 벗어나고 싶었다. 그러려면 서방의 위상에 맞는 종교를 루시의 국교(國敎)로 채택할 필요가 있었다.

당시 러시아 주변엔 기독교, 가톨릭, 이슬람교, 유대교 등을 믿는 국가들이 인접해 있었다. 먼저 블라디미르 대공에게 포교를 위해 다가온 종교는 이슬람교였다. 엄숙한 예배, 절제된 율법, 웅장한 사원 문화는 블라디미르 대공이 추구하는 종교의 단일화에 전혀 손색이 없었다. 하지만 음주가 생활의 일부처럼 당연시되는 러시아에 술을 엄격히 금하는 이슬람교의 율법은 전혀 어울릴 것 같지 않았다. 그러자 이번에는 로마 총교구에서 사신을 파견했다. 대공은 교세(敎勢)에 비해 지루한 가톨릭의 교리가 당최 마음에 들지 않았다. 그는 자신들을 하나님이 선택한 민족이라고 자부하는 유대교에 관한 보고를 받았다. 하지만 아무리 하나님의 선택을 받은 민족의 종교라고 할지라도 지금 당장 나라조차 없이 떠돌아다니는 민족의 종교를 국교로 받아들일 수는 없었다.

블라디미르 대공은 마지막으로 기독교에 관심을 돌렸다. 당시 콘스탄티노플에서 파견한 사제는 지혜롭게 블라디미르 대공에게 접근했다. 그는 성경과 교리뿐만 아니라 대공에게 종말론을 제기했다. 즉 대공도 내세에 구원을 받아 영원한 천국에 들어가야 한다고 설득한 것이다. 블라디미르 대공은 그 말에 깊은 감명을 받았다. 결국 그는 키예프 루시의 모든 민중을 기독교로 개종시키는 일대 종교 개혁을 감행했다(988년). 그는 우선 비잔틴 제국의 황녀 안나를 아내로 맞이하기 위해 자신이 먼저 세례를 받기로 결심했다.

블라디미르가 안나와 결혼하는 과정은 이렇다. 988년 블라디미르는 크림 반도에 원정을 감행했다. 그때 정적(政敵)들과 대항하기 위해 오카 강에서 드네프르 강까지 세력을 확장하던 비잔틴 황제와 조우한다. 황제는 자기를 도와주면 누이동생을 주겠다고 대공에게 단단히 약조를 한다. 대공의 입장에서는 비잔틴 가문과의 혼례의 기회를 마다할 이유가 없었다. 블라디미르는 곧장 원군을 파병해 비잔틴 황제의 굳건한 정치적 위상 정립에 큰 공을 세운다. 그러나 급박했던 문제가 해결되자 황제는 자기가 한 약속을 지키고 싶지 않았다. 왜냐하면 비잔틴 황제의 가문과 '야만적인 이교도 국가' 와 혼인의 연을 맺는 게 전례 없는 일일 뿐 아니라 누이동생도 이교도 국가의 대공에게 시집가는 것을 원치 않았기 때문이다. 블라디미르는 보복 조치로 크림 반도에 있는 비잔틴 제국의 영토를 침범한다. 황제는 어쩔 수 없이 블라디미르 대공이 세례를 받으면 혼례를 치르도록 주선하겠다는 조건을 달고 누이동생을 내준다.

당시 역사를 기록한 연대기를 보면 블라디미르 대공은 안나가 오기만을 오매불망 기다리다 '신의 섭리' 로 눈병에 걸린 일이 있었다. 안나가 자기의 곁에 왔음에도 불구하고 그녀의 모습을 전혀 보지 못해 낙담하던 블리디미르에게 안나는 세례를 받으면 씻은 듯이 나을 것이라고 충고하였다고 한다. 안나의 말대로 세례를 받은 블라디미르는 정말로 눈병이 완쾌되는 기적을 체험하게 되었다. 그러자 현장에 있었던 많은 그의 측근들이 자청해 세례를 받았다는 이야기가 전해진다. 어쨌든 블라디미르 대공은 이러한 일련의 과정들을 통해 키예프 루시에 사는 모든 사람들에게 기독교로 개종할 것을 명

'루시의 세례'(988년)를 감행한 블라디미르 대공.

령했다. 그것이 바로 '루시의 세례' 사건이다.

블라디미르 대공은 그리스 등지에서 사제들을 불러들여 세례 의식을 감행하고 우상을 불태웠다. 이런 전면적인 종교 개혁에 대항하는 점성가와 주술사들의 강력한 저항이 있었지만, 명령을 듣지 않는 자는 모조리 잡아 죽인 대공의 막강한 의지 앞에 그들은 역부족이었다. 루시의 세례 사건은 러시아의 역사상 상부에서 하부로 절대 명령이 하달되어 감행된 최초의 개혁 사건이었다. 이를 계기로 러시아의 봉건 제도는 더욱 힘을 얻게 되었고 토착화되었다. 반면 기독교를 도입함으로써 서방과 다양한 문호를 열 수 있는 창구가 생겼으며, 모든 러시아 국민을 하나의 정서로 통합함과 동시에 단일 문화와 전통을 발전시켜나갈 수가 있었다.

몽골 타타르의 압제

키예프 루시는 야로슬라프 대공(978~1054) 때에 절정기를 맞게 된다. '지혜로운 자'라는 별명을 가진 야로슬라프는 국력 신장과 권력 강화에 전력한다. 한편 그는 러시아 최초로 명문화된 기본법인 러시아 법전 '루스카아 프라우다'를 만들고 러시아의 교회를 콘스탄티노플로부터 독립시켜 그들의 윤허 없이 직접 러시아의 대주교와 주교를 임명하는 권한을 누리게 된다. 그리고 후손들의 교육을 위해 도처에 학교와 도서관을 건립하기도 한다. 키예프 루시는 이처럼 13세기 초까지 아름답고 멋진 경제와 문화의 절정기를 구가하지만, 강력한 군주 야로슬라프 대공의 사망 후 몰락의 길을 걷게 된다. 왜냐하면 그의 후손들이 영토 분쟁에 휘말려들었기 때문이었다. 결국 키예프 루시는 블라디미르, 모스크바, 노보고로드 등 몇 개의 공국으로 분할되고 강대국으로서의 면모를 잃어버리게 된다.

그로 인해 키예프 루시와 다른 분열 공국들은 13세기 초부터 15세기 말까지 약 240여 년 동안 중앙아시아의 대초원에 살고 있는 몽골 타타르 유목민들에게 지배를 받게 된다. 몽골 타타르의 압제는 아름답고 역동적인 키예프

비잔티움의 계승을 의미하는 쌍두머리 독수리 문장.

루시의 경제와 전통, 그리고 문화 유산을 삽시간에 파괴해버렸다. 몽골인들은 루시의 모든 고을과 마을을 점령하는 즉시 닥치는 대로 폐허로 만들었다. 가옥, 수로, 제방, 궁전, 교회, 사원 등 모든 것들이 파괴되고 불태워졌다. 그들이 자행한 학살 또한 매우 잔인했다. 일례로 몽골인들은 루시의 부락을 점령하게 되면 주민들을 굴비 엮듯이 묶어서 넓은 광장에 꿇어앉히고, 그들의 머리 위에 화려한 양탄자가 깔린 넓은 판자를 올려놓았다. 그리고 그 위에 푸짐한 술상을 차리고 밤새도록 술을 퍼마시며 유목민들의 야생적인 춤과 노래를 불러대었다. 결국 밑에 깔린 루시인들은 모조리 압사당했다고 한다. 이러한 재앙은 루시 전역에 240년 이상 계속되었다.

타타르 몽골이 루시를 지배한 240년은 크게 2기로 나뉘어진다. 첫째는 1240~1340년의 100년 간이다. 당시에는 루시인들이 감히 몽골에 저항을 할 수가 없었다. 왜냐하면 그에 대한 몽골의 응징이 무척이나 잔인했기 때문이었다. 하지만 루시인들은 1341년부터 1480년까지 140년 동안 몽골인들에게 끊임없는 항전과 해방 운동을 거듭했다. 결국 몽골인들은 루시인들의 불굴의 항전으로 15세기 말에 완전히 퇴각한다.

하지만 몽골인들이 러시아에 남긴 흔적은 결코 적지 않다. 혹독한 전제 정치 시스템 등의 부정적인 영향도 컸지만, 제도와 규율을 통해 강한 러시아로 성장하게끔 기반을 마련해준 긍정적 영향 또한 만만치 않다. 러시아에서 돈을 말하는 쟁기는 몽골(錢이라는 한자)에서 유래하는 등 러시아 문화에도 많은 흔적이 남아 있다.

루시는 모스크바를 중심으로 하나로 뭉쳐 독립 국가를 형성한다. 통치자 이반 3세는 루시의 국명을 러시아로 개정하고, 비잔틴 제국의 조카와 결혼해 모스크바를 정교의 중심지이자 비잔티움의 계승지로 탈바꿈시켰다. 러시아의 쌍두머리 독수리 문장은 바로 이런 의미를 지니고 있다.

러시아의 심장, 모스크바

모스크바는 러시아의 역사와 함께 해왔다. 이 도시는 야로슬라프 대공 사망 후 몇 개로 분열된 키예프 루시 공국들 가운데 하나인 수즈달 공국의 유리 돌고루키 대공에 의해 1147년에 창건되었다. 모스크바의 창시자 유리 돌고루키는 영토 확장에 매진한 강력한 군주였다. 그는 인접 공국은 물론 볼가 강에서 멀리 떨어진 공국까지 원정을 감행하여 자기의 공국으로 편입시켰다. 그의 이름인 '돌고루키'도 '기다란 팔을 가지고 있는 사람'이라는 뜻을 가지고 있다.

모스크바는 당시 키예프, 블라디미르, 노보고로드 같은 대공국들을 밀어내고 러시아의 중심 공국이 되었다. 일개 작은 공국인 모스크바가 고대 러시아의 중심 도시로 성장하는 과정은 상당히 흥미롭다. 모스크바는 울창한 삼림 지대로 둘러싸여 몽골 유목민들이 침입하기가 어려웠다. 도처에 침엽수와 활엽수들이 빼곡이 밀집된데다 늪지대까지 자리하고 있어 말을 타고 싸우기에는 상당한 모험이 필요하였다. 게다가 북방에 위치한 모스크바를 침략하려면 모스크바 남단의 노보고로드, 프스코프, 스몰렌스크 같은 공국들을 먼저 통과해야 했다. 또한 모스크바 강이 볼가 강을 통해 동방과 크림 반도까지 흐르는 외국 무역 통로가 자리를 잡고 있었다. 따라서 모스크바는 몽골 타타르 족을 피해 비교적 안전하게 생업에 종사하기를 원하는 사람들의 정착지가 되었다.

모스크바가 고대 러시아의 중심 도시로 성장하는 발판을 마련해준 인물은 이반 1세 칼리타이다. 그는 타타르 족에게 매우 현명한 처세를 하였다. 당시 러시아 공후들은 몽골의 엄청난 세금 요구에 매우 곤혹스러워하며 어떻게든 세금을 내지 않으려고 고민하였는데, 이반 1세는 그것을 오히려 모스크바가 성장하는 기회로 삼았다. 그는 먼저 인근 소공국들을 매입해 모스크바 공국의 세(勢)를 불린 다음, 타타르 족이 원하는 세금을 제때에, 그것도 충분히 상납하였다. 또한 그들의 아내들에게도 값비싼 선물을 가져다주어 환심을 사는 데 성공하였다. 이로 인해 타타르 족은 이반 1세를 전 루시의 대공이라고 칭하고, 타타르에 대한 공국들의 모든 세금 관련 임무를 모스크바에 일임했다. 급기야 모스크바는 무역뿐만 아니라 정치의 중심지가 된 것이다. 모든 공후들은 타타르와의 관계에서 이반 1세의 뜻을 거역할 수 없게 만들었다. 뿐만 아니라 러시아 교회의 수장을 모스크바에 눌러앉게 만들어 부흥의 기회를 마련하였다.

이반 1세 이후로 러시아가 강력한 세력을 다졌던 반면, 몽골은 내부적 분열로 속국에 대한 지배력을 잃기 시작했다. 1378년에 이르러 모스크바는 몽골의 병사를 내몰고 그간 바쳐오던 공납을 거부하는 등 몽골에 대해 공공연

몽골과의 싸움에서 대승을 거둔 쿨리코보 전투.

하게 반발하였다. 이에 격분한 몽골의 킵차크 한국(汗國)이 1380년 모스크바 정벌에 나선다. 당시 모스크바의 공후인 드미트리는 다른 인접 공국들과 국민들에게 모두들 몽골에 저항할 것을 호소하고 그들과 힘을 합쳐 결국 쿨리코보 전투에서 대승을 거둔다. 쿨리코보의 전투에서 승리한 후 러시아의 정권을 잡게 된 모스크바는 루시를 통일하는 데 박차를 가한다. 이후 드미트리 공후를 이은 바실리 1세는 러시아의 통일을 다지기 위해 몽골을 달래가며 분열될 때를 기다리는 정책으로 영토 확장과 순조로운 발전을 이뤄냈다. 1462년 바실리 2세를 이어 권좌에 오른 이반 3세는 더욱 강력한 정책과 추진력으로 러시아 공국과 몽골을 밀어붙였다. 급기야 1480년 몽골은 최후의 도전을 시도하였으나 끝내 무릎을 꿇었고, 이반 3세는 몽골에 대한 조공을 공식적으로 거부함으로써 240여 년에 걸친 몽골의 지배를 종식시켰다.

모스크바의 전제 정치

15세기 말 몽골의 압제에서 완전히 해방된 러시아는 승리를 자축할 겨를도 없이 흐트러진 정국을 분주히 재건해나갔다. 이반 3세는 이밖에도 농노제의 틀을 만들고 새 법전 발표와 행정 기관의 정비 등 러시아 통일을 위해 노력했지만 통일을 보지 못하고 1505년 세상을 떠났다. 이반 3세의 뜻을 이은 아들 바실리 3세는 1505년부터 1533년까지 동유럽의 280만㎢에 달하는 거대한 면적을 확장하고, 모스크바 중앙 정부가 러시아의 모든 도시들과 땅들을 강하게 통치할 수 있는 정치적인 발판을 마련하였다. 문제는 소공국 공후들의 처우 문제였다. 바실리 3세는 그들을 지방의 대귀족들로 만들어 해당 지역의 통수 권한을 일임했다. 분령지 내에서 그들의 권한은 엄청났다.

그들은 친위 부대를 조직함은 물론 엄한 법률을 제정해 해당 지역 실권을 완전히 장악했다. 때문에 이따금 중앙 정부의 국정과 권력 분쟁에도 깊이 개입해 상당한 갈등을 일으키기도 하였다.

이러한 와중에 러시아의 왕실은 16세기에 들어 대귀족들의 심각한 정권 분쟁에 휘말려들게 된다. 대귀족들의 파벌 싸움의 중심에는 바로 바실리 3세의 아들인 이반 4세가 있었다. 이반 4세는 성질이 불 같고 잔인하며 냉혹한 군주였다. 천둥, 번개보다 무섭다 해서 그를 '이반 뇌제(雷帝)'라고 부르는 것을 보아도 그의 성격을 짐작할 수 있다. 그는 의심을 잘했고 의심나는 사람은 지위 고하를 막론하고 철저히 잔인하게 처단하였다. 참수형을 가하는 이유와 방법도 다양했는데, 일례로 자기에게 음모를 꾸민다고 해서 대귀족을 개에 갈기갈기 물어 뜯겨 죽게 하였고, 광대 가면을 착용하라는 명령을 거역했다는 이유로 공작을 그 자리에서 죽여버릴 정도였다고 한다.

그런데 이반 뇌제의 성격이 이처럼 난폭한 이유는 나름대로 이유가 있었다. 그는 어린 시절에 궁정의 파벌 싸움의 희생양이었다. 때문에 성인이 될 때까지 불안하고 암울한 유년 시절을 보내야 했다. 비극은 이반 뇌제가 세 살 때 아버지인 바실리 3세가 갑자기 죽으면서 시작되었다. 바실리 3세는 어린 이반에게 왕권을 물려주었다. 그러자 반대파 대귀족들의 숙청으로 어느 날 갑자기 어린 이반의 어머니가 독살당한다. 어머니의 갑작스런 죽음은 이반에게 엄청나 충격이있다. 그는 자신도 언제 죽을지 모른다는 심한 정신저인 압박과 두려움에 전전긍긍했다.

귀족들의 물고 물리는 파벌 싸움은 이반이 17세의 나이로 군주에 오르며 종식된다(1547년). 이반 뇌제는 황제가 됨과 동시에, 어머니를 죽였을 뿐 아

성질이 불 같고 잔인하며 냉혹한 군주, 이반 뇌제.

니라 자신의 생명을 끊임없이 위협했던 모든 귀족들을 잔인하게 숙청한다. 그리고 황제를 중심으로 한 강력한 중앙 집권 체제를 강화하기 위해 통치 기강을 확립한다. 그는 교회와 대귀족들도 황제를 중심으로 일치 단결해야 한다고 주장하고, 과거에 지방의 대귀족들이 자치적으로 행사한 세금, 치안, 재판 등 모든 권한을 중앙 정부에 이양시킨다.

또한 '오프리츠니크' 라는 황실의 친위 부대를 창설하여 황제의 명령에 거역하거나 반역의 음모를 꽤한 흔적이 발견된 자들을 즉결 처분했다. 결국 오프리츠니크의 무시무시한 숙청 작업으로 인해 고질적인 대귀족들의 분열과 갈등은 일시에 종식된다. 하지만 러시아의 전역은 피비린내 나는 죽음의 공포로 몸살을 앓는다.

이반 뇌제는 자신의 강력한 통치 기반을 토대로 볼가 연안 이남의 타타르족을 병합시키고 카잔, 아스트라한, 체보크사르, 우파, 사마라, 사라토프, 마리예츠, 추바쉬, 모르드바, 바쉬키르 등을 점령한 다음 마침내 우랄 산맥을 넘어 시베리아 정벌에 나서게 된다. 그로 인해 러시아는 동슬라브 민족들로 구성된 단일 민족이 아니라 다민족의 국가가 되었다.

참칭자 사건

전횡을 일삼던 이반 뇌제는 1584년 장기를 두다 갑자기 죽었다고 한다. 군주가 세상을 떠나자 러시아 황실은 또다시 대귀족들의 파벌 싸움에 휘말린다. 유명한 '참칭자' 사건은 바로 그런 와중에 발생하였다. 푸쉬킨의 걸작 '보리스 고두노프' 의 배경이 되었던 이 역사적인 참칭자 사건의 내용은 다음과 같다.

이반 뇌제에게는 그와 이름이 같은 황태자 이반이 있었다. 그는 이 황태자에게 왕권을 넘겨주려고 했다. 하지만 어느 날 그는 무슨 일로 분노를 참지 못하고 어린 황태자를 쇠지팡이로 내리쳐 죽여버렸다. 이제 이반 뇌제에

보리스 고두노프(좌)와 가짜 드미트리(우).

게 남은 황태자는 두 명이었다. 하나는 첫 번째 아내가 낳은 표도르였고 다른 하나는 일곱 번째 아내가 낳은 드미트리였다. 당연히 서열에 앞선 표도르가 제위에 올랐다. 하지만 그는 매우 병약했고 우둔했다. 그래서 처남 보리스 고두노프가 그의 치세를 도와야 했다. 그리고 드미트리 황태자는 어머니와 함께 궁궐을 나왔다. 보리스 고두노프의 명령 때문이었다. 그런데 드미트리 황태자가 여덟 살 되던 해의 어느 날 그는 갑자기 사망하고 말았다. 사인(死因)은 그가 장난을 치다 칼 위에 넘어진 것으로 밝혀졌다. 그리고 몇 년후, 표도르 황제도 죽었다. 그러자 대귀족들은 보리스 고두노프를 황제로 선출했다. 여기까지가 보리스 고두노프가 권좌에 오르는 정사(正史)이다.

그런데 러시아에는 카람진이 편찬한 『러시아 국가의 역사』라는 책이 있

196

다. 이 책은 일반 러시아의 정사(正史)를 담은 사서(史書)와 달리 민중 사이에 떠돌아다니는 소문도 소개되어 있다. 카람진은 그 곳에 보리스 고두노프가 황제가 되기 위해 드미트리를 칼로 죽였다는 민중들의 이야기를 기록했다. 즉 드미트리 황태자가 살아 있으면 표도르 황제가 죽어도 자신이 황제가 될 수 없기 때문에 보리스 고두노프는 드미트리를 죽이고 귀족들에게 압력을 가해 제위에 오른 것이다. 그래서 러시아 민중은 보리스 고두노프를 진정한 황제가 아닌 황태자를 죽인 살인마라고 여긴다고 카람진은 적고 있다.

사실 보리스 고두노프는 치세 중에 부국강병에 엄청난 개혁의 바람을 심으려고 했던 개혁 군주였다. 그는 러시아의 교회를 콘스탄티노플로부터 완전히 독립시키고 대귀족의 권력을 무력화해 귀족들을 통해서만 국정을 논하려고 했다. 그러자 대귀족들은 이에 불만을 품고 그가 황제에 오른 과정에 문제를 제기하며 그를 불법 황제라고 몰아붙인다. 보리스 고두노프를 살인자라고 생각하는 민중들도 그에게서 등을 돌리기는 마찬가지였다. 그것은 어쩌면 필연적이었다. 당시 러시아에는 3년 동안이나 기근이 발생하여 농민들의 생활이 말이 아니었다. 도처에 수많은 아사자들이 발생했고 앙심을 품은 농민들이 봉기를 일으키는 등 러시아 전역은 그야말로 홍역을 앓고 있었다.

그러던 1603년 어느 날, 오트레피예프라는 젊은이가 폴란드에 나타났다. 그는 원래 추도프 수도원의 수사였다. 그런데 그는 자신이 보리스 고두노프가 보낸 자객으로부터 구사일생으로 탈출해 도망쳐나온 드미트리 황태자라고 폴란드의 지그문트 3세에게 말하고, 보리스 고두노프를 공격할 병력을 내달라고 요청한다. 그가 자기 스스로를 드미트리 황태자라고 불렀다고 해서 역사가들은 그를 참칭자라고 부른다. 사실 처음엔 그의 병력이 러시아 대군

크렘린 광장에 서 있는 미닌과 포자르스키의 기념비.

과 맞붙어 싸우기에 역부족이었다. 하지만 위에서 말했듯이 보리스 고두노프의 정치에 불만을 품은 대귀족들과 곳곳에서 봉기를 일으킨 농민들이 그의 편에 서서히 가담하기 시작했다.

1605년 4월 보리스 고두노프는 갑자기 세상을 떠난다. 그가 죽자 그의 아들 표도르가 제위에 오른다. 하지만 대귀족들은 보리스 고두노프의 일가를 완전히 몰아내기로 마음먹고 참칭자를 돕기로 결심한다. 결국 1605년 6월 참칭자의 사절단이 크렘린에 도착한다. 그들은 보리스 고두노프가 보낸 자객으로부터 죽은 사람은 드미트리가 아니라 사제의 아들이었고, 바로 참칭자가 드미트리 황태자라고 붉은 광장에 모인 군중들에게 호소한다. 군중들은 크게 격분해 크렘린에 몰려 들어간다. 그 사이에 참칭자의 지지자들은 보리스 고두노프의 모든 일가를 처형한다. 참칭자와 폴란드 귀족들은 모스크바의 모든 정권과 재산을 긁어모았고, 모스크바는 초대받지 않은 사람들의 무법천지가 되었다.

푸쉬킨은 이런 어처구니없는 역사의 비극이 보리스 고두노프에서 시작되었다고 진단했다. 황태자를 살해하고 제위에 오른 보리스 고두노프에게 가족 모두가 몰살당하고 폐위되는 더한 비극이 몰아닥쳤다는 것이다. 하지만 그가 더욱 두려워했던 것은 비극의 연속성이었다. 그의 역사관은 너무나 정확했다. 러시아 황실은 이런 반복적인 활극에 몸살을 앓게 된다. 어느 날 모스크바인들은 끝없는 향연에 만취된 폴란드 입제자들을 급습해 제거하고, 참칭자를 불태워 죽였다. 참칭자 사건은 이것으로 일단락되는 듯했다. 그런데 폴란드 정부의 지원을 받은 제2의 참칭자가 또다시 러시아 황실에 나타났다. 간신히 그를 처단하자, 폴란드 왕자 블라지슬라프가 모스크바에 쳐들어와 모든 재산을 파괴시켰다.

이런 치욕적인 역사의 악순환을 해결한 사람은 다름아닌 국민들이었다. 러시아 민중들은 미닌과 포자르스키를 중심으로 국민군을 창설하고 1612년 폴란드인들을 러시아에서 완전히 내쫓아버렸다. 1613년 러시아는 미하일 로마노프를 황제로 추대한다. 로마노프 왕조는 1917년 10월 혁명으로 러시아의 마지막 황제 니콜라이 2세가 권좌에서 쫓겨나기까지 약 300년 동안 러시아를 통치하게 된다.

지금 모스크바의 크렘린 광장에는 미닌과 포자르스키의 기념비가 서 있다. 기념비에는 "시민 미닌과 공작 포자르스키에게 1818년 여름 러시아가 감사드리노라"라는 문구가 적혀 있다.

피터 대제의 대 개혁

피터 대제가 제위에 등극한 17세기 말의 러시아는 유럽에 비해 상당히 후진성을 면치 못하는 나라였다. 그에 대한 원인은 여러 가지가 있겠다. 무엇보다도 이전의 역사가 너무나 가혹했다. 러시아는 240년 동안 몽골의 압제로 인해 나라의 모든 근간이 뿌리째 뽑혀나갔고, 그 후 참칭자 사건과 계속되는 이민족들의 침략으로 그나마 남아 있던 재산들이 파괴되었다. 그것은 러시아가 발달은커녕 정체와 퇴보를 거듭하게 된 직접적인 원인이 되었다. 그것뿐만이 아니었다. 키예프 루시 때부터 대국의 면모를 갖추었던 러시아는 어느 정도 나라가 안정을 찾으면 영토 확장에 주력하였다. 그러다 보니 가깝게는 우크라이나부터 멀리는 시베리아와 극동 지역에 이르기까지 방대한 땅이 러시아에 병합되었다. 이 지역들을 통치하는 데 드는 비용은 엄청났다.

피터 대제.

또한 러시아 대륙의 변방에 위치한 이민속들이 호시탐딤 러시아를 쳐들어오려고 기회를 엿보고 있었기 때문에 무엇보다도 군사력 강화에 전념할 수밖에 없었다.

　피터 대제도 귀족들의 당파 싸움에 의해 암울한 어린 시절을 보냈던 황제

피터 대제의 최측근으로 활약한 멘쉬코프.

였다. 피터 대제의 아버지는 알렉세이 황제였는데, 그는 피터가 아주 어렸을 때 사망했다. 그래서 맏아들인 표도르가 황제에 올랐다. 하지만 그도 곧 요절하고, 이복형 이반과 피터 둘 중의 하나가 왕위에 올라야 했다. 귀족들과 성직자들은 총명한 피터 황태자를 황제로 선출했다. 그러자 이복형인 이반 쪽에서 들고일어났다. 결국 어린 피터는 어머니와 함께 모스크바에 있는 어느 마을로 떠나야 했다. 그는 궁궐을 떠날 때 600명의 궁궐 종사자 아들들을 데리고 갔는데, 그들은 그 곳에서 병정 놀이를 하면서 군사 전략과 전술에 눈을 뜨게 되었다. 피터와 병사 놀이를 하던 궁정의 자녀들은 후에 피터 대제의 최측근들로 활약을 하게 되고 그들 가운데 멘쉬코프는 상트페테르부르크 초대 시장을 역임하기도 한다.

　피터 대제는 먼저 국내의 우수한 상품들이 생산될 수 있도록 상인들을 보조하였다. 반대로 외국 상품들로부터 자국 상품들을 보호하였고, 파벌 싸움을 일삼는 귀족 회의를 해체시킴과 동시에 측근들을 원로원에 기용하였다.

상트페테르부르크의 피터 요새 내의 성당에 안치되어 있는 피터 대제의 무덤.

또한 행정 부서를 축소하고 교회를 완전히 국가에 예속시켜 중앙 집권 군주
정치를 강화하였다. 또한 산술, 해양, 의학, 군사, 기술 등을 가르치는 학교들
을 설립하였으며 복잡한 고대 슬라브 어를 개정해 문자를 단순화하고 인쇄
술을 발전시켜 〈통보〉라는 러시아 최초의 신문을 발행했다.

피터 대제의 개혁은 러시아인들의 삶의 양식까지 바꾸어놓았다. 그는 철
저히 현실적이고 실용적인 사람이었다. 그것은 1703년에 피터 요새를 건설
할 당시 황제 자신이 요새 근처에 작고 허름한 집을 지어놓고 그 곳에서 7년
을 거주한 사실을 보면 알 수 있다. 또한 외국 시찰에서 돌아올 때마다 귀족
들의 영접은 뒤로 하고, 일단 그들의 소매를 덮는 옷자락과 수염을 짧게 깎도
록 한 후 그들의 영접을 받았다. 그럼에도 불구하고 돈이 많은 상인들에게는

특별 세금을 받고 수염을 기르도록 허락했다고 하니 그의 실용주의는 대단한 것이었다.

당시 러시아인들의 삶의 문화는 상당히 미개했다. 그래서 지위 고하를 막론하고 서구의 고상한 야회(夜會) 문화가 전무했다. 모임이 있어도 남자들만 술 먹고 노래 부르고 방탕한 놀이를 하는 것이 전부였고 흔히 말하는 모임의 에티켓이나 격식이 없었다. 피터 대제는 이런 점을 감안해 귀족들에게 돌아가면서 아내와 가족들이 함께 모여 즐길 수 있는 야회를 개최하고, 일정한 격식에 따라 야회를 진행시키라고 명령했다. 사람들은 그제서야 야회를 통해 고상하게 춤을 추게 되었고, 품위를 지켜가며 이성간의 교제를 나누었으며, 쩝쩝대거나 핥지 않고 격식에 따라 음식을 먹게 되었다. 또한 민중들에게도

피터 요새를 건설할 당시 피터 대제가 7년 동안 살았던 요새 근처의 작고 허름한 집.

뚜렷한 절기 문화가 없는 것을 감안하여 새해가 되면 각가정마다 전나무에 각종 치장을 하도록 명령하고 백성들이 그것을 실행하고 있는지 검사하였다. 때문에 서방의 '트리 문화'가 성탄절에 거행되는 것과는 달리 러시아에서는 새해에 예쁜 트리를 꾸미는 전통이 있다. 피터 1세는 1725년에 사망했고 그의 무덤은 상트페테르부르크에 위치한 피터 요새의 성당 안에 안치되어 있다.

피터 요새.

피터 요새를 건설하는 피터 대제.

상트페테르부르크 건설

"모스크바가 러시아의 심장이면 페테르부르크는 러시아의 머리"라는 말이 있다. 페테르부르크는 러시아의 행정 구역상 제2의 도시이지만, 우리가 흔히 생각하는 '두 번째'가 아니다. 러시아의 가장 찬란하고 대표적인 문화 유산을 탄생시켰고 지금도 간직하고 있는 이 도시를 행정 구역의 잣대만으로 '두 번째'라고 부르는 것은 분명한 억지이다. 상트페테르부르크는 러시아인들이 생전에 꼭 한번 가보고 싶어하는 도시이자 살고 싶어하는 도시 가운데 1위로 꼽히는 러시아 최고의 도시이다.

1703년에 창건된 페테르부르크는 피터 대제 개혁의 완결판이다. 울창한

206

넵스키 대로.

삼림과 해안으로 둘러싸인 101개의 섬들을 500개의 다리들로 연결해 이처럼
아름다운 유럽형의 일류 도시로 탈바꿈시켜놓았으니 어쩌면 그것은 개혁이
아닌 일대 혁명과도 같은 작업이었다. 이 곳은 원래 러시아의 중요한 군사
해안 기지였다. 피터 대제가 제위에 올랐을 당시 발틱 연안의 모든 땅들은
스웨덴의 무적 함대에 넘어간 상태였다. 피터 대제는 이에 러시아의 해군력
강화에 주력하여 그들과의 싸움을 통해 잃어버린 대부분의 영토를 수복하게
되었다. 그런 대대적인 영토 확장 정책에서 페테르부르크는 모스크바와 발
틱 연안 중간 지점에 위치한 상당히 중요한 지점이었다. 피터 대제는 페테르
부르크 도시 중앙을 흐르는 '토끼 섬'에 피터 요새(1703)를 건설하고, 아예

이참에 이 곳을 거대한 도시로 만들어버리겠다는 야심 찬 계획을 세운다.

피터 대제는 먼저 피터 요새를 건설함과 동시에 도시 중앙에 있는 네바 강변과 도시 중앙의 수로들을 거대한 화강암을 쌓아 제방 공사를 하였다. 그리고 지금의 해군성 지역에 군함들을 만들었다. 이를 위해 암석은 외국에서 수입한다 해도 무엇보다도 막대한 원목들이 필요했다. 피터 대제는 '넵스키 수도원'의 후방에 위치한 숲에서 이 자재들을 끌어왔다. 거대한 원목들을 네바 강 쪽에 이동시키다 보니 그 곳엔 큰 길이 생기게 되었고, 상인들의 상거래도 시작되었다. 페테르부르크의 '넵스키 대로'도 그렇게 만들어지기 시작했다. 1703년 피터 대제는 귀족들과 지주들에게 농노들을 1~9명씩 건설 현장에 보내라는 명령을 내린다. 페테르부르크에 징집된 농노들은 3월 말부터 9월 말까지, 그리고 9월 말부터 다시 3월 말까지 1년에 2교대로 일했다. 그들에게는 한 가족당 2인의 주거비 12루블과 10루블의 식대를 지급했다. 그것은 입에 풀칠이나 할 정도의 박봉이었다. 하지만 그런 재원을 마련하는 것도 엄청난 부담이었다. 이에 대한 해결책으로 피터 대제는 농노들을 보내지 않은 귀족들에게 세금을 청구해 이 재원을 마련했다. 1718년 어느 정도 도시의 윤곽이 정비되자 피터 대제는 더 이상 농노들을 징집하지 않고 해방 농민들이나 군인들, 포로들을 불러와 저임금을 주고 건설을 지속하였다. 작업 과정에서 중노동과 추위, 그리고 굶주림으로 인해 많은 인민들이 목숨을 잃었다고 한다.

상트페테르부르크는 이렇게 탄생되었다. 물론 수많은 민중들의 땀과 눈물이 얼룩져 만든 것이지만 여기에 황제의 강인한 의지와 귀족과 지주들의 적극적인 참여와 희생이 없었더라면 이 도시는 만들어질 수 없을 것이다. 때문에 이 도시는 전 러시아 인민들이 합심해 일군 기적의 도시라고 불린다.

그럼 끝으로 상트페테르부르크라는 말의 의미는 무엇일까? 상트페테르부르크는 두 가지 뜻이 있다. '피터'(Peter)는 러시아어로 표트르이고, 우리는 베드로라고 부른다. 또한 '상트'는 영어로 '세인트(Saint). 때문에 상트페테르부르크는 '표트르 도시', 혹은 '성 베드로 도시'로 이해해야 한다. 이 도시명은 네 차례나 번복되었다. 제정 러시아 때는 '페테르부르크', 1914년에는 '페트로그라드', 1924년 레닌이 죽자 그를 기념하기 위해 '레닌그라드', 그리고 최근에 '상트페테르부르크'란 명칭으로 회복되었다.

러시아의 자유주의 운동사

12월 당원들의 반란

18세기 말에서 19세기 초로 접어들며 러시아에서는 군주제와 농노제로 인한 빈곤과 억압, 그리고 착취를 견디다 못해 푸카초프의 난과 같은 굵직한 농민 반란 사건들이 연이어 터져나왔다. 그 와중에 러시아의 상류 사회에 어느 정도 삶의 지위와 위상이 보장되어 있는 일각의 젊은 귀족들도 군주제와 농노제에 대한 불만을 노골적으로 터트리기 시작했다. 그들은 주로 유럽에서 유학했던 젊은이들이거나 나폴레옹의 침략에 맞서 '대조국 전쟁'(1812년, 제2차 세계대전을 의미함)에 참여했던 젊은이들이었다.

19세기 초 나폴레옹은 영국에 대한 경제적 압박을 가하기 위해 유럽 국가들을 하나하나 점령해나가기 시작했다. 특히 프랑스에게 러시아의 무궁무진한 자원과 강력한 군사력은 영국을 굴복시키는 방편으로 적격이었다. 때문에 나폴레옹은 1812년 6월, 60만의 대군을 이끌고 러시아로 쳐들어왔다. 많은 농민들이 전쟁에 자진 참여하였다. 그들은 엄청난 전쟁의 고통 속에서도 개의치 않고 후퇴를 거듭해나가는데, 적의 수중에 아무것도 들어가지 못하도록 모든 곡식과 의복을 불태우는 희생을 감수해야 했다.

러시아의 대문호 톨스토이가 『전쟁과 평화』에서 밝혔 듯이, 러시아를 위기에서 구해낸 것은 알렉산드리 1세도 아니고 총사령관 쿠투초프 장군도 아

12월 당원들의 반란. 원로원 광장에 집합해 있는 12월 당원들.

니며, 이름 모를 곳에서 조국을 위해 목숨을 바친 무수한 농민들이었다. 러시아 인민과 진보적인 귀족 젊은이들은 러시아가 농민들의 고귀하고 애국적인 희생을 기리고, 그들의 애국 충절에 감사하여 황제가 농노제를 의당 폐지해주리라 기대하였다. 하지만 황제는 그들의 열망을 수용하지 않았다. 오히려 부당한 압력을 가해 그들을 더욱 탄압했다.

이에 러시아에서는 처음으로 황제의 권위에 도진하는 군사 반란이 일어났다. 그것이 '데카브리스트들의 사건'이다. 즉 젊은 근위 장교들이 봉기를 일으켰던 때가 '데카브리', 즉 12월이었기 때문에 이 사건을 '데카브리스트들의 반란', 즉 '12월 당원들의 반란'이라고 부르는 것이다. 1825년 12월 14

12월 당원들의 반란을 주도하다 처형된 낭만주의 시인 르일레프.

일 약 3,000명의 근위 부대 장교들과 병사들이 지금의 이삭 사원과 아스토리아 호텔 사이의 '원로원' 광장에 모여들었다. 그들은 황제 니콜라이 1세에게 충성할 것을 거부하고 군주제와 농노제의 폐지, 전 시민의 평등화, 언론·출판·신앙의 자유를 요구했다. 계획대로라면 그들은 이삭 사원에 인접한 겨울 궁전으로 가서 황실 가족들을 체포하였어야 했다.

하지만 그들의 봉기는 실패로 끝났다. 원로원들이 그들의 봉기를 거부한 데다가 그들이 뽑은 지도자 투루베츠코이가 끝내 현장에 나타나지 않은 것도 원인이었으며, 또 그들이 갑자기 이성을 잃고 우유부단한 행동을 벌인 것도 이유가 되겠지만, 가장 커다란 이유는 12월 당원들은 거사에 민중이 가담하는 것을 원치 않았던 것이다.

'12월 당원들의 반란'이 발생하기 전부터 러시아의 전제 정치와 농노제의 폐단을 인식했던 진보적인 젊은 귀족들은 언젠가는 그처럼 낡아빠진 사회 구조가 완전히 뒤바뀌게 될 날이 도래할 것이라고 확신하고 그날을 손꼽

212

니콜라이 1세.

아 기다리며 만반의 준비를 하고 있었다. 그들은 자신들이 러시아 사회의 일대 변혁을 꾀할 핵심 인물이라고 자부하고 일반 귀족들과는 차이가 나는 행동을 해왔다. 그들은 자신들만의 모임을 조직하고 아무나 그 모임에 가담시키지 않았으며 당시 귀족 사회에서 빼놓을 수 없는 사교계에도 진출하지 않았다. 만일 어쩔 수 없이 사교계에 방문하는 날엔 그 곳에 앉아 대화만 할 뿐, 술을 마신다거나 노래를 부른다거나 여자들과 춤을 추지 않았다.

하지만 그들은 무지한 민중을 가까이 하지 않고 역사의 주체로서 그들의 힘을 인정하려고 들지 않았다. 소수의 무리들로 구성된 12월 당원들의 반란이 러시아 황실 부대를 이기기란 당연히 불가능했다. 12월 당원들의 봉기는 귀족들만의 봉기였다는 점에서 역사의 오점을 남기기도 했지만, 자유를 향한 지식인들의 최초의 적극적 행동이었다는 측면에서 19세기 러시아 자유화 운동에 커다란 의미를 부여하게 되었다. 결국 12월 당원들은 자유 시인 르일레프를 위시한 주동자 5인이 사형을 당하고 나머지 사람들은 시베리아로 유

형을 가거나 귀족 신분이 박탈되었다. 그리고 일반 병사들은 태형을 당한 후
지금의 체첸, 그루지야, 아제르바이잔, 아르메니아 등과 국경선을 이루고 있
는 카프카즈 징벌 부대로 강제로 편입되어 죽음을 맞이하게 되었다.

잡계급 지식인들의 출현

1825년 12월 즉위하자마자 데카브리스트의 반란을 맞은 니콜라이 1세는
러시아의 혁명 정국을 왕권에 대한 강한 도전이라고 규정하고 40년 동안 무
시무시한 전횡을 행사하였다. 그는 언론과 출판을 철저히 통제하였고 비밀
경찰들을 도처에 배치해 반정부 세력들을 색출하여 심한 고문과 구타를 가
하거나 죄의 중과에 따라 시베리아로 유형을 보내거나 사형에 처하였다. 이
러한 황제의 억압에도 불구하고 러시아의 반정부 세력은 지하 조직을 더욱
강하게 정비하였다. 이젠 혁명의 주체도 귀족들이 아닌 잡계급 지식인들이
었다. 귀족 계급이 있는 한 농노제의 진정한 타파는 불가능한 것이었고, 태
어나면서 신발 끈 하나도 제대로 매지 못할 정도로 현실과 민중을 알지 못하
는 그들에게 역사적인 과업을 맡길 수 없다는 것이 그들의 주장이었다. 그들
은 자신들도 귀족처럼 먹고 마시고 생각할 뿐 아니라 어떻게 하면 빵과 소금
을 구해야 하는지 알고 있기 때문에 혁명의 주체는 잡계급 지식인들이어야
한다고 주장했다. 이로서 러시아의 혁명의 기운은 전국에 일파 만파로 퍼져
나갔다.

그러던 1853년, 지중해의 출구를 노리던 러시아가 터키를 급습하는 사건
이 벌어졌다. 그러자 발칸 반도와 지중해에 러시아의 영향력 강화를 원치 않
았던 영국, 프랑스, 터키 연합군은 러시아에 선전 포고를 했다. 그것이 바로

알렉산드르 2세.

크림 전쟁(1853~1856)이었다. 러시아는 이 전쟁에서 무참하게 패했다. 전 세계 일등 강국인 줄만 알았던 러시아가 크림 전쟁에서 패배를 거듭하자 지식인들은 바로 그것이야말로 군주제와 농노제의 썩어빠진 결과라고 노골적인 불만을 표출하였다. 바로 그런 와중에 1855년, 많은 사람들을 몽둥이로 두드려 패 '몽둥이 황제'라는 오명을 쓰고 있는 절대 군주 니콜라이 1세가 갑자기 사망한다. 자존심이 유난히 강한 황제가 뜻하지 않은 대내외의 치욕적인 상황들을 견디지 못해 음독 자살을 했던 것이다. 러시아의 지식인들은 바로 이때가 군주제와 농노제를 폐지할 신이 주신 마지막 기회라고 생각하고 모든 지하 조직을 재정비하고 동지들의 결속을 강화하였다.

　당시 러시아의 개혁주의자들은 크게 두 개의 진영으로 나뉘어졌다. 하나는 자유 방임주의파로 그들은 국가의 존립을 인정하고 위에서 아래로 차근차근 개혁을 해나가자는 점진주의를 표방하였다. 또 하나는 혁명적 민주주의 파로 그들은 상부에서 하부로의 개혁이 수행되면 어차피 모든 이권이 당

페테르부르크 화재 사건.

연히 상부로 돌아가기 때문에 민중을 의식화시켜 민중 혁명을 도모해야 한다고 주장하였다. 시간이 지나가면서 그들의 주장은 사상적 원수처럼 첨예하게 대립한다. 하지만 그들 사이에 합의점을 이루는 것이 있었다. 그것은 바로 농노제 폐지였다. 농노는 동물도, 식물도, 귀족과 지주들의 빚을 청산해주는 재산도 아닌 위대한 인간이라고 하는 점에 의견의 일치를 본 그들은, 무엇보다도 자신들의 당면 과제가 농노제의 폐지라고 생각하였던 것이다. 러시아는 19세기 중엽에 이미 혁명의 물결에 휩싸이고 말았다.

　하지만 1861년 알렉산드르 2세는 직접 농노제를 폐지한다. 이를 계기로 점진주의적 개혁을 표방한 자유 방임주의자들은 보수주의로 갈라지고, 농민

지하 혁명 조직인 '인민의 의지' 의 정신적 지도자, 체르느이솁스키.

혁명을 주장한 혁명적 민주주의파들은 중요한 이슈를 잃게 된다. 하지만 황제의 농노제 폐지의 조건이 전적으로 귀족들을 위한 것임이 밝혀지고, 1862년 폴란드에서 혁명이 일어나자 러시아 혁명가들의 발걸음도 바쁘게 움직이기 시작한다.

그러던 중 1863년 페테르부르크에 화재 사건이 발생한다. 황실은 방화범이 혁명적 민주주의 요원일 것이라고 난정하고 무시무시한 탄압과 반동 정책을 실시한다. 지하 혁명 조직 '인민의 의지' 의 정신적인 지도자 체르느이솁스키가 체포되어 시베리아로 유배되고, 모든 출판 유인물에 철저한 사전 검열이 실시되는 등 당국의 반동 정치는 극에 달한다. 결국 러시아의 혁명주

피의 일요일 사건.

의 세력들은 지하로 잠식하게 되고 1870년대부터는 '민중 속으로' 들어가 무지 몽매한 민중들의 생활 양식을 돕고 그들의 의식을 일깨우는 작업에 매진하게 된다.

결국 러시아의 민중 혁명은 1881년 지하 혁명 조직인 '인민의 의지' 요원인 대학생 그리네비츠키가 알렉산드르 2세를 저격하는 것으로 완전히 자리를 잡게 된다. 이 사건을 계기로 러시아에는 또다시 반동 정치의 시대가 찾아왔지만, 러시아인들은 그로 인해 민중을 학대하고 탄압하는 주범이 바로

니콜라이 2세와 그의 아내 알렉산드라.

황제였음을 서서히 인식하게 되었다.

20세기 혁명

20세기 초 세계의 과잉 생산 위기로 자본가들은 생산량을 줄이고 노동자들을 부당 해고하는 사태들이 연이어 줄을 이었다. 소비에트 사회주의 혁명에 불씨가 되었던 '피의 일요일'(1905) 사건은 바로 그로 인해 발생하게 되었다. 어느 날 페테르부르크의 공장 노동자 네 명을 자본가가 무단 해고시키는 일이 발생하였다. 가뜩이나 저임금에 물가가 폭등해 전전긍긍하던 페테르부르크의 노동자들은 이제 더이상 자본가들의 자비를 기대해지 말고 황제 폐하에게 직접 무리를 지어 가서 그들의 선횡을 낱낱이 고해바치고 아버지 황제의 도움을 구하자고 결의한다.

1905년 1월 9일 아침, 엄청난 군중들이 넵스키 대로와 원로원 광장 등을 비롯해 페테르부르크 곳곳에 모여들기 시작했다. 그들은 14만 명을 웃돌았

다. 군중들은 어린아이들에게 예쁜 때때옷을 입히고 손에는 황제의 초상화
와 '이콘(성화)' 을 들고 모두 다함께 '신이여, 황제를 보호하소서' 라는 찬양
을 불러대며 황궁을 향해 행진하였다. 민중들은 분명히 아버지 황제께서 자
신들의 불만을 들으시고 모든 고통을 일시에 해결해주실 것이라고 굳게 믿
고 있었다.

하지만 황제는 도심 도처에 가장 용맹하고 잔인하기로 소문난 카자크 기
병대를 배치해놓고 있다가 그들에게 일제히 발포의 명령을 내렸다. 그로 인
해 1,000여 명이 죽고 4,000여 명이 중상을 당하게 되었다. 그제서야 러시아
의 민중들은 황제가 자신들의 아버지가 아니며 자신들을 지켜주는 데에는
관심도 없는 존재임을 분명하게 깨닫게 되었다. '피의 일요일' 사건으로 인
해 러시아에는 황제에 대한 불평과 불만의 목소리가 극에 달하게 되었다.

'피의 일요일 사건' 과 거의 동시에 시작되었던 러시아의 20세기는 말도
많고 탈도 많은 격변기였다. 노동자들은 하루가 멀다하고 자본가들의 착취
에 대항해 파업에 돌입하였고, 병사들도 보급품은커녕 제대로 된 식사조차
먹을 수가 없어 동요하다 무장 봉기에 가담했으며, 농민들은 날품팔이와 고
용부로 하루하루를 연명하였다. 결국 1914년 제1차 세계대전 참전으로 인해
인민들의 고통과 불만은 극에 달했다. 이처럼 인민들은 고통스런 굶주림에
시달리는데도 불구하고 정작 그들을 통치하는 황실의 상황은 가관이었다.

러시아의 마지막 황제 니콜라이 2세는 국사에는 전혀 관심이 없었고 그의
아내 알렉산드라는 라스푸틴이라는 괴승과 정을 통하고 모든 국사를 그에게
일임했다. 그야말로 러시아의 황실은 술 주정뱅이에다 성도착 증세를 보인
방탕한 괴승 라스푸틴의 말 한마디에 놀아나는 실정이었다. 결국 이 괴물 같

은 사내는 오랜 세월 동안 러시아의 인민들을 혹사시킨 군주제의 몰락의 전조(前兆)인 듯 1916년 신하들에 의해 무참하게 살해되고 만다. 결국 로마노프 왕조는 1917년 11월 7일 레닌이 주도하는 볼세비키 당원들에 의해 권력이 넘어가고 러시아는 '소련 사회주의 공화국 연방' 의 시대가 개막된다.

러시아의 역사에 대한 소개는 여기서 멈추려고 한다. 이 책은 역사책이 아니다. 우리가 흔히 아는 소련 이전의 러시아를 독자들이 이해하게끔 도와주는 것이 필자의 과제라고 생각한다. 때문에 소비에트 연방 이전에 벌어진 러시아사의 가장 특출한 사건들만을 여기에 간단하게 기록했다.

소비에트 연방은 레닌, 스탈린, 흐루시초프 , 브레즈네프 등을 거치며 미국과 함께 세계를 주도하는 양대 주자의 하나였다. 하지만 시간이 지나면서 지나친 관료화와 비효율적인 중앙 집권적 경제 구조로 인해 경제가 고질적인 악순환을 거듭하고, 일반 소비 제품마저 부족하게 되는 실정에 접어드는데다, 외교적으로도 서방 국가에 고립이 되어 더 이상 문호를 개방하지 않으면 안 되는 상황에 직면했다. 고르바초프의 '개혁' 과 '개방' 정책(1985)에 의거 급기야 소련은 문을 열고 세계에 몸통을 드러내었다. 그 후 1990년 옐친이 정권을 잡게 되면서 소련은 역사의 장으로 완전히 사라지고 과거의 러시아가 새로이 부활하게 된다.

상소하지만 이제 러시아는 사회주의 국가가 아니다. 러시아는 철저한 자본주의적 민주주의로 거듭나고 있다. 사회주의에서 자본주의로의 갑작스런 변화의 과정에는 많은 시행 착오가 있었다. 특히 1990년대에 많은 주민들이 엄청난 고통과 희생을 당해야만 했다. 사회 전반에 수많은 불법과 탈선들이 자행되고, 민족 분열로 인해 전쟁과 테러의 위협이 도사리는데도 몸을 사릴 여유도 없이 빵과 우유를 구하러 다녀야만 했던 시간들이 얼마 전까지 있었다. 하지만 푸틴 대통령 체제로 접어들면서 러시아 사회는 점차 안정을 찾아가고 있다. 2001~2002년에는 고르바초프 개방 이후 처음으로 5~8%의 경제 성장을 이룩했다고 하니 앞으로 그들의 미래는 밝다고 할 수 있다.

러시아의 역사와 함께한 모스크바

크렘린, 모스크바 관광의 하이라이트

"당신은 모스크바에서 무엇을 보고 싶나요?"

"당연히 크렘린이지요."

"그리고 또 무엇을 보고 싶은가요?"

"아, 뭐 붉은 광장이나 레닌 묘 혹은 볼쇼이나 서커스 같은 것들이지요."

이처럼 러시아를 방문하는 관광객들에게 과연 모스크바에서 무엇이 보고
싶은가 물어보면, 대부분이 선뜻 '크렘린' 이라고 대답한다. 그리고 또 무엇
을 보고 싶은가라고 물으면, 대부분 '붉은 광장', '레닌 묘', '굼 백화점', 그
리고 각종 '교회 사원' 등을 열거한다. 이 모든 명승지들은 모두 크렘린 안에
있다. 붉은 광장은 크렘린의 바깥마당이고, 레닌 묘는 크렘린 벽 내부에 있
으며, 곳곳에 우스펜스키 사원, 블라고베스첸스키 사원, 아르항겔스키 사원,
이반 대제의 종루 등이 있다. 굼 백화점은 크렘린의 붉은 광장의 맞은 편에
위치해 있다. 때문에 크렘린은 모스크바 관광의 하이라이트이고 절대로 빼
놓을 수 없는 명승지라고 할 수 있다.

크렘린은 모스크바를 창설한 유리 돌고루키가 건설했다. '성채' 혹은 '요

새' 라는 뜻을 가진 크렘린은 평시에 왕이 기거하다가도 유사시에는 병사들의 전진 기지로서 역할을 수행하는 개념의 장소였다. 웬만큼 유서 깊은 러시아의 도시들은 각자의 크렘린과 그에 딸린 광장을 가지고 있다.

크렘린이 처음부터 붉은 벽돌로 지어진 것은 아니었다. 돌고루키 대공이 모스크바 공국을 합병했을 당시 크렘린은 나무로 건설되었다고 한다. 하지만 몽골 타타르 족이 모스크바를 불태웠을 때 크렘린은 잿더미로 변했다. 그 후 이반 칼리타 대공이 흰 벽돌을 쌓아 크렘린을 재건했다고 한다(1367~1368). 때문에 과거에 한동안 모스크바는 '백색의 도시' 라는 별명으로 불린 적도 있었다. 하지만 이반 3세가 비잔틴의 황녀를 아내로 맞이하면서 크렘린은 단순한 성채의 성격을 넘어 거대한 탑과 높은 성벽들로 둘러 쌓인 어마어마한 요새인 동시에 황궁으로 탈바꿈했고 성벽도 붉은 벽돌로 쌓아 지금에 이르고 있다. 비잔틴의 황녀 소피아는 크렘린을 재건하기로 결심하고 외벽을 온통 붉은 벽돌로 치장하였다. 그때부터 크렘린은 사방이 온통 붉은 색으로 물들게 되었다.

그 후 1703년 피터 대제가 러시아의 도읍을 모스크바에서 페테르부르그로 옮기면서 크렘린은 한동안 러시아의 정가와 멀어지는 듯했다. 하지만 1917년 볼세비키의 혁명 이후 레닌 정부가 모스크바로 수도로 정하면서 크렘린은 러시아 정치의 산파 역할을 해왔다. 지금도 그 곳엔 러시아 공화국의 대통령 집무실이 위치해 있다.

크렘린을 입장하려면 '신의 출현' 혹은 '위대한 문' 이라는 별칭으로도 불렸던 삼위 일체 탑을 통과해야 한다. 크렘린엔 20여 개의 탑이 있는데, 삼위 일체의 탑은 그중 가장 높다(약 80m). 건물 하단에는 관광객들이 출입하

    붉은 광장 전경. 오른쪽에 레닌 묘가 보이고, 광장 끝쪽 중앙에 바실리 사원이 보인다.→

는 거대한 타원형 문이 달려 있는데, 바로 이 문을 통해 옛날에는 러시아의 황실 가족들이 정교 사제들을 접견했었다고 한다. 삼위 일체 탑은 1685년에 건설되었다. 지금은 꼭대기에 루비 별이 달려 있다.

옛날에는 초병들이 이 곳에서 적군의 침투 동향을 살피고 크렘린을 오가는 사람들을 통제하기도 했으며 무서운 감옥으로도 사용되었다고 한다. 지금은 크렘린을 찾는 관광객들을 검문하는 장소로 활용된다. 상당한 인파들이 매일 이 곳을 찾기 때문에 검문은 형식적이지만 그들이 의심할 행동을 하게 되면 몇 번씩 검사대를 통과해야 하거나 아니면 별도로 호출되어 조사를 받기도 한다.

붉은 광장으로는 네 개의 탑이 솟아 있는데, 그중에 가장 아름다운 탑이 바로 '구원의 탑(1491년)' 이다.

옛날에는 이 탑의 문을 통해 황제와 외국의 사신들이 통행했고, 개선 장군들과 파병 군인들은 호송하는 황제에게 충성을 맹세하고 말에서 내려 이 문을 통과했다고 한다. 대문은 영화에서 흔히 볼 수 있는 쇠사슬로 들어올리는 개폐 방식의 출구였기 때문에 안에서 열지 않으면 도저히 성 안으로 들어올 수 없었다.

탑의 꼭대기에는 1937년 사회주의 혁명 20주년 기념으로 5,000볼트 전압이 흐르는 루비별이 설치되어 있어 모스크바 밤하늘에 아름다운 불빛을 수놓는다. 그 전에는 루비 별 대신 러시아의 문장 쌍두머리 독수리가 달려 있었다고 한다.

구원의 탑의 최고의 명물은 사방에 달려 있는 시계이다. 이 시계는 16세기에 처음 설치되었는데, 지금은 1851~1852년에 새롭게 정비된 것이 남아

구원의 탑에서 바라본 붉은광장. 중앙 오른쪽으로 삼위일체 탑 꼭대기에 루비별이 보인다.

구원의 탑 사방에 달려 있는 시계.

있다. 시계의 폭은 6.12m로 하루에 두 번씩 밥을 주며 매15분마다, 그리고 1시간마다 아름다운 종소리를 낸다. 이 종소리는 매일 라디오를 통해 전국으로 울려퍼진다.

크렌림에 위치한 볼 만한 사원들은 주로 몽골의 압제에서 해방한 후 처음 러시아를 명명한 이반 3세 때의 건축물들이 많다. 앞서 역사 편에 서술한 대로 이반 3세는 비잔틴의 황녀 소피아를 아내로 맞이해 모스크바를 콘스탄티노플의 중심지, 즉 세계의 중심지로 만들려고 노력했다. 그는 우스펜스키 사원, 블라고베센스키 사원, 아르항겔스키 사원, 이반 대제의 종루 등을 건축했는데 그것들은 지금도 크렘린의 자랑스런 역사와 문화의 유적들로 남아 있다.

우스펜스키 사원은 15세기 말 이반 3세의 명령에 따라 다섯 개의 돔형 지붕의 형태로 만들어졌다. 당시 수많은 도공들이 성화를 그려 성당 내부 전체를 도배하였는데, 시간이 지나면서 성화의 원형들이 훼손되고 마모되어 지금은 17세기에 복원한 것들만 남아 있다.

우스펜스키 사원은 러시아 정교의 중심이 되는 사원으로, 새해 전야에는 러시아의 대통령과 모스크바 시장 등 모든 고위 인사들이 이 곳에서 미사를 드린다. 과거에는 사제 서품식이나 황실 일가의 결혼식, 황제의 칙령들이 이곳에서 발표되었다. 사원 서쪽 방향에는 모스크바의 최초의 총주교인 표트르 사제의 무덤을 위시해 많은 사제들의 무덤이 있고, 남동쪽에는 이반 뇌제의 옥좌가 있다. 이 옥좌는 황제의 권위의 상징이기도 하다. 러시아 정교의 본 예배는 일어서서 예배를 드린다. 앉아서 의식을 치르는 것은 신에 대한 불경이라고 생각한다. 하지만 이반 뇌제는 황제만은 예외라고 하여 앉아서

우스펜스키 사원 내부.

예배를 드렸다고 한다. 사원 내부는 온통 황금색으로 화려하게 도배되었고 여러 성화들과 예쁜 장식들이 아름답게 꾸며져 있어 경건함과 동시에 다양한 볼거리도 제공해준다.

아르항겔스키 사원도 이반 뇌제의 명령에 따라 15세기 말에 건립되었다. 이 곳이 러시아의 유적지로 각광을 받고 있는 것은 바로 이 사원 내부에 이반

우스펜스키 사원의 성탄절 예배식.

칼리타로부터 이반 뇌제까지 러시아의 역대 군주들과 왕자들의 관 48개가 묻혀 있기 때문이다. 이 사원은 이태리 풍의 돔 형식 지붕으로 지어졌고 안드레이 루블료프의 '대천사 미하일' (15세기) 등 다양한 성화들이 전시되고 있다.

블라고베셴스키 사원도 이반 3세의 명령에 따라 15세기 말에 지어졌다. 이 사원은 황실의 가족들과 자녀들이 예배를 보는 장소로 만들어졌다. 1484~1489년에 걸쳐 모스크바와 프스코프의 명장들이 세운 이 사원은 처음에는 작은 규모였고 페오판 그렉과 안드레이 루블료프를 위시해 훌륭한 성화들이 보관되었으나, 1547년의 대화재로 전소되어 지금은 볼 수 없다. 불타버린 사원은 이반 대제가 지금의 모습대로 복원했다고 한다.

이반 대제의 종루.

  이반 대제의 종루는 15세기 말 이태리 건축가 본 프라진에 의해 건축되었
다. 이반 대제 종루는 당시 모스크바의 가장 커다란 건물(81m)로 20개의 크
고 작은 종들이 조화를 이루는 소리가 25~30km까지 전달되어 도시의 화재
나 외적의 침입 등을 감시하던 파수대의 통신 시설을 대신해주었고 국경일
이나 축하 행사가 있을 때도 타종을 하여 흥을 북돋아주었다. 얼마 전 우리

대포의 왕.

나라에 상영된 니키타 미하일코프 감독의 러시아 영화 '시베리아의 사랑(원제는 시베리아의 이발사)'을 통해 이반 대제의 종루의 종소리를 들을 수 있다. 황제에게 충성을 서약하기 위해 생도들이 도열 의식을 준비할 때 낮잠을 자다 뒤늦게 도착한 종치기가 울며불며 미친 듯이 망루에 뛰어올라 기다랗게 얽혀 있는 종의 줄들을 양손에 움켜쥐고 쳐대던 그 종소리가 바로 이반 대제의 종루에서 나는 종소리이다.

16세기 러시아의 장인들 가운데에는 뛰어난 주물공들이 많았다고 한다. 그들 중 러시아 주물 장인학파의 창시자 초호프는 대포를 만드는 데에 일가견이 있었다. 그의 최고의 걸작이 바로 크렘린 안마당의 '성자의 광장'에 있는 '대포의 왕'이다. 추호프는 이 대포를 1년 동안 심혈을 기울여 만들었다고 한다. 이 대포는 무게가 40톤, 길이 5m, 구경이 890mm이고, 주위엔 1톤이나 나간다는 탄알들이 수북하게 쌓여 있다.

'대포의 왕'이라는 명칭이 붙게 된 것이 비단 이 대포가 당시로서는 어마어마한 크기의 주물로 만들어졌기 때문만은 아니다. 대포에는 황제가 용맹

종의 왕.

스럽게 말을 타고 달리는 모습이 양각으로 장식되어 있기 때문에 '대포의
왕'이라고 불리는 것이다. 대포의 왕은 지금까지 한 번도 발사된 적이 없다.

234

그리고 장인 초호프가 이것을 만든 목적도 전투보다는 황실의 수호를 목적
으로 만든 것이라고 한다. 대포를 싣고 있는 마차와 탄알들은 이반 뇌제 때
에 만들어진 것이 아니고 페테르부르그 시대에 추가로 만들어졌다고 한다.

'대포의 왕'에서 조금 가다보면 세계에서 가장 커다란 '종의 왕'이 위치
해 있다. 종의 무게가 자그마치 202톤이나 되고, 높이가 6.14m, 지름이 6.6m
나 된다. 안타깝게도 1737년의 화재로 인해 종의 하단 부분이 깨어져나가 종
의 역할을 제대로 수행하지 못하고 있다. 깨진 부분의 무게만도 11.5톤이라
고 한다. 그러니 '종의 왕'이라고 불려도 괜찮을 것 같다.

붉은 광장

붉은 광장은 러시아와 모스크바의 역사와 떼려야 뗄 수 없는 중요한 장소
이다. 과거에 전제 정치가 기승을 부릴 무렵 이 곳은 죄인들의 목을 베는 처
형장이었고 소비에트 시대와 현재에는 러시아의 모든 국가 행사들이 이 곳
에서 거행되고 있다. 연말이나 경축일, 국경일에는 다양한 행사들이 이 곳에
서 개최된다. 특히 유명 연예인들이 콘서트를 여는 날이면 많은 인파로 인해
발 디딜 틈이 없다.

연대기에 따르면 붉은 광장은 이반 3세가 화재로 전복된 크렘린을 재건할
당시에 생겨나게 되었다. 처음에는 '화재'의 진원지였지만, 그 후 모스크바
의 주요 시장인 '매매 광장'이 되었고, '붉은 광상'이라는 이름은 17세기 후
반에 붙여졌다. 1671년에 농민 봉기를 일으켰던 지도자 스테판라진이 이 광
장에서 처형된다. 때문에 '붉은'이라는 형용사가 '광장' 앞에 붙게 된 것은
아마도 그런 무시무시한 역사의 배경 때문인 것 같다. 하지만 다른 설도 있

다. 본래 러시아인들은 붉은 색을 피를 상징하는 잔인한 빛깔이 아닌 가장 아름다운 색깔이라고 생각한다. 때문에 '붉은 광장'은 '아름다운 광장'을 뜻하는 것이라고 말하기도 한다.

붉은 광장의 남단에 자리를 잡고 있는 바실리 사원은 16세기 러시아의 위대한 건축 양식을 자랑한다. 이 사원은 이반 뇌제가 카잔을 정복한 후 승리를 자축하기 위해 1555년에 지어 1560년에 완공했다. 원래 이 사원은 '크롭스키 대사원'이라고 명명되는데 당시에 바실리 블라제느이라는 수사가 이 사원에서 기거하다 죽게 되었다. 바실리 수사는 이 시대의 기인으로서 미래를 예언하는 능력이 있었을 뿐 아니라 폭군 이반 뇌제에게 할 말이 있으면 모든 것을 진언하곤 해서 사람들로부터 많은 존경을 받았다. 그가 죽자 러시아의 황실은 1588년에 이 기인 사제를 위한 제실을 만들었는데, 그 후로부터 이 사원은 그의 이름을 본떠 바실리 사원이라고 불려지게 되었다.

다양한 색상의 여덟 개의 양파 모양 지붕이 불균형을 이룬 이 사원은 멀리서 바라보면 완벽한 조화를 연출해내고 있다. 그래서 이반 뇌제도 이 사원을 끔찍이 아꼈다고 한다. 하지만 이 사원을 지은 건축가는 자신의 뛰어난 장인 기술로 인해 뜻하지 않은 죽음을 맞고 말았다는 일화가 있다. 바실리 사원의 아름다움을 부러워하던 영국의 엘리자베스 1세가 런던에 그와 똑같은 사원을 짓기 위해 이 건축가를 초청했다고 한다. 이반 뇌제는 어쩔 수 없이 그를 영국으로 보내지만 그가 영국에 더욱 아름다운 사원을 지을지도 모른다는 의심에 그를 여인숙에서 독살해버린다. 혹간에는 바실리 대사원의 아름다움에 반한 이반 뇌제가 더 이상 다른 장소에 그런 사원을 짓지 못하도록 이 건축가의 양 눈알을 제거해버렸다는 설도 있다. 어쨌든 이 일화는 이반 뇌제의

바실리 사원과 바실리 블라제느이 수사.

독선적인 성격을 여실히 보여주는데, 정말로 장인이 런던에 아름다운 사원을 건설할까봐 그를 죽였는지 아니면 뇌제의 청혼을 거절한 엘리자베스 1세를 괘씸하게 여겨 그를 죽였다는 설도 있어 궁금하기만 하다.

'크롭스키 대사원', 즉 일명 바실리 사원 앞에는 폴란드의 압제자들을 물리친 미닌과 포자르스키의 기념비가 서 있다. 그리고 중앙 벽면에는 레닌의 묘가 안장되어 있다. 1924년 레닌이 사망하자 러시아의 건축가 슈세프가 이틀 반 만에 크렘린 벽 옆에 임시로 나무 묘지를 만들었다. 그 후 같은 해에 현 묘지와 거의 흡사한 임시 묘를 나무로 만든 후, 1930년 웅장한 대리석으로 재

불균형의 조화로 유명한 바실리 사원. 그 앞에 미닌과 포자르스키의 동상이 서 있다.

레닌 묘.

건축을 했다. 레닌 묘는 월요일과 금요일을 제외하고 10시부터 1시까지 관광객들에게 문을 여는데, 러시아에 사회주의가 사라진 지 상당히 오래 되었음에도 불구하고 분위기가 매우 엄숙하다. 사진 촬영이 금지되어 있는 것은 물론 정숙해야 하며, 레닌의 박제 앞은 지체해서는 안 된다. 레닌 묘지 앞에서는 매일 초병들의 교대식이 거행된다. 지금은 약식으로 진행되어 과거처럼 웅장하지는 않지만 상당히 볼 만하다.

크렘린 반대쪽에는 약 4km나 되는 엄청난 길이를 자랑히는 굼 백화점이 위치해 있다. 1890~1893년 고급 판매 아케이드를 형성하기 위해 지어진 이 건물은 혁명 전에 이미 200여 개의 상점들이 호황을 누리며 장사를 했다고 한다. 1953년 굼 백화점은 현재의 모습으로 거대하게 재건되었는데, 과거 소

러시아 최대 규모를 자랑하는 굼 백화점. 붉은 광장 주변에 위치해 있다.

련 시절에는 사회주의 공화국의 풍요로움을 대외에 과시하는 역할을 했고,
지금은 최첨단 가전 제품들과 고급 의류, 양품, 보석, 생필품 도구를 판매하
는 러시아 최대 백화점으로 수많은 고객들이 애용하고 있다.

그밖의 명소들

모스크바 국립 대학교

1755년 러시아의 석학 로마노소프에 의해 설립된 250년의 역사를 가진 세

러시아 근대 학문의 기틀을 쌓은 로마노소프.

계적인 대학이다. 농어민의 자제였던 로마노소프가 실력 하나만으로 러시아의 대표적인 학자가 되었던 전통을 지키기 위함인지 이 대학은 실력이 있는 자만이 수학이 가능하다. 현재 18개 학부와 각종 연구소 산하에 2만 5,000여 명의 학생, 5,000여 명의 후보 박사들, 5,000여 명의 연구원들이 수학하고 있고, 전 세계의 많은 외국인들(약 2,000명)이 그들과 더불어 경쟁하고 있다.

원래 모스크바 대학은 붉은 광장에 있는 지금의 역사 박물관 자리에 있었는데, 1953년 지금의 장소로 이전하였다. 중앙 건물은 높이 240m, 길이 450m의 거대하고 높은 고딕식 건물이다. 모스크바 건립 800주년(1947년)을 기념하여 스딸린은 하늘을 찌를 듯한 이와 같은 건축물을 모두 일곱 개를 지었는데, 모스크바에는 모스크바 대학 외에 외무성, 외국 무역성, 우크라이나 호텔, 문화인 아파트, 예술가 아파트 등 총 여섯 개가 있고 나머지 하나는 폴란드 바르샤바에 지어 자기의 힘을 과시했다고 한다. 과거 젊은 혁명가 게르첸과 오가료프가 민중들을 위해 전 생애를 바칠 것을 맹세했던 '참새 언덕'

모스크바 국립 대학교와 로마노소프 동상.

이 바로 후미에 있는데 그 곳에서 시내의 절경을 바라보는 것도 아주 흥미롭다.

볼쇼이 극장

1776년 창설되어 한 차례 화재를 당한 뒤 1825년에 완공된 이 건물은 아폴론 신이 전차를 끌고 달려가는 모습의 고전적인 모습을 하고 있다. 볼쇼이 극장은 1853년에 다시 화재가 났지만 곧바로 2,500석 좌석의 새로운 극장으로 거듭났다. 이 극장은 러시아인들은 물론 외국의 대통령이나 사절단들이 러시아에 오면 필히 관람을 원하는 세계 최고의 발레와 오페라를 연일 공연하고 있다.

지하철

모스크바의 139개의 역들이 거미줄처럼 빼곡이 들어찬 지하철을 타보자. 환승도 편리하고 각 역마다 독특한 조각 장식품과 아름다운 벽화가 그려진 것이 마치 어느 박물관에 들어와 유물을 감상하는 듯한 착각을 일으키게 한다. 콤소물스카야 역의 모자이크들과 마야콥스카야 역의 36개의 돔형 천장 등이 특히 훌륭하며 환승 역을 오갈 때 거리의 악사들이 들려주는 음악 연주들이 일품이다.

고리키 공원

모스크바 강을 따라 길게 펼쳐진 모스크바의 최대 공원. 매년 연주회나 시 낭송회 같은 각종 문화 페스티벌들이 종종 열린다. 운 좋은 날에는 그러한 축제들을 마음껏 접해볼 수 있다. 조경이 훌륭하고 천막 서커스단 공원도

볼쇼이 극장.

감상할 수 있다.

노보데비치 수도원

1524년 바실리 3세가 리투아니아로부터 스몰렌스크 지역을 획득한 기념으로 세운 출성(出城). 12개의 망루가 있어 전쟁 중에는 요새를 겸했고 평시에는 황실 가족들과 명문 귀족 자녀들의 유폐 장소로도 유명하다. 보리스 고두노프가 이 수도원에서 황제로 등극했고 이반 5세, 소피아 공주는 이 곳에 유폐되었다. 스몰렌스크 대성당, 표트르 성당, 대종루 등 각종 교회 건축물의 벽면에 그려진 다양한 성화들을 감상할 수 있다. 1922년 박물관으로 지정

트레차코프 미술관.

되었고, 1934년 일반에 공개되었다. 고골리, 체호프, 마야코프스키, 샤라핀, 흐루시초프 등의 묘지가 이 곳에 안장되어 있다.

트레차코프 미술관

19세기 부호 트레차코프 형제들의 소장품들을 전시해놓은 가장 오래 된 러시아의 전통적인 화랑. 고대 러시아 성화에서부터 현대 미술에 이르기까지 러시아의 미술사를 한눈에 바라볼 수 있는 훌륭한 대형 전시관이다. '삼위일체(루블료프), '이반 대제의 아들'(레핀), '도스토예프스키'(페로프)', '유형지로 끌려가는 마리조바 여인'(수리코프) 등 5만 점의 작품들이 60여

트레차코프 미술관에 전시되어 있는 루블료프의 〈삼위일체〉.

개의 방에 가득 전시되어 있다.

야스나야 폴랴나

모스크바에서 약 200㎞, 툴라 시에서 약 14㎞ 떨어진 러시아의 대문호 톨스토이의 생가. 작가가 태어나 50년을 살았던 곳이다. 지금은 작가의 무덤과 함께 그의 흔적들이 잘 보존되어 전시되고 있다. "야스타야 폴랴나가 아니었다면 러시아를 알지 못했을 것"이라고 고백할 정도로 톨스토이는 이 영지를 무척 사랑했다. 그리고 이 곳에서 불후의 명작들인『전쟁과 평화』,『안나 카레리나』,『부활』등을 집필했다. 수만 권의 책이 꽂힌 1층 서가를 지나 2층에 올라가면 문학은 물론 미술과 음악에 작가가 조예가 깊었음을 어림짐작할 것이다. 레핀, 세로프, 타네프, 체호프, 고리키 등 다양한 예술인들이 생전에 그의 집을 왕래했던 사실은 이미 널리 알려진 바이다. 특히 드넓은 영지의 자연 경관이 매우 뛰어나 한나절 휴식처로도 안성맞춤이다. 생가에서 100m 정도 떨어진 숲에 있는 그의 묘지를 방문해보는 것도 상당히 의미가 있을 것이다.

아르바트 거리

아르바트는 러시아의 신구 문화의 조화와 자유 분방함을 물씬 풍겨주는 한국의 대학로 같은 곳이다. 한마디로 이 곳은 다양하고 즐거운 재미와 흥미를 제공해준다. 거리의 역사는 비교적 길다. 15세기 경에 만들어진 이 거리는 러시아의 신구 문물들이 한데 어울려 자연스럽게 조화를 이루고 있다. 그곳은 차량들의 통행이 완전히 금지되어 있다.

한쪽에서는 젊은이들이 갈색 머리를 흔들고 몸을 비비 틀며 힙합 춤을 추
어대고, 다른 한쪽에서는 술 주정뱅이들이 연신 보드카를 마셔대며 술 주정
을 하고 있으며 또 다른 한쪽에서는 정신이 몽롱한 일단의 무리들이 잔뜩 얼
굴을 찌푸리고 모여 앉아 있다. 어여쁜 악사들이 음악을 연주하고 상인들은
기념품들을 팔려고 안달한다. 전통 목각 인형은 물론 보드카, 호박, 숄, 기념
배지, 카메라, 구화폐, 털모자, 모피 코트 등 품목들이 다양하다. 거리의 화가
들 앞에 미소를 띄고 초상화를 그리는 젊은이들, 맥도날드에서 햄버거를 먹
는 사람들, 그리고 그들을 바라보며 푼돈을 구걸하는 걸인들, 뜨내기들, 거리
의 부랑아들. 아르바트는 이런 러시아의 부조화를 '자유' 라는 이름으로 아
름답고 조화롭게 보여주는 거리이다.

찬란한 문화의 도시, 상트페테르부르크

세계 문화 유산의 보물 창고, 국립 에르미타주 박물관

네바 강을 사이에 두고 시내가 둘로 나뉘어 있는 도시, 상트페테르부르크. '북쪽의 베니스' 라고도 불리는 이 곳을 푸쉬킨은 "유럽을 향해 열린 창"이라 했다. 이 곳의 명소 에르미타주는 영국의 대영 제국 박물관과 프랑스의 루브르 박물관과 더불어 세계 3대 박물관에 꼽히는 보물 창고이자 제정 러시아 황실의 영욕이 서린 대표적인 세계 예술 문화 유산의 창고이다. 명성에 걸맞게 전세계 예술품을 골고루 소장한 에르미타주는 바로크 스타일의 기품 있는 궁전으로 제정 러시아 황제의 거처였던 '겨울 궁전' 과 네 개의 건물이 통로로 연결되어 있다. 에르미타주 내에 있는 소극장 건물의 규모를 보아 알 수 있듯이 이 궁전은 원래 이처럼 방대하지 않았다. 하지만 피터 대제가 후계자를 정하지 못하고 죽은 후 러시아 황실과 귀족들의 피비린내 나는 당파 싸움 끝에 제위에 오르게 된 피터 대제의 딸 엘리자베따가 오늘날의 '겨울 궁전' 을 건설했다고 한다.

러시아는 에카테리나 2세 때에 문화의 황금기를 맞는다. 그녀는 밖으로 실내 정원이 나 있는 '시계의 방' 에서 손님들을 접대하기를 좋아했다고 한다. 그때 그녀는 겨울 궁전을 프랑스어로 '에르미타주' (운둔지, 인적이 없는 방)라고 즐겨 불렀다고 한다. 이것이 에르미타주 명칭의 유래이다.

궁전 광장에서 바라본 에르미타주.

1764~1787년 예카테리나 2세는 궁전 옆에 '소(小)에르미타주'와 '구(舊)
에르미타주'를 건설하고, 겨울 운하를 따라 그것을 연결해 라파엘 회랑을,
그리고 1783~1786에 에르미타주 극장을 만든다. 1799~1851 니콜라이 황제
가 화랑을 하나 추가로 만들었는데, 그것이 바로 신(新)에르미타주이다.

에르미타주가 출현한 1764년 당시 베를린의 네고니안트라는 갑부가 부채
대신 자기의 미술 소장품 225점을 러시아로 가져왔다. 일찍이 스몰니에 최
초의 러시아 여성 학교를 세울 정도로 유럽의 계몽주의에 심취했던 예카테
리나 2세는 유럽의 고품격 삶의 양식에 비해 후진성을 면치 못하고 있는 러
시아 귀족들의 생활 문화에 불만을 가지고 있었다. 당시 영국과 프랑스 그리
고 유럽의 부유한 귀족들과 자본가들은 예술 작품들을 수집하여 개인 화랑

현란한 샹들리에와 대리석 모자이크로 꾸며져 있는 에르미타주의 화려한 내부.

에 소장하는 것이 유행이었다. 하지만 당시 러시아는 개인 화랑은커녕 박물관조차 전혀 없었다. 이에 예카테리나 2세는 황제인 자신부터 화랑을 열기로 마음먹고 다양한 소장품을 구입하기 시작했다. 초창기에는 그림들을 전시할 곳이 없어 러시아 최초의 박물관인 '쿤스카메라'에 임시로 보관했다. 그 후 에르미타주에 미술관이 설립되면서 카벤첼리(1768) 공작, 브를리 남작 (1769), 크로자 남작(1772), 월 폴 총리(1779), 보뎅(1781), 나폴레옹의 황후 조세핀(1814) 등의 값진 소장품들을 구입했다. 그로 인해 에르미타주는 예카테리나 대제 때 이미 2,000여 점의 예술 작품이 소장된 일류 화랑으로 변모하게 되었다.

에르미타주는 니콜라이 1세의 무지로 1,000여 점이 넘는 작품들이 경매에 나오게 되는가 하면, 사회주의 혁명 때는 화랑이 아닌 임시 정부 회의 장소로 사용되기도 하고, 수도가 모스크바로 옮겨지면서 모스크바 국립 표현 박물관에 많은 예술품들이 옮겨가는 등의 상당한 우여곡절을 겪기도 했다. 1922년부터 국립 에르미타주 박물관으로 명명된 이 곳은 현재 1,020여 개의 방에 레오나르도 다빈치, 미켈란젤로, 라파엘로, 루빈슨, 피카소, 고갱, 고호, 르느와르 등의 명화가 전시되어 있고, 이태리와 로마 등지에서 들여온 조각품들과 이집트의 미라부터 현대의 병기에 이르는 고고학적 유물, 화폐와 메달, 장신구, 의상 등 300만 점의 소장품이 전시되어 있다.

네바 강을 따라 이삭 사원으로

에르미타주의 미(美)에 한동안 넋이 빠져 있다 밖으로 나오면 시원한 네바 강의 풍경과 주변의 볼거리에 다시 가슴이 설레기 시작한다. 목각 인형,

궁전 광장 중앙에 위치한 알렉산드르 탑.

호박, 고서화 등 기념품을 파는 거리의 상인들을 뒤로 하고 50m 정도를 앞으로 가면 커다란 궁전 광장이 나온다. 광장 중앙에는 나폴레옹과의 전투에서의 승리를 기념한 알렉산드르 탑(1830~1834)이 우뚝 서 있다. 기초 공사 없이 600 톤의 무게로만 짓눌려 서 있는 이 탑은 높이가 47. 5m, 하단 둘레가 3. 66m가 될 정도로 거대하고 웅장하다.

알렉산드르 탑을 배경으로 기념 촬영을 하다보면 꼭 성가시게 구는 사람들이 나타나는데, 그들이 바로 집시들이다. 전통적인 남성 중심의 사회라서

상트페테르부르크의 상징, 청동 기마상.

이삭 사원. 사진 왼쪽에 보이는 기마상은 니콜라이 1세의 동상.

그런지 남성들은 구걸하지 않고 여성들과 대여섯 명의 아이들이 무리를 지어 구걸하며 돌아다닌다. 어린 꼬마들이 "다이, 다이"(주세요, 주세요) 하며 달라붙으면 돈을 꺼내드는 사람도 있는데, 위험 천만한 행동이다. 사방에서 몰려들어 옷을 붙잡고 자기도 달라며 아우성치는데 꼬마들을 겨우 물리치고 정신을 차리고 나면 지갑은 이미 어디론가 사라지고 없다.

궁전 광장을 통해 거리로 나오면 과거 군함을 만들던 길이 407m의 해군

256

성(1806~1823) 건물이 나온다. 넵스키 거리와 원로원 광장은 이 건물을 기점으로 갈라진다. 먼저 출구에서 왼쪽 방향으로 강변을 따라 걷다보면 네바 강과 원로원 광장의 끝에 자리잡고 있는 청동 기마상이 나온다. 피터 대제가 앞발을 들고 포효하고 있는 말 위에 늠름하게 앉아 있다. 네바 강을 침공하는 이민족들을 말발굽으로 뱀을 짓밟듯이 그들을 격퇴시키고야 말겠다는 결연한 항전 의지를 불태우는 모습을 보는 것 같다. 이 위풍당당한 기마상은 궁전 신하들과 모의하여 남편 표트르 3세를 살해하고 제위에 오른 독일의 귀족 출신 여제 예카테리나가 자기가 바로 피터 황제를 계승하고 있다는 의미로 1782년에 건설한 것이다. 청동 기마상은 18세기 유럽형의 조형물 가운데 가장 뛰어난 작품 중 하나이다. 돌의 무게만도 1,600톤이나 나가는 이 거대한 기마상의 명칭은 러시아의 천재적인 작가 푸쉬킨의 '청동 기마상'에서 나오게 되었다.

청동 기념탑 뒤로 난 오솔길을 따라 걷다보면 페테르부르크에서 가장 웅장하고 화려한 이삭 성당이 나온다. 높이 101.52m, 사원의 둥근 천장이 21.83m인 이 성당은 64~114톤에 이르는 72개의 거대한 원형의 돌들로 둘러쌓여 있다. 원래 명칭은 '이삭키이예프스키 사보르'이다. 그것은 아브라함의 외아들 이삭이 아니라 이삭키이 달마스키라는 성인의 이름에서 따온 것이다. 이삭키이 달마스키 성인의 생일이 5월 30일이었는데 바로 그날이 피터 대제의 생일이기 때문이다.

피터 대제는 1710년 네바 강 부근의 해군성 옆에 이삭 사원을 나무로 건축하고 1717년에 돌로 쌓아 올렸다가 바로 허문다. 그후 지금의 웅장한 모습으로 서기까지는 1818년부터 40년이라는 세월이 걸렸다.

당대의 가장 걸출한 장인들에 의해 꾸며진 내부 장식은 사원의 미를 최대한 발휘해준다. '온유한 소식'을 전한다는 비둘기가 천장 맨 정상에 걸려 있고, 주위에는 천국을 시화한 다채로운 성화들이 묘사되어 있다. 아래의 정면 벽에는 황금으로 된 화려한 제단이 있고 양쪽에 천국의 열쇠를 들고 있는 베드로를 위시해 12사도들과 각종 성화들이 그려져 있다. 그것들은 멀리서 보면 분명히 그림인데 가까이 다가가서 보면 명암 하나하나에도 세심한 주의를 기울여 대리석을 쪼개 만든 작품들이다.

이삭 사원이 관광객들에게 인기를 끄는 것은 43m의 사원 정상에 올라가면 도시의 파노라마를 한눈에 바라볼 수 있기 때문이다. 그 곳에서 페테르부르크의 경관을 볼 기회가 있다면 해군성의 탑과 네바 강 건너편에 있는 피터 요새의 교회 탑을 바라보기 바란다. 그 건물들이 이삭 사원과 한치의 오차도 없이 1자 형태로 수직선을 이룬다. 피터 대제가 이 도시에 얼마나 공을 들였고 또한 후손들이 얼마나 잘 다듬었는지를 엿볼 수 있는 장소이다.

피터 요새

러시아에서 수업을 받을 때 매일 정오에 들려오는 포성이 있다. 네바 강을 가로질러 '꽝' 하는 일격의 포성이 들리면 졸고 있던 학생들이 부스스한 눈을 뜨고 주위를 두리번거린다. 그럼 교수님이 빙그레 웃으시며, "여러분, 시장하시지요. 벌써 12시가 됐네요. 그럼 다음에 만납시다"라고 말하고 수업을 끝낸다.

1703년 네바 강의 '토끼 섬'에 거대한 요새의 출현은 대포 소리처럼 도시의 탄생을 알리는 신호탄이었다. 이 요새는 6각형으로 되어 있고 각 구석에

네바 강 건너 보이는 피터 요새.

적군의 동태를 살피는 초소들이 설치되어 있다. 이민족들의 침입을 막기 위해 건설된 이 요새는 곧바로 군사적인 의미를 잃고 황제의 전횡을 보좌하는 무서운 감옥으로 탈바꿈하게 된다. 이 곳에 감금된 자들의 말에 의하면 감방은 축축하게 젖은 지붕에 작은 창들이 옹기종기 달려 있는 무덤과도 같았다고 한다. 실로 그 곳에는 햇볕이 완전히 차단되었고 죄수들은 한 달도 못돼 굶어 죽어 나갔다고 한다. 무서운 구타와 고문을 당한 죄수들은 상대방과 아무런 대화도 나눌 수 없었고, 책은 물론 신문, 잡지도 읽을 수 없었으며 외부와의 어떤 서신들도 철저하게 차단되었다. 바로 이 곳에 라지스체프, 12월

260

당원들, 체르느이솁스키, 피사레프, 프롤렌코, 고리키 등 수많은 사회 계몽자들이 잡혀와 문초를 당했다고 한다.

지금도 피터 요새 내 '주전소' 방향 뒤쪽엔 정치범 수용소가 과거의 모습 그대로 보존되어 있다. 그 곳을 둘러보다보면 유독 문이 하나 열려 있는 감방이 구석진 곳에 자리잡고 있다. 그 감방은 무시무시한 감옥 내부를 보고 싶어하는 방문객들의 호기심을 풀어주는 곳으로 당시의 고통을 간접적이나마 체험하고자 하는 사람들에게 개방되어 있다. 간혹 호기를 부리며 그 곳에 들어가는 사람들이 있는데 그때마다 갑자기 전기가 나가고 사방이 깜깜해진다. 대부분 그것을 오히려 재미있어 하지만 겁이 많은 여학생들이나 진지하게 과거사를 경청하던 사람들에게 갑자기 찾아온 감방의 어둠은 소름 끼치는 일이 아닐 수 없다. 그래서 허둥지둥 밖으로 나오면 허리 굽은 노파가 앙증맞은 웃음을 지어대며 문 뒤에서 나와 다음에 가야 될 길을 가르쳐준다.

피터 요새에서 가장 중요한 요새의 건물은 페트로파블롭스키 사원이다. 높이가 121.8m인데 그 위엔 천사 모양의 피뢰침이 있다. 이 피뢰침은 러시아의 주당들과 관계가 있다. 러시아인들은 보드카를 한 잔 마시고 싶으면 우리처럼 컵을 들고 들이켜는 시늉을 내는 것이 아니라 엄지손가락에 검지손가락을 대고 튀겨 턱 아래를 가볍게 치는 습관이 있다.

천둥과 번개가 몰아치던 어느 날 페트로파블롭스키 성당의 피뢰침이 땅에 떨어져 야단이 났다. 하지만 121.8 m나 되는 성당의 정상에 피뢰침을 다는 것은 당시의 기술로는 어려운 것이었다. 이에 피터 대제는 이 피뢰침을 제자리에 올려놓는 사람에게는 무엇이든지 원하는 것을 들어주겠노라고 약속했다. 어느 날 한 농부가 자신이 해보겠다고 나섰다. 그는 기적처럼 천사

천사 모양의 피뢰침이 걸려 있는 페트로파블롭스키 사원.

피뢰침을 제자리에 올려놓았다. 피터 대제는 너무나 기뻐하며 젊은 농부에게 소원을 물었다. 그러자 그 농부는 소원이라는 것은 달리 없고 언제든지 보드카를 마실 수 있게 해달라고 요청했다. 그러자 피터 대제는 농부의 턱 밑에 인장을 찍고 그것을 보여주는 사람에게는 어디서든 마음껏 마실 수 있게 하라는 명령을 내렸다고 한다.

현재 피터 요새는 이 도시의 중심 유적지이자 박물관을 겸하고 있다. 성벽 외곽의 네바 강 부근에는 거대한 돌들로 제방 공사를 평평하게 해놓았는데 따뜻한 날엔 남녀노소 할것없이 많은 사람들이 그 곳에서 일광욕을 즐긴다.

넵스키 대로 산책

궁전 광장과 해군성에서 시작해 알렉산드르 넵스키 수도원까지 4.5km에 이르는 넵스키 대로는 페테르부르크의 중앙로이자 이 곳의 사회와 문화 현장들이 집결해 있는 곳이기도 하다. 원래 이 곳은 숲과 늪을 가르는 '전망의 대로'였다고 한다. 그런데 1738년 '넵스키의 전망들'이란 명칭이 붙여졌고, 1783년에 '넵스키 대로'라고 개칭되었다.

넵스키 대로는 1905년의 '피의 일요일' 사건과 1917년 2월, 10월 혁명의 현장이란 역사적인 의미도 있지만 그 곳이 가지고 있는 문화적 유물들도 실로 대단하다. 물론 현대 문물의 발전된 시각으로 이 대로를 보면 더할나위없이 불편하고 초라하지만, 300년이나 된 모든 역사의 문물이 한치의 변화도 없이 동시대의 삶과 맞물려 조화를 이루는 자체가 경이롭다.

겨울 궁전 옆의 '아에로플로트' 러시아 항공의 대리점을 지나가면 19세

카잔 사원. 소련 시대에는 무신론을 찬양하는 장소였다.

기 러시아의 고전 양식을 자랑하는 카잔 사원(1801~1811)이 나온다. 소련 시대에 '종교와 무신론 역사' 박물관으로 활용되었던 카잔 사원은 수십 개의 원기둥이 전체의 건물을 십자가처럼 둘러싸고 있는데, 그 모습이 마치 넵스키 대로를 포옹하는 자세인 것 같다. 길 건너에는 '돔 크니크' 라는 서점이 있

'대조국 전쟁'의 영웅, 쿠트초프 장군.

어, 이 곳은 연인들의 만남의 장소이자 행인들의 휴식처이기도 하다. 나폴레옹 전의 영웅 쿠트초프와 바르클데이드 토리의 동상이 그 곳에 있다.

카잔 사원을 지나면 국영 백화점 '가스친느이 드보르'가 나온다. 그 건물 아래는 페테르부르크의 변두리행 지하철 환승역이기 때문에 언제나 사람들로 인산인해를 이룬다. 그 곳에는 '사도바야 거리'로 갈라지는 골목이 있는데, 페테르부르크의 필하르모니아 극장(1921)이 바로 그 곳에 있다.

필하르모니아 극장은 비전문가들이 보기에도 명성과 달리 상당히 규모가 협소하고 초라하다. 무대 장치도 낡아 제대로 음악을 감상하기가 불편하다. 그럼에도 불구하고 이 극장은 몇 년 정도의 프로그램이 이미 짜여 있을 정도로 음악가들로부터 사랑을 받는 무대이다. 초현대식의 대 극장에서 화려한 의상을 입고 자기가 닦은 기량을 마음껏 뽐내고 싶어하는 유명한 음악가들이 왜 이 극장을 찾아오는 걸까? 물론 그것은 필하르모니아의 높은 무대의 위상 때문이기도 하지만 이 극장을 찾는 관객들의 수준이 매우 높다는 이유

국립 러시아 박물관.

에서다. 그들은 높은 수준의 음악 애호가들에게 기량을 선보이고 그들과 자기의 예술 세계를 교감하고 싶어한다. 몇 년 전 신년 독창회를 가진 호세 카레라스가 인터뷰에서 필하르모니아 무대에 서면 고향에 온 느낌처럼 포근하다는 심정을 밝힌 것을 보아도 필하르모니아의 분위기를 짐작할 수 있다.

필하르모니아 극장을 지나면 예술의 광장이 나온다. 광장 중앙에 푸쉬킨 동상이 서 있고 주위의 사람들은 벤치에 앉아 책을 읽거나 음악을 감상하거나 혹은 담소를 나눈다. 왜 이 곳이 '예술의 광장' 인가? 바로 페테르부르크의 모든 예술의 혼이 이 곳에 집중되었기 때문이다. 가까운 필하르모니아를

레핀의 '볼가 강에 배를 끄는 사람들'. 이들은 하루 종일 배를 끌고 빵과 물로 끼니를 때울 정도의 품삯을 받았다고 한다.

비롯해 국립 러시아 박물관, 말르이 극장, 드라마 극장, 그리고 각종 박물관들이 주위에 산재해 있다.

에르미타주가 세계 모든 문화 예술들의 전시장이라면 국립 러시아 박물관은 가장 대표적인 러시아의 문화 예술 유산들을 전시해놓은 곳이다. 1819~1825년에 알렉산드르 1세의 막내 미하일을 위해 지어졌다고 해서 '미하일롭스키 궁전'이라고도 불린다. 1893년에 문을 열었고, 1934년 이후 고고학적, 민족학적, 역사적 유품들은 분리되어 나가고 순수한 미술관이 되었다. 처음에는 에르미타주, 미술 아카데미, 이니치코프 궁전, 알렉산드르 궁전에 있던 소상품들과 개별적인 소장품들을 이 곳에 전시했다. 하지만 사회주의 혁명이 끝난 후 이 박물관은 괄목할 만한 성장을 거듭하여, 러시아 역사에서 가장 걸출한 작품 약 35만 점 이상을 선별하여 이 곳에 전시 보관 중이다.

'고대 러시아 회화'의 방에는 '황금빛이 도는 머리의 천사'와 '기도하는 성모' 같은 고대의 걸출한 성화들이, '18세기의 방'에는 니키틴, 레비츠키의 초상화들이, '19세기 초반 예술'에는 브르니의 '고라치의 누이 카밀라의 죽음', 아이바조프스키의 '파도', 브류로프의 '폼페이의 최후의 날' 등이 전시되어 있다. '19세기 후반의 예술'에는 러시아 사실주의 미술의 대가 레핀의 '볼가 강에 배를 끄는 사람들'과 수리코프의 '눈 덮인 마을의 패싸움', 그리고 1910~1920년의 전위주의 화가들인 칸딘스키, 말레비치, 필로노브의 작품들도 전시되어 있다.

러시아 박물관 바로 옆에는 말르이 극장이 위치해 있다. 이 극장은 1918년에 창설되었다. 처음에는 건물주의 이름을 따서 미하일롭스키 극장이라고 불리다 1926년에 현재의 이름을 갖게 되었다. 어떻게 보면 말르이 극장은 마린스키 극장을 그대로 복사해놓은 것 같다. 때문에 극장 명칭도 말르이('작은'이라는 형용사)가 붙여진 것이다. 초기의 말르이 극장은 마린스키와의 긴밀한 협조로 차이코프스키의 '에브게니 오네긴' 등 전형적인 예술 작품들을 공연했다. 하지만 1925년 '붉은 페트로그라드를 넘어'라는 공연 이래로 주로 사회주의 이념의 색채가 짙은 작품들이 극장의 무대를 장식했다. 현재 이 극장에는 마린스키 극장처럼 매일 발레와 오페라를 공연한다.

네바 강 산책

페테르부르크 관광은 네바 강변을 끼고 산책하는 것도 재미있고 볼거리도 많다. 네바 강 산책은 무엇보다도 과거 항구로 오고가는 선박들의 등대 역할을 해주었던 '바실리 섬의 화살'에서부터 시작하는 것이 좋을 것 같다.

왜냐하면 네바 강 너머에 있는 에르미타주, 피터 요새, 이삭 사원 등을 배경
으로 멋진 사진 촬영이 가능하기 때문이다. '바실리 사원' 뒤에는 '동물학
박물관'이 있다. 물론 싱싱한 자연의 세계가 그대로 연출되고 있는 것은 아
니지만, 10만여 종이나 되는 각종 동물과 곤충들과 조류들이 종류별로 배치
되어 전시되고 있는 이 박물관의 유래가 1714년이라는 것을 인식하고 이 박
물관을 돌아본다면 놀라울 뿐이다. 그 곳엔 피터 대제의 애견부터 맘모스,
징그럽지만 다양한 기형아들까지 전시되는데 아동들의 자연 학습 장소로 상
당한 가치가 있다. 사냥한 것이 아닌 죽은 동물들을 수집해 박제로 전시하는
것이 이 박물관의 원칙이라고 한다.

동물학 박물관에서 그리 멀리 떨어지지 않은 곳에 인류학 박물관이 있다.
이 박물관은 1714년에 착공되어 1719년에 완성되었다. 이 곳에는 다양한 동
식물들은 물론 세계 각지의 다양한 미풍 양속들이 전시되고 있다. 물론 한국
관도 전시되어 있다. 문제는 전시물들인데 백의 민족에 중점을 두어 흰 두건
과 흰 옷을 입은 마네킹, 색동옷을 입은 아낙네, 낡아빠진 쟁기와 가야금 등
전시품들이 하나같이 조악하여 한국인으로서는 아쉬움이 남는다.

인류학 박물관을 관람하고 네바 강변으로 다시 나오면 러시아의 과학과
학문의 산실인 러시아 과학 아카데미(1721) 건물이 나온다. 이 건물에서 약
간 앞쪽으로 걸어가면 러시아의 석학 로마노소프 동산이 있고, 그 옆에 상트
페테르부르크 국립 대학교가 나온다. 모스크바 대학과 함께 명실상부한 러
시아 최고의 상아탑인 상트페테르부르크 국립 내학은 노벨상 수상자들뿐 아
니라 러시아를 주도하는 각계의 인사들을 상당히 배출해냈는데, 푸틴 대통
령도 이 대학교 출신이다.

바실리 섬의 정경. 왼쪽에 있는 탑이
'바실리 섬의 곶'이고 길 건너편의
노란 건물은 '동물학 박물관'이다.
우측에 있는 건물은 '전쟁 박물관'이
며 그 뒤로 '인류학 박물관', '상트페
테르부르그 국립 대학'이 보인다.

아름다운 궁전 다리. 새벽마다 선박이 드나들 수 있도록 다리가 열리는데 마치 신하들이 피터 요새에 경배를 하는 듯한 포즈이다.

‘동물학 박물관’을 통해 도보로 ‘궁전 다리’를 건너다보면 다시금 네바 강의 아름다운 풍경에 흠뻑 도취된다. 정면에는 담록색의 ‘에르미타주’가 서 있고 해군성 뒤로 이삭 사원이 웅장한 자태를 뽐내고 있으며 저 멀리 네바 강 중앙에 피터 요새가 우뚝 서 있다. 피터 요새를 중심으로 큰 네바 강과 작은 네바 강이 갈리는 모습도 일품이다. 이처럼 아름다운 네바 강을 따라 에르미타주를 지나가면 이 도시에서 가장 오래된 여름 정원이 있다. 1704년에 만들어진 이 정원은 궁중 생활자들이나 외국의 사신들이 주로 산책했던 곳으로, 80개 정도의 이태리 풍의 석상들이 오솔길에 배치되어 부근의 호수들과 기막힌 조화를 이루고 있다. 여름 정원은 사시사철 계절마다 나름대로 매력이 있지만 여름에 러시아의 우화 작가 크릴로프의 동산 근처의 벤치에 앉아 거리의 악사가 연주하는 실로폰 소리를 들으며 한가로운 시간을 보내는 것이 가장 좋은 것 같다.

도시 근교에 있는 유명한 관광지들

페테르부르크 관광은 외곽에도 진가를 발휘한다. 대표적인 장소가 '여름 궁전'이다. 여름 궁전은 페테르부르크에서 약 29km 떨어진 핀란드만 남쪽 해안 지대에 있다. 피터 대제가 궁전 건설에 착수했을 때만 해도 이 곳은 황무지나 다름없었다. 왜냐하면 현재 여름 궁전 주변에 있는 마을들이 1714년에 건설되기 시작했고, 이미 있었던 가옥들을 정비했으니까 피터 대제는 이 곳에 또다시 무에서 유를 창조했던 것이다. 해안을 마주보고 서 있는 대궁전은 1714~1728년에 지은 것으로 2층 건물이며 러시아 식의 바로크 양식으로 지어졌다. 지금은 피터 대제의 유품들이 많이 소실되거나 파괴되어 있고, 단지 사무실과 2중 색을 가진 만찬실, 옥좌 제실 등이 있다.

무엇보다도 여름 궁전 관광의 별미는 위 공원의 18~19세기 유럽 정원 양식과, 아래 공원의 수십 개의 분수들이다. 특히 분수들이 24km의 수로를 통해 유입되는 물들이 자동으로 저장되어 수압을 일으켜 일시에 엄청난 물을 하늘로 뿜어낼 수 있도록 설계되었다. '사자의 입을 찢는 삼손', '황금 동산', '매니저', '아담' 등 유명한 분수들이 도처에 위치해 있다. 여름 정원을 갈 때는 두 가지의 방법이 있다. 물론 버스나 자가용을 타고 가는 방법이 가장

여름 궁전 아래 정원의
중앙 분수대. 중앙에 있
는 것이 유명한 '사자의
입을 찢는 삼손' 이다.

푸쉬킨의 도시에 있는 예카테리나 궁전. 녹음이 물든 여름과 단풍이 지는 가을에 특히 아름답다.

용이하고 보편적이다. 러시아의 교외 모습이나 대자연을 감상하는 것도 일품일 뿐더러 도중에 차를 세우고 시원한 수박을 맛보는 것이 정말로 재미있다. 시간이 허락된다면 네바 강에서 여름 궁전까지 운행되는 배편을 타는 것도 재미있다. 유람선은 약 1시간마다 오후 5시까지 운행된다.

페테르부르크 근교의 또다른 명소로 '황제의 마을'이 있다. 이 곳은 페테르부르크에서 전동차를 타고 25km 정도의 거리에 있는데, 일명 '푸쉬킨의 도시'라고 부른다. 이 곳에는 푸쉬킨이 1811~1817년 간 유년 시절을 보내며 공부했던 '리체이'라는 유서 깊은 학교가 있다. 원래 리체이는 알렉산드르 1세가 황실과 귀족 출신의 자녀들에게 고등 교육을 시켜 졸업 후에 나라의 요

276

산책하는 리체이의 학생들.

직에 배치할 계획으로 만든 학교였다. 그래서 러시아의 저명한 학자들과 외국에서 유학한 젊은 학자들을 반반씩 초빙해 교수진을 구성했다.

그런데 국가의 요직을 짊어질 인재들을 개발하겠다는 취지로 만든 이 학교는 바로 러시아 최초로 정부의 권위에 반기를 들었던 12월 당원들을 배출하게 되는 온상이 되었다. 늙은 교수들은 전근대적인 내용으로 황실에 충성할 것을 전제로 한 교육을 시켰지만, 젊은 유학파 교수들은 이와 반대로 서구의 자유화와 계몽주의 운동을 가르쳤다. 그래서 리체이를 졸업한 학생들의 절반은 공무원이 되고 나머지 절반은 12월 당원이나 그 후 반정부 투쟁을 벌이는 주요 인사들로 성장하게 되었다. 푸쉬킨의 초기 작품에 드러난 자유에

277

러시아 문학의 아버지, 푸쉬킨.

대한 열망들도 바로 리체이의 영향이 크다 할 수 있다. 푸쉬킨의 도시의 유
명한 유적지로 리체이 외에도 예카테리나 궁전(1718~1724)이 있다. 제정 러
시아 황실의 화려하고 사치스러운 각종 유물들이 전시되어 많은 볼거리들이
제공된다.

그 밖의 명소들

알렉산드르 넵스키 수도원

1240년 25세의 나이에 막강한 스웨덴 군을 물리쳐 러시아를 구해내었던 영웅 알렉산드르 넵스키 대공을 기리기 위해 피터 대제가 지시하여 1710~1716년에 만든 전형적인 러시아 정교의 수도원이다. 성 삼위 일체 사원을 중심으로 신학교와 묘지들이 수도원 곳곳에 배치되어 있다. 매일 정기적인 예배가 엄숙히 거행되는데, 상당히 보수적이라 실내의 사진 촬영이 거의 불가능하다. 입구로 들어가는 기다란 골목 양쪽으로 18세기와 19세기 명사들의 묘지들이 안장되어 있는데, 도스토예프스키, 차이코프스키, 무소르그스키, 림스키 코르사코프, 보로딘, 루빈슈타인 정도가 흔히 우리에게 알려진 러시아 예술인들이다.

스몰니 사원

러시아 최초의 여성 교육 기관이다. 원래 엘리자베따 여제의 노후를 위한 궁전이었으나 계몽주의를 탐닉하던 예카테리나 2세가 귀족 자제 여성들의 교육의 필요성을 절감하고 이 곳에 여성 기숙 학교를 세우게 되었다. 그 후 1917년 사회주의 혁명 후에 이 곳은 레닌의 거처로, 참모들의 회의 장소로 활용되었고 지금은 박물관과 콘서트 홀로 사용된다. 최근에는 상트페테르부르그 국립 대학의 열악한 강의실 난으로 인해 일부의 학부가 스몰니 본관 내의 건물에서 수업을 받고 있다.

알렉산드르 넵스키 수도원. 도스토예프스키, 차이코프스키 등의 무덤이 있다.

순양함 오로라 호

원래 순양함 오로라 호는 러일전쟁(1904~1905) 등에 참가해 용맹을 떨치던 러시아의 대표적인 전투함이었다. 1917년 10월 1일 오전 9시 40분, 이 배의 함포 사격과 함께 로마노소프 왕조가 퇴각하고 러시아에 사회주의 시대가 도래한다. 그런 공로로 인해 소련 당국은 오로라호를 강변에 영구히 정박해놓고 초병들의 호위를 받아가며 시민들의 정신 교육장으로 이용하도록 하였다. 현재는 박물관으로 사용되며, 갑판에 올라 실제 대포들을 만져볼 수가 있다. 실내에는 과거 순양함에서 전투하던 해군 밀납 인형들과 장비들을 구경하고 기념품을 구입할 수 있다. 용기를 내어 초병들과 기념 촬영도 하고

스몰니 사원.

그들이 먹는 러시아 흑빵을 얻어먹는 맛도 일품이다

극장 광장

이삭 사원의 원로원 광장을 지나 세니 방향으로 가게 되면 아름다운 수로
들을 배경으로 하는 '극장 광장'이 나온다. 왜 그러한 이름이 붙여졌는지는
자명하다. 그것에 페테르부르크 무대 예술의 요람인 마린스키 극장과 림스
키 코르사코프 음악원이 마주보고 있기 때문이다. 1783년 건립된 이 극장은
얼마 전까지만 해도 키로프 극장으로 명명되었었다. 보수적이고 새로운 레
퍼토리의 부재라는 비난을 받기도 하지만 세계적으로 저명한 발레리나들이

순양함 오로라 호.

이 곳에서 수없이 배출되고 있어 수많은 외국 젊은이들이 이 극장의 무대에 문을 두드리려고 애를 쓰고 있다. 그리고 길 건너에는 음악 애호가들이 림스키 코르사코프, 차이코프스키, 쇼스타코비치 등 이름만 들어도 마음이 설레는 위대한 작곡가들이 활동했던 페테르부르크 음악원이 자리를 잡고 있다.

꺼지지 않는 불꽃

러시아에는 사회주의 혁명 과정에 격전을 치르다 죽은 젊은 영령들을 '꺼지지 않는 불꽃' 들로 거의 모든 도시에서 모시고 있는데 페테르부르크도 예외는 아니다. 예술의 광장을 지나 '기사의 성' 주변의 어여쁜 수로들을 따라 여름 정원 쪽의 잔디밭 중앙에 가보면 그 곳에 '꺼지지 않는 불꽃' 이 타고 있다. 이 곳은 동족의 젊은이들이 적군과 백군으로 갈려 수백 명의 사상자들을 낳았던 장소였다. 드넓은 잔디와 자작나무들로 조화를 이룬 그 곳은 도시인들의 훌륭한 휴식처가 되어준다.

즉 여름 정원을 등지고 '불꽃' 쪽을 관람하다 보면, 19세기의 급진적인 대학생 그리네비츠키가 알렉산드르 2세를 저격했던 바로 그 장소에 세운 '구원의 피의 사원' 의 모습이 그림처럼 눈앞에 들어오는데 마치 모스크바의 바실리 성당처럼 양파 모양의 알록달록한 돔형의 화려한 자태는 주변의 경관과 정말로 훌륭한 조화를 이루어내고 있다.

모스크바에서 기차를 타고 상트페테르부르크에 도착하면 '봉기의 광장' 앞 건물 옥상에 붙어 있는 '영웅의 도시 레닌그라드' 라는 문구가 반기어준다. 이보다 더 상트페테르부르크를 칭송할 말이 어디에 있겠는가만, 이제 또

꺼지지 않는 불꽃.

하나의 찬사를 보태어야 할 것 같다. 300년 전과 200년 전, 그리고 100년 전과 지금의 모습이 어쩌면 그렇게 똑같은지, 어쩌면 그렇게 원형 그대로의 모습대로 보존되어 현재의 문명과 조화를 이루어내는지 상트페테르부르크는 그들의 저력이 느껴지는 도시다.

3부

러시아로의 초대

내가 추천하는 상트페테르부르크의 문학 산책 코스

무에서 유를 창조한 피터 대제 - 푸쉬킨의 〈청동 기마상〉

러시아를 찾는 사람들은 상트페테르부르크가 모스크바보다 볼거리가 많다는 말을 자주 한다. 그도 그럴 것이 상트페테르부르크는 러시아의 가장 화려한 문화의 보고(寶庫)이다. 상트페테르부르크는 명문 도시치고 그다지 길지 않은 300년의 역사를 가지고 있다. 하지만 상트페테르부르크를 제외한 러시아 역사는 존재하지 않는다. 그것은 피터 대제, 로마노프 왕조, 푸쉬킨, 투르게네프, 도스토예프스키, 레핀, 볼셰비키 혁명을 제외하고 러시아의 역사를 논하자는 소리나 마찬가지이기 때문이다.

상트페테르부르크 관광은 보통 '바실리 섬의 화살'에서부터 시작된다. 명승지들이 이곳에 거점을 이루기 때문이다. '화살'을 끼고 정면을 바라보면 강 건너 황제가 살았던 겨울 궁전(일명 에르미타쥬)이 보인다. 좌측을 바라보면 사 면이 네바 강에 둘러 쌓인 '피터 요새'가 있다. 우측에는 해군성과 이삭 사원이 보인다. '화살' 뒤쪽에는 전쟁 박물관, 동물학 박물관, 러시아 최초 박물관인 쿤스카메라, 상트페테르부르크 국립 대학교, 과학 아카데미가 있다.

바실리 섬의 화살에 위치한 관광객들은 네바 강 너머 명승지를 배경으로 기념 촬영을 하며 '아하, 오늘 우리가 갈 곳이 저기구나' 라며 기대를 한다.

그러나 그처럼 화려한 명승지를 러시아 문학을 통해 둘러본다면 더욱 재미나는 관광을 할 수 있을 것이다.

에르미타쥬 박물관에서 네바 강 도로를 타고 해군성을 지나면 말을 타고 네바 강으로 도약하는 청동 기마상이 있다. 그가 페테르부르크를 건설한 피터 1세이다. 러시아 발음으로는 표트르 1세이다.

피터 대제는 러시아인들의 사랑과 존경을 가장 많이 받고 있는 대표적인 황제이다. 얼마 전만 해도 레닌을 찬양하던 시절이 있었지만, 1992년 러시아가 공산주의를 포기하면서 레닌에 의해 강탈당한 피터 대제의 위상은 완전히 복구되었다. 도시의 명칭도 레닌그라드에서 상트페테르부르크로 복원되었고, 모스크바 역 대합실의 레닌 석상도 피터 대제의 얼굴로 복원되었으며, 레닌 스타디움도 뾰트르 스타디움으로 명명되었다. 결혼한 신랑 신부들도 레닌 상이 아닌 청동 기마상에 헌화를 하게 되었다. 그는 지금도 상트페테르부르크에서는 물론 러시아에서 가장 존경을 받고 있는 명사 중의 명사이다.

척박한 불모지를, 그것도 1703년부터 단지 40년 만에 유럽 최고의 명문 도시로 탈바꿈시킨 피터 대제를 어찌 후대인들이 쉽게 잊을 수 있겠는가? 그런데 바로 여기에 역사의 아이러니가 있다. 지금 우리는 상트페테르부르크를 멋지고 아름다운 도시라고 쉽게 부르지만, 도시를 건설할 당시 피터 대제는 백성들에게 선한 군주만은 아니었다.

매해 수많은 인민들이 불모지 땅에 끌려와 페테르부르크 건설을 위해 밤낮 없이 노역에 종사해야만 했다. 백성들은 북소리를 들으며 기상해 새벽부터 물과 진흙과 씨름하다 아침밥을 먹었다. 그리고는 바로 휴식도 없이 작업에 들어가 점심 식사로 배급된 빵과 물을 알몸만 내놓고 먹어야 했고, 다시

작업에 들어갔다가 저녁도 그런 방법으로 먹어야 했다. 그들은 사방이 보이지 않을 때까지 일만 했다고 한다. 그래서 노동과 굶주림과 질병에 걸려 죽은 자가 헤아릴 수 없었다고 한다.

그렇다면 피터 1세는 개혁의 이름으로 수많은 양민의 피를 흘리게 만든 장본인인데, 일방적으로 그를 존경할 수만 있는 것일까? 과연 진보를 위해 시민들은 무조건 행복을 포기해야만 하나? 아니면 역사의 흐름과 별도로 시민도 자기 행복을 추구해야만 하나? 푸쉬킨의 〈청동 기마상〉은 바로 이런 문제들을 다루고 있다.

자수성가한 젊은 청년 에브게니에게는 꿈이 있었다. 그것은 사랑하는 여인과 결혼해 가정을 꾸미고 자녀를 잘 양육해 행복하게 살고 싶은 소박한 꿈이었다. 이제 돈도 어느 정도 모아졌고 사랑하는 약혼녀도 생겨 결혼하는 일만 남았다. 그런데 불행히 페테르부르크에 물난리가 나서 에브게니는 사랑하는 약혼녀는 물론 자기의 전 재산을 잃게 되었다. 깊은 절망감에서 헤어나지 못한 그는 미친 듯이 거리를 쏘다니다 청동 기마상을 찾아간다. 그리고 당신이 무슨 권리로 이곳에 도시를 만들어 나와 우리 시민들을 그토록 힘들게 만드느냐고 소리친다. 드디어 역사의 진보만큼 개인의 행복도 중요하다는 목소리가 시민들 가운데에서 나온 것이다.

작품의 피날레를 보면 악에 받쳐 권력에 절규하며 대항하던 에브게니가 죽은 피터 대제의 위협 앞에 결국 굴복하고, 미친 망자가 되어 발견된다. 결국 푸쉬킨은 전체를 위해 묵묵히 희생하다 역사의 뒤안길로 사라지는 소시민의 불행을 안타깝게 여겼지만, 진보를 위해 소시민들의 개인적인 희생은 감수해야 하지 않겠느냐는 명분에 손을 들어준 것이다.

화려한 모피에 추악한 몸통 - 고골의 《넵스키 거리》

역사의 진보를 위해 개인의 희생을 감수하는 것이 불가피하다는 푸쉬킨의 제안을 모든 러시아 작가들이 수용한 것은 아니었다. 오히려 역사의 진보도 중요하지만 억압받는 시민의 인권도 보호되어야 한다는 목소리 역시 적지 않았다.

페테르부르크는 러시아사에 어떤 의미가 있는 것일까? 그것은 유럽보다 훨씬 미개한 러시아를 유럽에 버금가는 문명 대국으로 도약시킨 획기적인 사건이었다. 따라서 개혁을 주도한 피터 대제의 공이 찬양받는 것은 마땅하나, 도시 건설을 위해 힘쓴 민중의 공도 당연히 인정을 받아야 했던 것이다. 그런데 역사는 언제나 권력 편에만 섰고 민중을 칭찬하는 것에는 인색했다. 역사는 피터 대제가 혼자 힘으로 이 거대 도시를 건설한 것처럼 그의 치적을 떠들어대었다.

엄밀히 말해 페테르부르크는 권력과 민중이 함께 만든 도시였다. 그렇다면 페테르부르크는 모든 사람들이 행복하게 살 수 있는 도시로 만들어져야만 했었다. 하지만 페테르부르크는 힘 있는 몇 사람만을 위한 이기적인 도시가 되어버렸다. 그렇다면 그토록 죽을 고생을 하며 노동했던 민중은 어떤 삶을 살고 있었을까? 네크라소프의 짧은 시가 이를 잘 말해준다.

어제 6시경
세니 광장에 갔었지.
그곳에서 사람들이 젊은 농부의 아낙네를 채찍질했지.

그녀는 한마디의 고함도 내지르지 않았지.

채찍질을 하는 소리만 요란히 들려왔지.

나는 뮤즈(민중)에게 말했지. 보시오! 당신의 친누이를 말이오!

넵스키는 수많은 상트페테르부르크의 거리들 가운데 가장 우아하고 화려하며 세련되기로 유명한 곳이다. 지금도 그곳은 상트페테르부르크의 모든 문화, 사회, 경제 활동의 중심지 역할을 하고 있다. 에르미타주, 해군성, 돔 크니크, 카잔 사원, 구원의 피의 사원을 비롯해 러시아 박물관, 말르이 극장, 푸쉬킨 극장, 중앙 우체국, 필하르모니아 오케스트라, 중앙 도서실, 그리고 각종 영화관과 백화점, 은행, 사무실, 쇼핑몰들이 그곳에 몰려 있다. 특히 넵스키의 중간 지점인 '가스친느이 드보르' 지하철역 부근은 연일 인산인해를 이루고 있다. 언뜻 보면 넵스키의 화려한 외관처럼 모두 희망과 기쁨, 행복에 들뜬 활기찬 표정들이다.

이런 풍경은 암울했던 알렉산드르나 니콜라이 황제 때도 마찬가지였다. 무지와 빈곤, 착취와 학대를 당하는 민중들이 그곳에 엄연히 존재하는데, 넵스키 거리는 고유의 화려한 얼굴로 그늘진 도시의 구석을 은폐하는 이중성을 내보였다. 고골이 넵스키 거리를 도시의 꽃이라고 부르면서도 경멸했던 것은 바로 이런 이중성 때문이었다. 화려한 외투에 포장된 추악한 인간 군상들로 넘쳐나는 이 거리를 그는 사랑하면서도 역겨워했다. 《넵스키 거리》의 주인공 피스카료프와 피로고프를 매혹시킨 두 명의 아리따운 처녀들은 어디에 살고 있었나? 바로 넵스키 뒷골목의 매음과 착취의 소굴에 살고 있었던 것이다.

신과 인간의 비극 무대, 그리바예도프 수로와 센나야 광장

넵스키 거리를 따라 봉기의 광장 쪽을 가다가 우측으로 돌아가면 쿠즈네츠 대로가 나온다. 이곳이 세계적인 대문호 도스토예프스키의 추억이 서려 있는 장소이다. 지금도 쿠즈네츠 대로 5/2가에는 도스토예프스키의 기념 박물관이 위치하고 있다.

도스토예프스키는 1861년 쿠즈네츠 거리 1/61의 아파트에 거주하며 《죽음의 집의 기록》을 집필했고, 〈시대〉, 〈세기〉 등의 잡지 편집 작업을 수행했다. 그리고 몇 년 후 쿠즈네츠 거리 7동 아파트로 이주해 해외로 나가기까지 그곳에서 불후의 명작 《죄와 벌》을 집필했다.

원래 쿠즈네츠 거리는 페테르부르크에서 헐벗고 굶주린 사람들이 모여 사는 가난한 동네였다. 이런 빈민가는 당시 도시 곳곳에 흔히 있는 곳이었다. 때문에 도스토예프스키가 이 동네에서 살았다는 이유를 빼면 굳이 그가 이곳을 작품의 주요 무대로 선정할 이유가 없었다. 하지만 그리바예도프 수로를 따라 걷다보면, 왜 이 장소가 《죄와 벌》의 주요 무대가 되었는지 이유를 알 수 있다. 그것은 대가다운 놀라운 발상이었다.

우리가 상식적으로 아는 유럽 건물들은 대개 골목과 골목이 사방에 연결되어 통행이 가능하도록 되어 있다. 물론 그리바예도프 수로의 건물들도 예외는 아니다. 즉 건물과 건물이 연결된 사이사이에 골목이 들어차, 수로 쪽과 반대쪽에서 자유자재로 왕래가 가능하다.

그러나 센나야 광장에서 그리바예도프 수로를 따라 빼곡이 들어찬 건물들을 바라보면 골목은커녕 틈새도 볼 수 없고 오로지 장벽만 있을 뿐이다. 마치 페테르부르크에 사는 가난한 소시민들의 처절한 상황을 암시하는 듯이

삭막한 분위기를 연출한다. 마치 페테르부르크의 빈민들은 구원의 출구가 전혀 없고, 수로에 빠져 죽는 것이 고통에서 벗어날 유일한 방법임을 전하는 느낌이랄까.

도스토예프스키는 《죄와 벌》을 구상하며 거의 외출을 삼간 채 아파트 창문을 통해 센나야 광장과 메샨스키 가(街) 수로 주변의 모든 움직임들을 면밀히 관찰했다고 한다. 즉 언제 사람들이 많이 다니고 몇 시에 경찰들이 순찰을 다녔으며, 세인들이 귀가하는 시각은 대략 언제인가를 꼼꼼히 점검했다는 것이다. 작가는 라스콜리니코프와 소냐, 전당포 노파를 가까이 배치하고 연쇄 살인을 범한 주인공의 알리바이를 치밀히 계산했다. 그리고 헐벗고 굶주린 민중의 피를 빨아 부를 축적하는 전당포 노파를 벌레만도 못한 인간으로 규정하고 살인을 범한 라스콜리니코프를 만들어낸다.

벌레만도 못한 인간. 그는 분명히 사회에서 제거되어야 하는 존재이다. 그런데 사회는 살인을 금지한다. 그럼 어떻게 벌레를 제거할 수 있나? 라스콜리니코프는 세상에 기존의 법적 테두리를 벗어나지 못하는 '범인'과, 법을 초월해 자신이 새로운 법을 만들고 집행하는 '비범인'이 있다고 주장한다. 비범인은 아무나 되는 것이 아니라 인류를 위해 필요한 법을 세우고 스스로 일말의 거리낌이 없이 직접 법을 용감히 실행하는 자만이 될 수 있다는 조건을 단다. 나폴레옹을 보라. 그는 전쟁 중 수많은 양민들을 학살했다. 하지만 역사는 그를 살인자로 기록하지 않는다. 영웅으로 기록하고 있다. 왜 그럴까? 그는 법을 세워 스스로 집행할 수 있었던 비범인이기 때문이다. 때문에 그는 필요에 따라 살인도 불사할 수 있었다. 법은 벌레만도 못한 전당포 노파도 제거하지 못하게 금하는데, 노파가 살아 있는 한 수많은 양민이 고통을 받을 것은 뻔하다. 그럼 누군가 노파를 제거해야 한다. 그런데 누가 이 노파를 처단할 수 있는가?

라스콜리니코프는 자기가 스스로 비범인이 되어 전당포 노파를 처단하기로 결심한다. 그는 노파를 죽이는 것이 인간을 죽이는 것이 아니라 공공의 적을 제거하는 것이라고 생각한다. 그래서 그것은 범죄가 아니라고 주장한다. 그녀를 죽임으로써 그녀의 재물로 수많은 굶주린 자들을 구해낼 수 있으므로 오히려 인류에 대한 거룩한 봉사라고 생각한다.

하지만 그의 살인은 벌을 받아 마땅한 엄청난 죄가 분명했다. 벌레를 제거한다는 그의 말은 단지 명목에 불과했다. 그는 노파 살인을 통해 과연 자신이 나폴레옹처럼 영웅이 될 수 있는지 혹은 추악한 살인자로 전락하는지를 실험하려고 했다. 목숨을 담보로 개인의 철학에 관한 합당성을 규명해보려는 잔혹한 생체 실험이었다. 착하고 선량한 양민들을 위해 전당포 노파를 살해한다는 그의 말도 전혀 설득력이 없었다. 그는 아이처럼 천진난만한 노파의 백치 여동생이 살인 현장에 우연히 나타나자 완전 범죄를 위해 그녀를 도끼로 난도질했다. 그것은 파렴치한 살인마들이 저지르는 것과 별반 다를 게 없는 행동이었다. 라스콜리니코프는 전당포 노파를 죽인 자기 행위에 정당성을 불어넣으려고 했지만 살인에 대한 죄책감은 깊어만 간다. 그가 세상을 갉아먹는 벌레를 죽였노라고 강변하면 할수록 자신이 나폴레옹이 아닌 살인마에 불과하다는 생각에 치를 떨었다.

사도바야 거리의 센나야 광장은 과거 술집과 여인숙들이 밀집한 유명한 빈민굴이었다. 당시 거리 곳곳에는 부랑아들과 술주정뱅이들 그리고 창녀들이 득실대고 있었다. 지금도 그 곳은 온갖 필수품을 들고 나와 거리에서 홍정을 벌이는 노점상들로 인산인해를 이루고 있다. 술병을 들고 비틀대는 알코올 중독자들, 싸구려 빵과 담배를 비닐에 포장해 헐값에 판매하는 할머니들, 야바위꾼들, 자릿세를 뜯는 부랑아들을 흔히 목격할 수 있다. 그리고 밤마다 그들을 상대로 몸을 파는 여인들이 주위를 서성인다.

《죄와 벌》의 소냐가 이런 천박한 장소에서 몸을 팔았다니 아무리 픽션이라지만 그녀가 무척 가엽기만 하다. 나는 개인적으로 냉혈 인간 라스콜리니코프를 갱생의 길로 걷게 한 사람이 지식인이나 종교인들이 아니라 그들로부터 온갖 저주와 욕설을 들은 창녀 소냐라는 점이 마음에 든다. 비록 몸은 짓밟혔지만 영혼만은 순결했던 소냐. 그녀는 인간이 저지른 죄에 대한 참회란 법이 정한 일정한 형량만을 감당하는 것이 아니라 진정한 회개를 동반하는 것이라고 생각했다. 그래서 그녀는 라스콜리니코프에게 그가 더럽힌 땅과 모든 인류와 인류를 구한 신에게 용서를 빌고 경찰에 자수를 하라고 요구한다.

"사거리에 가서 모든 사람에게 절을 하고 대지에 입을 맞추세요. 당신은 대지에 대해서도 죄를 범한 거예요. 그리고나서 온 세계에 들리도록 말하세요. '내가 죽였습니다!'라고 말이에요."

라스콜리니코프는 그녀 말대로 행한다. 바로 그곳이 센나야 광장이다. 페테르부르크는 끝내 《죄와 벌》의 남녀에게 새 삶을 열어주지 못한다. 라스콜리니코프는 시베리아로 유형을 떠나고 페테르부르크의 굴욕적인 삶을 청산하고 따라온 소냐와 시베리아에서 새로운 삶을 개척하기로 결심한다. 결국 페테르부르크를 떠나야만 갱생의 길을 걸을 수가 있었던 것이다. 그럼에도 불구하고 도스토예프스키 자신은 페테르부르크를 떠나지 않았다. 그는 페테르부르크의 '알렉산드르 넵스키 수도원'에 고이 잠들어 있다.

폭풍우 속의 행복 – 레르몬토프의 페체르고프 해변가

상트페테르부르크에서 30km 정도 차를 타고 가면 여름 궁전이 나온다. '표트르드보레츠'라 불리는 러시아 황실의 별장인 이곳은 140개의 화려한 분수로 유명하다. 그래서 일명 '분수 별장'이라고도 부른다. 이곳도 핀란드 만과 연결되어 있어 도시로부터 유람선의 왕래가 가능하다. 피터 대제는 페테르부르크를 건설한 후 대국의 황제는 이런 별장이 얼마든지 있다는 점을 서방의 사신들에게 과시하려고 이곳을 만들었다는 후문이 있다. 하지만 내가 지금 하고 싶은 말은 이런 단편적인 궁궐의 역사가 아니다. 나는 페체르고프 마을의 해변가를 말하려고 한다. 나는 여름 궁전에 갈 때마다 그곳을 찾아 둘러보았고, 여의치 않을 경우 그곳을 한 번이라도 바라보려고 했다.

페체르고프는 황제 별장이 위치한 주변 마을과는 걸맞지 않게 아주 별볼일 없는 작은 동네이다. 마을 모양새나 그들이 사는 모습이 전혀 내세울 것이 없다. 길모퉁이에 화려한 성당이 있기는 하나, 불상(佛像)에 더덕더덕 황금 칠을 해놓은 듯한 인상을 풍겨 전혀 감흥이 일지 않는다. 단지 도시의 외곽답게 수려한 경관만은 일품이다. 건물은 엘리베이터가 없는 저층이 대부분이고, 다챠들이 곳곳에 밀집된 전형적인 시골 마을이다.

페체르고프는 여름 궁전처럼 핀란드 만을 끼고 있다. 때문에 마을에서 나와 중앙 대로를 건너면 바로 해변이 나온다. 러시아와 핀란드를 가로지르는 해변은 댐 공사로 수질이 오염되었지만, 백사장이 넓게 펼쳐져 있어 해수욕과 일광욕을 하기에 안성맞춤이다. 바로 이곳이 시인 레르몬토프가 17세의 나이에 '돛단배' 라는 명시를 썼던 장소이다.

레르몬토프는 27세에 요절한 러시아의 천재 시인이다. 내가 군대를 다녀와 복학해 대학을 마칠 나이에 그는 세상을 떠난 것이다. 하지만 그의 작품은 늘 러시아 문학의 정점에 서 있다. 러시아 문학에서 레르몬토프를 제외하면 너무나 초라하고 궁색하다. 그는 천재였기에 둔재들이 모여 사는 세상을 살기에 그의 운명은 결코 순탄하지 못했다.

레르몬토프는 1832년 17세의 나이에 모스크바에서 페테르부르크로 이주했다. 모스크바 대학의 시험관들과 심한 언쟁을 벌인 후 페테르부르크 대학으로 전학을 결심한 것이다. 하지만 페테르부르크 대학은 그런 '괘씸하고 방자한' 학생의 전학을 허락하지 않았다. 풍운의 꿈을 안고 페테르부르크에서 자기의 문학적인 재능과 열정을 몽땅 쏟아부으려고 했던 레르몬토프의 소망은 현실의 벽에 철저히 짓밟히고 말았다.

이 사건은 젊은 레르몬토프에게 큰 상처를 안겨주었다. 그는 응어리진 마음을 다스릴 길이 없어 하염없이 눈물을 흘리며 페체르고프 해변가를 걸었다. 바로 그때 핀란드 만 한가운데 범선 한 척이 떠다니는 모습이 그의 눈에 들어왔다. 외롭고 쓸쓸한 범선이 어쩌면 사회에서 버림받은 자기의 처지와 비슷하다고 여긴 레르몬토프는 심히 놀라워하며 자연과 교감한다. 폭풍우에 돛대가 으스러지고 비바람에 몸이 휘청대도 의연히 망망대해에 떠 있는 한 척의 범선. 범선은 정신 분열을 앓던 시인의 마음에 열정의 불을 당긴다. '나는 혼자고 외롭다. 하지만 이것이 운명이라면 찢기고 부서져도 의연히 맞서 싸우리라. 바로 그 속에 삶의 의미와 기쁨을 발견하리라.'

레르몬토프는 당시 주색잡기로 일관하는 젊은이들의 허무한 삶과 그 속에서 탄생하는 시대의 영웅이 얼마나 일그러져 있는지를 통탄하는, 체제 비판적인 글을 쓰다 카프카즈의 징병 부대로 끌려가게 되고 그곳에서 사소한 논쟁에 휘말려 결투로 사망한다.

레르몬토프의 '돛단배'는 고독과 향수병에 시달리던 나에게 언제나 새로운 용기와 도전 정신을 불어넣어준 작품이다. 과연 내가 무엇을 고향에 버렸고 무엇을 위해 먼 이국 땅에서 방랑하는지 문제 의식을 일깨워준 작품이다. 하지만 일부러 페체르고프를 갈 필요는 없다고 당부하고 싶다. 실망할 것이 뻔하기 때문이다. 단지 여름 궁전을 관광한 후, 오는 길에 잠깐 해변을 들러 그의 시를 읊어보는 것은 좋을 듯하다.

푸른 바다 안개 속에 외로운 돛단배가 희끗거린다.
무엇을 먼 나라에서 찾고 있는 걸까? 무엇을 고향 땅에 버렸나?

파도가 일렁이고 세찬 바람이 불어온다. 돛대는 삐걱거리며 사방으로 휘어진다.
아, 그는 행복을 찾지 않는다. 그는 행복을 벗어나려 한다.

돛 아래 감청색 파도 물결. 돛 위에 황금빛 태양 광선.
그는 목마르게 폭풍우를 원한다. 폭풍우에 평온함이 있는 것처럼.

러시아 가정으로의 초대

러시아에서 한국인들이 가장 가보고 싶어하는 곳이 가정집이다. 고급 호텔, 레스토랑, 백화점 같은 장소는 여행 중에 수시로 접하게 되지만 정작 그들의 서민들이 사는 모습은 거의 볼 수 없기 때문이다. 박물관과 궁전 같은 장소에서는 과거 러시아의 황실과 상류층들이 얼마나 화려한 부귀영화를 누렸는가를 짐작할 수 있는 것이 전부이다.

러시아를 경유하여 북유럽을 여행하는 사람들은 러시아에 체류하는 기간이 너무 짧아 가정집을 방문할 기회는 거의 없다고 봐야 한다. 하지만 비즈니스차 러시아를 방문한 사람들이나 단기 언어 연수생들은 약간의 노력을 기울이면 충분히 그들의 사는 모습을 체험할 수 있다. 낯선 사람의 호의를 받아 그의 집을 무작정 쫓아가는 것은 무모하다. 물론 신변의 위험 때문이다. 하지만 일정 기간 러시아에 거주하면서 안면을 익힌 사람이 있다면 그에게 사는 모습을 보여달라고 솔직히 부탁하면 된다. 십중팔구 기꺼이 부탁을 들어준다.

러시아인들은 사람 사귀기를 좋아한다. 특히 외국인들에 대한 호기심이 많다. 물론 사심을 가지고 억지 친절을 베푸는 사람도 없지는 않지만 그들은 대부분 마음에 드는 사람을 집에 초대해 성심 성의껏 대접하는 행위를 즐기는 편이다.

가식은 금물

러시아의 가정을 방문할 때 중요한 것이 있다. 그것은 가식을 보여서는 절대로 안 된다는 것이다. 물론 진정 러시아 가정을 체험해보고 싶은 사람의 경우이다. 또 '왜 이 사람이 내 초대의 부탁을 들어주었을까? 혹시 나를 '봉'으로 생각하고 달라붙는 것은 아닐까' 라는 생각도 금물이다. 러시아인들은 감성적이고 직관적이다. 친구를 위해서는 냉장고의 구석까지 뒤져 모든 것을 내놓으려고 하지만 그렇지 않은 경우에는 국물도 없다. 괜한 선입견으로 그들에게 불쾌감을 조성할 필요는 없다. 그들도 공과 사는 분명하게 구분할 줄 아는 사람들이다.

마음의 선물이 최고

무엇보다도 초대를 받은 사람은 선물을 준비하는 것이 중요하다. 러시아에서 빈손으로 남의 가정집을 방문하는 것은 에티켓에 어긋난다. 선물은 미리 준비하되 정성이 중요하다. 무슨 선물을 준비해야 될지는 고민할 필요가 없다. 형편에 닿는 대로 선물하면 된다. 한국산 부채, 달력, 탈, 도자기, 인삼차 같은 토산품이 있다면 그것으로 충분하다. 만일 토산품들을 미처 준비하지 못했다면 장미꽃이나 초콜릿 세트 혹은 과일 꾸러미 같은 것도 좋다. 샴페인을 첨가하면 금상첨화다.

선물을 준비할 때 민감한 문제가 있다. 러시아인들은 '있으면서 없는 척'하는 외국인들을 그다지 좋아하지 않는다. 몇몇 러시아 친구들이 말하기를 이런 행동은 주로 한국, 일본, 대만 같은 동양인들이 많이 하는데, 러시아인들보다 형편이 나은 사람들이 일부러 돈이 없는 척하며 쫀쫀하게 행동하는 것에 상당히 불쾌해한다고 한다. 평범한 선물을 몇 개씩 살 수 있는 값을 치르고 택시를 타고 온 사람들이 고작 길거리에서 묵은 과일이나 설탕 맛이 나는 싸구려 초콜릿이나 사온다는 것이다. 괜히 비싼 선물을 하고나서 돈을 꿔줄 빌미를 제공할까봐 얄팍한 속셈을 부리는 것이 서운하다는 것이다. 물론 각자의 사정이 있어서 그랬겠지만 그들의 불만도 이해할 수 있을 것 같다. 평범한 가정에 외국인이 방문하는 것은 예사로운 일이 아니고 다른 문화에 사는 사람이 펼쳐줄 선물에 대한 그들의 기대도 어느 정도 있는 것이다. 때문에 초대를 해주고 음식을 만드는 그들의 노력에 감사하는 뜻으로라도 그들이 좋아하는 선물을 준비하는 것이 좋다. 분명한 것은 그것들은 그리 비싼 물건들이 아니라는 것이다.

옷차림은 단정히

러시아의 가정을 방문할 때는 복장에 약간 신경을 써야 한다. 특히 우리나라 사람들이 그들의 예의 범절에 어긋나는 옷차림을 하는 경우들이 많이 있다. 예를 들어 한국에서는 청바지에 스웨터 차림을 즐겨 입고 다니지만 러시아에서는 청바지와 스웨터를 입는 것은 문제되지 않는데 스웨터 안에 반드시 남방을 받쳐 입어야 한다. 즉 스웨터 목 언저리에 남방 칼라가 정갈하게 나타나야 한다. 남방을 입지 않으면 그들은 '양아치' 같은 건방진 옷차림이라고 생각한다. 또한 한국인들은 날씨가 추우면 마스크를 하는데 러시아에서는 이것이 금기시되는 차림새이다. 왜냐하면 그들은 마스크를 하면 호흡기를 통해 전염되는 병을 앓는 폐렴 혹은 독감 환자라고 생각하기 때문이다. 그리고 우리는 집에서 보들보들한 면 체육복을 즐겨 입고 있다. 체육복

차림은 러시아에서도 일반화된 옷차림새이지만 면 체육복은 잠옷 같은 실내
복 혹은 체육 활동용 옷이지 외출복이 아니다. 이것을 모르는 한국인들은 태
연히 이런 '실내복'을 입고 러시아의 가정집을 방문한다. 러시아에서는 복
장의 규제나 요구가 심각하지는 않지만 일단 초대를 받아 남의 집을 갈 경우
에는 정장 차림이나 산만하지 않은 절제된 옷차림을 하고 가는 것이 에티켓
이다.

말은 부드럽게, 행동은 경쾌하게

러시아인들은 손님들과 음식을 나누어 먹는 것도 중요하지만 만나서 대
화를 하는 것에 더욱 비중을 두고 있다. 때문에 초대를 받은 시각의 정시에
초인종을 누를 필요는 없다. 약 10~15분 정도 일찍 도착하는 것이 무난하다.
주인이 문을 열고 들어올 것을 허락하면 세상에서 가장 명랑한 목소리로 인
사를 나누는 것이 좋다. "안녕하세요? 어떻게 지내셨어요? 초대해주셔서 감
사합니다."

그리고 반드시 사전에 할 일이 있다. 만일 여름이면 상관없지만 다른 계
절에 초대를 받았다면 필히 외투와 모자를 문 옆에 달려 있는 옷걸이에 손수
걸어놓아야 한다. 러시아인들은 추운 날씨 탓에 외투를 입고 다니는 것이 습
관화되어 있다. 그렇다보니 그들의 옷걸이 문화는 일반화되어 있다. 모든 실
내 공간의 내부로는 외투를 입고 들어갈 수 없다. 가정집뿐 아니라 레스토
랑, 박물관, 오페라 혹은 발레관도 마찬가지이다. 러시아의 모든 공공 장소
는 외투 차림의 입장을 아예 허락해주지도 않는다.

일단 집안으로 들어가면 사람들과 일일이 인사를 나누는 것이 좋다. 우리

나라 사람들은 그들에 비해 사교적이지 못한데다 언어의 문제로 인해 침묵하는 경우가 많은데 그럴 경우에 명랑한 분위기가 망가지기 쉽다. 러시아의 가정에 초대를 받은 사람은 손님이기도 하나 가장 관심을 많이 받는 주인공이기도 하다. 무엇을 말할 것인지 몰라 고민이 될 경우 부인과 아이들의 신상을 묻고 자신이 준비해간 선물 보따리를 풀면 분위기는 몰라보게 달라진다. 그때 주인에게 집 구경을 시켜달라고 청하기도 하고 주인이 관심을 갖는 것들에 대한 설명을 들으며 이것저것 물으면 좋다. 러시아인들은 외국인들이 말을 할 때 조용히 들어줄 줄 안다. 그리고 손님이 질문하면 성심 성의를 다해 소상하게 대답해준다.

데미얀의 수프

러시아의 우화 작가 크릴로프의 《데미얀의 수프》를 보면 데미얀의 초대를 받은 친구가 너무나 많은 음식을 먹은 나머지 다음부터 그의 집에 가지 않기로 결심했다는 이야기가 나온다. 차려놓은 음식을 강권하는 데미얀과, 이를 거절하다 죽기 살기로 먹어대야 했던 친구의 이야기가 압권인 이 우화는 러시아인들의 넉넉한 인심을 잘 묘사하고 있다. 크릴로프의 우화처럼 러시아 가정에 초대받는 날에는 죽기 살기로 먹어대어야만 한다. 러시아인들은 흔히 우리가 말하는 대로 상당히 '손'이 크다. 그들은 준비할 수 있는 모든 음식들을 하나도 빼놓지 않고 준비하여 상다리가 부러지게 차려놓아야 직성이 풀린다. 손님들은 그런 음식들을 모두 맛있게 먹는 것이 예의이자 의무이다.

러시아의 만찬에는 세 가지의 기본 코스가 있는데, 1코스는 수프를 먹고,

2코스는 쇠고기, 닭고기, 돼지고기, 양고기에 감자, 콩, 밥을 곁들인 정찬을 먹으며, 3코스는 커피, 홍차, 아이스크림 등을 먹는다. 하지만 가정에서 준비하는 만찬에는 코스에 어울리는 갖가지 음식들이 올라온다. 일단 수프를 먹기 전에 경찬 코스가 있는데 다양한 종류의 샐러드 요리들이 올라온다. 오이와 양파를 마요네즈에 버무려 '우크로프'라는 회향풀을 올려놓은 샐러드나 절인 양배추, 비트(단맛이 나는 무)를 삶아 채를 썰어놓은 보르시(수프의 일종)등 다양한 음식들이 나온다. 간혹 베이컨이나 햄 같은 육가공 음식들이 나오기도 한다.

러시아인들이 가장 좋아하는 수프는 '시치'와 '보르시'이다. '시치'는 쇠고기 육수에 당근, 양파, 절인 양배추 등을 넣어 끓인 수프이다. '보르시'는 우리 나라의 육개장 같은 토속 음식으로 쇠고기를 삶아 육수를 만들고, 비트, 당근, 양파, 절인 양배추를 기름에 볶은 다음 육수와 함께 끓여 만든 것이다. 나는 러시아에서 입맛을 잃으면 보르시를 즐겨 먹곤 했다. 처음에는 보르시에 첨가해서 먹는 '스메타나'(농축 발효유)의 역겨운 맛 때문에 고생했지만 혀라는 놈이 무엇인지 그것에 맛들이니 나중엔 스메타나 없이 보르시를 먹는 것이 오히려 밍밍할 정도였다.

물론 보르시 외에도 러시아에는 다른 수프들이 많이 있는데, 생선 수프를 제외하고는 대부분 고기 국물이 들어가는 것이 기본이다. 육수에 무엇을 첨가하느냐에 따라 수프를 부르는 이름이 다르다. 즉 자작나무 버섯을 수프에 넣으면 버섯 수프, 닭을 넣으면 닭 수프, 무를 넣으면 무 수프라고 생각하면 된다.

2코스는 만찬에 가장 중요한 요리가 나오는 순서이기 때문에 상이 더욱 푸짐하다. 러시아인들은 우리와 달리 기름기 있는 음식을 즐겨 먹기 때문에 2코스의 메뉴는 고기류가 주종을 이룬다. 주로 비프스테이크류가 많이 나온다. 경우에 따라서는 통닭을 튀기거나 수프를 끓이고 남은 삶은 닭이나 양고기를 부위별로 떼어내 내와 소금에 찍어 먹기도 한다.

여기에 우리 나라의 김치 볶음이나 김치 찌개처럼 양배추에 돼지고기를 넣고 볶아 만든 '살랸카', 고기를 곱게 갈아 양파, 양배추 등 야채를 넣고 버무려서 만든 동그랑땡, 일명 '고틀렛', 양배추 잎을 삶은 다음 쌀, 고기 간 것, 양파, 피망 등의 재료를 양배추 잎에 싸서 다시 오랫동안 찜통에 쪄서 만든 '골룹츠이' 등 다양한 음식들이 올라온다. 뿐만 아니라 어떤 집에서는 양배추, 감자, 버섯 등 야채를 다져 오븐에 구운 '삐로시키'라는 빵과, 우유와 밀가루를 프라이팬에 얇게 부쳐 스메타나나 케비어를 발라 먹는 '블리느이'라는 팬케이크를 내놓는다.

만찬 장소가 야외일 경우 빼놓을 수 없는 음식에 '샤실릭'이라는 것이 있다. 샤실릭은 원래 이슬람을 신봉하는 중앙 아시아인들이 양고기를 부위별로 잘라 적포도주에 후추, 소금을 넣고 하루 정도 담가놓았다가 쇠꼬챙이에 끼워 숯불에 구워 먹는 이른바 꼬치 구이이다. 그러나 러시아에 전래된 후에는 양고기보다 오히려 돼지고기를 이용하는 경우가 많고, 닭고기나 철갑상어로 만드는 경우도 종종 있다.

1코스와 2코스를 거쳐 음식을 먹는 동안에 절대로 빠져서는 안 되는 것이 있다. 바로 빵이다. 러시아에는 크게 흰 빵과 검은 빵이 있는데 검은 빵이 전형적인 러시아 빵이라고 할 수 있다. 빵은 러시아인들에게 있어 주식일 뿐 아니라 약방의 감초이며, 우리 나라의 김치와 같은 의미를 지니고 있다. 러

시아인들은 음식을 먹을 때 포크를 오른손에 들고 빵을 왼손에 들고 먹는
다.(물론 고기를 썰 경우에는 예외지만.) 수프를 먹을 때도 오른손으로 국물
을 한 숟가락 떠 넣고 왼손의 빵을 한 입 깨물어 우물대고 먹어야만 직성이
풀린다고 한다. 러시아인들은 싱거운 맛보다는 뭔가 자극적이고 톡 쏘는 맛
을 좋아한다. 그래서 음식에 지나치게 소금을 뿌리는 경우가 있는데, 그럴
경우에 그들은 빵을 함께 먹어가며 짠맛을 즐긴다. 그들은 고기를 먹을 때도
빵을 먹고 접시에 소스가 남아 있을 경우 빵으로 건더기를 몰아가며 깨끗하
게 그것을 발라 먹는다. 러시아의 검은 빵은 호밀을 한동안 발효시켜 만들기
때문에 우리 나라의 막걸리처럼 독특한 냄새가 난다. 러시아인들은 보드카
를 마실 때도 빵의 그 효소 발효 냄새를 힘껏 들이켜고 스트레이트로 보드카
한 잔을 마신 다음 고개를 절레절레 흔들며 다시 검은 빵의 냄새를 맡기 좋아
한다.

이렇게 해서 1코스와 2코스를 끝내면 러시아인들은 3코스 후식의 시간을
갖게 되는데 각자의 기호에 맞추어 주로 홍차나 커피를 들고 아이스크림을
먹는다. 이때 과일이나 케이크, 다과도 곁들여 나오는데 후식이라고 해서 차
만 마시고 앉아 있으면 결례를 범하게 된다. 적어도 주인이 정성껏 만든 케
이크 한 조각 정도는 후딱 해치워야 예의다. 이 시간은 차만 마시는 것이 아
니라 보드카나 코냑과 같은 술을 마시는 시간이기도 하다. 즉 대화와 여흥의
시간이다. 이때 손님은 관습에 따라 주인의 초대에 감사하는 건배를 제의하
는 것이 예의이다. 그래야만 주인도 그 동안의 자신의 노고에 만족을 하며
초대에 응해준 손님들에게 화답의 건배를 제의하게 되고 분위기는 절정으로
무르익어 간다. 여기에는 외국인도 예외가 될 수 없기 때문에 러시아에서 만

찬에 초대되어 갈 때는 짧으나마 건배의 문구를 미리 준비해 가는 것이 좋다. 아마 초대받은 좌석에 어울리는 러시아의 명시를 미리 외워 그 자리에서 낭송하면 모든 이의 칭송과 환호성을 한몸에 받을 수 있다.

잔치는 끝날 줄 모르고 계속된다. 분위기가 고조되면 건배를 제의하고 노래를 부르고 시를 암송하겠다는 사람들이 줄을 잇는다. 피아노 반주에 맞춰 합창도 하고 음악을 틀고 춤도 춘다. 구석에 틀어박혀 술이 술을 먹도록 취하는 사람도 있고, 삼삼오오 앉아 끊일 줄 모르는 이야기를 나누는 사람들도 있다. 어떤 무리는 막간을 이용해 산책을 하고 몇몇은 귀가를 서두르기도 한다. 잔치 도중에 빠져나오는 것은 예의가 아니지만 정 시간이 없을 경우에는 주인만 살짝 불러내어 사정을 설명하면 된다. 괜히 분위기를 깰까봐 좌불안석이 되어 앉아 있을 필요는 없다. 그럴 경우 밤을 새는 것을 각오해야 한다.

아쉬움을 뒤로 하고

만찬이 끝나고 집에 돌아갈 때는 주인에게 반드시 감사의 말을 전하고 부인에게는 음식 맛이 기가 막혔다는 칭찬을 적극적으로 해주는 것이 좋다. 그리고 배웅하는 사람들과 일일이 인사를 나누며 다음 만남을 기약한다. 러시아의 만찬은 이처럼 명랑하고 화기애애하다. 주인이 어떤 성격이고 어떤 손님들이 오느냐에 따라 분위기는 제각각이지만 러시아 만찬은 이방인에게 언제나 새로운 추억을 가져다준다. 한번 러시아의 가정으로 초대를 받아보라. 다양한 대화와 아름다운 건배의 말, 그리고 노래와 춤과 술로 인해 벌어지는 해프닝들이 모두 좋은 추억으로 오랫동안 간직되어질 것이다.

  ## 성공적인 러시아 어학 연수를 위해

하숙을 하라

언어 연수를 위해 러시아에 가는 학생들은 어떻게든 빨리 러시아어를 잘 습득해보려고 노심초사한다. 나는 그런 학생들에게 언어엔 왕도가 없으니 너무 조급히 생각하지 말고 시간과 노력을 배가하라는 충고를 하며, 동시에 반드시 하숙을 하라고 권유하곤 했다. 하숙은 연수생들이 러시아의 일상 생활에 흔히 쓰이는 회화를 익히는 데 도움이 될 뿐 아니라 현지 가정 문화, 정서, 미풍양속, 만남의 장을 제공해주기도 한다.

나도 초기에 오직 러시아어에만 전념해야 할 때가 있었는데, 하숙집 주인을 회화의 파트너로 삼아 상당히 효과를 보곤 했다. 학교에서 '사진'에 관한 회화를 훈련하면 나는 주요 어휘를 몽땅 암기하고 사진기를 가지고 나와 주인에게 사진을 찍어주며 어휘를 실습했고, 선생님이 고향이나 친구 같은 주제를 예습하라고 하면 식구들과 식탁에 모여 앉아 차를 마시며 의도적으로 그에 관한 대화를 유도해 그들이 주로 쓰는 어휘를 귀담아 듣고 수업에 활용했다. 문법 문제는 주인에게 노골적으로 물어볼 수 있어 언어 습득에 많은 도움을 받을 수 있었다.

또한 러시아 식구들과 인간적인 관계를 맺게 되니 현지 생활에 적응하는 데에 그다지 문제가 되지 않았다. 특히 치안 문제는 염려할 필요가 없었고 그들의 명절이나 가족 행사에 참여하여 생활 자체를 완전히 러시아적으로 할 수 있었다. 물론 하숙비로 인해 주인과 불편한 관계를 맺기도 하지만 그들과 어느 정도 타협과 합의를 하며 생활하는 자체도 연수에 매우 중요한 과정이라고 생각한다. 왜냐하면 러시아인들을 배척한 러시아어 습득은 어불성설이기 때문이다.

자만은 금물

연수생들이 러시아로 갈 땐 각오가 대단하다. 나는 "목숨을 걸고 러시아에 온 목적을 반드시 실현하겠다"고 하는 학생들도 보았었다. 그런데 안타깝게도 그런 학생들이 초심을 잃는 경우들이 많다. 한국에서는 제대로 듣지도 말하지도 쓰지도 못하던 학생들이 러시아에 온 지 얼마 되지 않아 귀가 트이고 입이 열리니 얼마나 자랑스럽겠나 싶긴 하지만 러시아어는 그리 만만한 언어가 아니다. 적어도 연수 기간만큼은 최대한 겸손하고 항상 배우려는 자세를 유지해야 한다. 침묵으로 일관하라는 말이 아니다. 당연히 언어를 배우려면 적극적인 용기가 필요하다. 하지만 '자기가 언어에 능통하다' 혹은 '남들보다 월등하다' 는 자아 도취는 연수를 망치는 독약이다. 그런 학생들은 거금을 들이고 연수를 간 것에 비해 '이거 얼마에요?', '오 비싸요' 정도의 초라한 결과만 가지고 귀국할 것이라고 나는 단언한다.

자기 관리는 철저히

연수생들은 보통 6개월 혹은 1년 과정으로 러시아에 가는데 오래간만에 자유 분방한 생활을 하게 되니 절제가 없다. 친구들과 밤을 새워 술을 마시면 다음날은 없다. 숙제는 물론 결석도 밥 먹듯이 한다. 학교에 간다 해도 수업이 집중되지 않고 숙취와 수면 부족에다 밥도 제대로 먹지 않아 건강을 상하기가 일쑤다.

러시아에 살고 있는 한국 학생 중에는 이미 현지에서 2년 이상을 살았는데도 간단한 생활 회화도 구사하지 못하는 사람들이 더러 있다. 이 경우 형식적인 어학 과정을 끝내고 전공 과정에 입학한 후 도저히 적응을 하지 못하고 학업을 포기하는 사태가 종종 일어나고 있다. 즉 강의조차 이해를 하지 못하는 것이다. 이런 학생들은 이른바 '만돌이' 혹은 '만순이' (한 달에 1만 달러를 쓴다는 의미로 한국 학생들 사이에 쓰이는 속어)로 빠지기 쉽다. 학업을 핑계로 부모로부터 돈을 송금받아 매일 카지노나 술집에서 거금을 날리고 다시 돈을 빌려 그것을 반복한다. 결국 그들은 빌린 돈을 갚기도 막막할 뿐 아니라 이미 소문이 난 상태라 도움을 주는 사람도 없어 학업을 포기하고 귀국을 하게 된다. 러시아어를 배우려고 현지를 찾았다면 절제를 해야 한다. 외로운 타향살이에 지쳐 술이라도 마셔야 된다면 주말에 하라. 러시아의 주말은 길다.

슬럼프를 지혜롭게 극복하자

만일 1년을 기약하고 러시아에 연수를 간다면 세 번의 슬럼프를 맞이할 것이다. 첫 번째 슬럼프는 러시아에 도착한 지 얼마 되지 않아 생겨난다. 러시아에 도착한 연수생들은 초기에 그들의 낯선 이질 문화가 모두 신기하고 재미있어 관광객들처럼 현지의 생활을 만끽한다. 하지만 얼마 후 자신이 현지에 거주할 연수생 신분임을 깨닫고 무척 암담해하곤 하는데, 이럴 때 초심을 잃지 말고 마음을 굳게 다질 필요가 있다.

두 번째 슬럼프는 언어에 대한 욕심 때문에 생긴다. 즉 본인은 나름대로 이질 문화를 극복하며 열심히 공부했다고 자부하는데 언어가 생각만큼 늘지 않는 것이다. 특히 '하라쇼'(잘했어요), '말라젯'(멋있군요), '쁘라빌리노'(맞았어요)를 연발하던 선생님들이 수업의 수준을 높이며 대화 도중에 틀린 문법과 어휘를 수시로 교정해주고 가끔 핀잔과 야단도 치기 때문에 자신감을 잃고 과거에 능히 할 수 있었던 회화도 실수를 저지를까 무서워 주눅이 들어 함부로 말을 하지 못하게 된다. 이때가 연수의 최대 위기이다. 연수의 본래 목적과 달리 매너리즘에 빠지고 친구들과 어울려 겉도는 생활을 하며 연수 자체를 후회하고 6개월 만에 집에 가야겠다고 생각할 때가 바로 이때이다. 그럴 경우 잠시 공부를 중단하라고 충고하고 싶다. 영화, 발레, 박물관 등지를 관람하고 가까운 장소로 여행을 해볼 것을 권고한다. 학교를 떠나 이곳 저곳을 다니다 보면 자연이 현지인들을 접할 것이고 낯선 동양인이 러시아어를 구사하는 것에 놀란 현지인들을 보고 그 동안 자신이 닦은 실력이 절대로 형편없는 것이 아님을 깨닫게 될 것이다.

2단계의 슬럼프를 넘기면 이제 고급 회화에 눈을 뜨게 된다. 즉 구체적인 주제를 가지고 토론하는 것인데 아무리 설명해도 상대방이 이해를 하지 못하면 그것처럼 스트레스를 받는 것이 없다. 이를 위해 끊임없이 텔레비전을 보고 신문이나 잡지 그리고 일반 문학 서적을 탐독하기를 권장한다. 나는 학교 수업을 충실히 병행하며 습관적으로 텔레비전을 보았는데 어느 순간 무의식적으로 내용이 파악되는 것이었다. 그래서 각종 토론 방송을 계속 시청하며 그들이 사용하는 구문을 실제 흉내내다보니까 부족하지만 그들과 격에 맞는 회화를 할 수 있었다. 또한 신문을 볼 때도 지루하게 전체의 문장을 사전을 가지고 보는 것이 아니라 사전 없이 능히 소화할 내용을 선택해 읽고 헤드라인 구문을 암기하게 되니 그들과 시사적인 대화를 능히 나눌 수 있게 되었다. 그러나 내 소견으로는 이런 문제로 슬럼프에 빠지는 학생은 일단 80%는 성공적인 연수를 했다고 보아도 될 것 같다. 왜냐하면 고급 회화는 지금부터 자기가 하기 나름이기 때문이다.

러시아 생활을 즐겨라

러시아는 한국 문화와 다르다. 먹는 것도 그렇고 입는 것도 그러며 사는 것도 그러하다. 로마에 가면 로마 법을 따르라고 했다. 일례로 러시아인들은 고양이를 집에서 기르는데 약간 관리를 소홀히 하면 냄새가 집안에 진동한다. 또한 커다란 도베르만과 한 침대에서 잠을 자는 사람도 있다. 바로 그런 낯선 이질 문화를 호기심으로 바라봐야지 '끔찍하다', '더럽다' 고 생각하면 러시아 생활은 엉망으로 변한다.

참고로 연수 목적이 순전히 러시아어 습득이라면 굳이 명문대에서 공부할 필요가 없다. 물론 명문대의 교수진과 커리큘럼이 다른 대학보다 체계적으로 잘 짜여진 것은 사실이지만 반면에 수업료는 타 대학의 세 배 가량(한 달에 350달러)이다. 비록 명문은 아니지만 훌륭한 교수진과, 좋은 프로그램을 준비하고 외국 학생들을 기다리는 학교가 주변에 얼마든지 있다. 나의 견해로는 유사한 커리큘럼에 세 배나 비싼 수업료를 지불할 바에야 저렴한 가격의 수업료를 지불하고 그 여분으로 과외를 받거나 여행을 하는 것이 더욱 현명하다고 생각한다.

러시아의 어학 교육 시스템은 다른 서구 국가들과 비교했을 때 결코 손색이 없을 정도로 잘 갖추어져 있다. 이는 과거에 소련이 아프리카, 남미 지역의 사회주의 및 비동맹 국가들을 대상으로 사회주의의 이론 보급을 위해 외국인들을 위한 전문적인 러시아 교수법을 체계적으로 연구해왔기 때문이다. 그 결과 이미 수백 종 이상의 러시아어 교과서가 나와 있으며 교사들도 열성적으로 수업에 임하고 있다. 따라서 초보자라도 과정만 충실히 따라가면 약 6개월 후에는 웬만한 일상 대화에 지장이 없을 것이다. 실패하지 않는 러시아 어학 연수가 되기를 바란다.

1990년, 러시아 유학 1세대가 처음 그곳에 발을 내딛었던 그때로부터 고작 13년밖에 되지 않았다. 10년이면 강산도 변한다는 말이 있듯이 꿈 하나만 부둥켜안고 낯선 이국 땅을 찾았던 당시의 유학생들이 이제 속속들이 귀국해 국내 각계각층에서 꿈을 실현하고 있다. 비록 몇 년 전에 '모라토리엄'을 선언할 정도로 경제가 위축되었지만 푸틴 정부가 들어서며 러시아의 경제 상황이 날로 좋아지고 있다. 하지만 그들의 경제 성장이 우리의 기대치만큼 급진적으로 발전하는 것은 아니기 때문에 유학을 주저하는 학생들도 많이 있다.

러시아 대학은 현지 학생들에 비해 외국 유학생들의 입학을 쉽게 허용하는 편이다. 그 이유는 무상으로 운영되는 그들의 학제에 외국인들이 비싼 수업료를 내주기 때문이다. 간혹 이를 이용하여 준비를 소홀히 하고 대충 학교에 입학하려는 학생들도 있는데 그것은 상당히 어리석은 짓이다. 앞에서도 설명했지만 러시아는 쉬콜라가 전인 교육 과정이고 대학은 전문 인력 양성 과정이다. 때문에 수업을 따라가려면 부단한 자기 노력이 필요하다. 대충주의자들은 편법을 동원해 상급반에 진학할 수는 있어도 자기 스스로 버티지 못하고 중도에 포기해야 한다.

러시아로 유학을 하려면 반드시 현지의 어학 코스를 밟아야 한다. 어학 코스는 대부분 각 학부 준비 과정을 경유하거나 학교 부설의 어학 센터를 경유하는데, 기간은 실력에 따라 1~2년 정도 소요된다. 준비 과정에서는 러시아 회화는 물론 자기가 전공할 과목에 관한 다양한 기초 지식과 전문 용어들을 습득하게 된다. 그것은 본 강의 내용을 적절히 소화하도록 만드는 절차인데 이 과정에서 학교가 요구하는 실력을 쌓지 못하면 학부의 입학이 취소될 수 있다.

준비 과정의 학점을 문제 없이 이수하면 외국인 담당 학장과의 면담을 통해 자기 전공을 선택하고 학비를 계약하는데, 수업료는 학교의 지명도에 따라 약 2,000~5,000달러 정도이다. 수업료를 지불하고 입학이 허가되면 학부를 배정받고 본격적인 수업을 받게 된다.

러시아 대학은 보통 5년제이다. 국내에서 해당 학과를 졸업한 학생은 현지 대학의 4학년에 편입되어 5학년까지 약 2년 간을 수학하게 된다. 하지만 국내에서 대학을 졸업하지 못했거나 자기 전공과 전혀 무관한 학부를 선택할 경우 1학년부터 다시 시작해야 한다.

러시아 대학은 우리 나라처럼 대학원 과정이 따로 없고 4, 5학년을 이수한 외국 학생들에게 대학원 학력을 인정해주고 있다. 이 과정을 '마기스투라투라'라고 부르는데, 2년 동안 전공과 관련된 일반 과목들을 공부하며 논문을 병행해야 한다. 준비 과정을 착실히 이수한 학생들에게는 자연히 훌륭한 전공 교수가 소개된다. 때문에 유학생들은 매과정마다 전심 전력을 기울여야 한다.

졸업생은 5학년 말에 일반 과목들에 관한 국가 고시를 치르고 심사 위원들 앞에 논문을 발표해야 한다. 논문 심사 위원은 해당 학부 교수가 대부분이나 공정을 기하기 위해 타학부의 교수들과 다른 대학 교수들이 심사에 실질적인 참여를 하고 있다.

러시아의 박사 과정은 '아스피란투라'라고 부른다. 그 과정의 학생들은 이미 학생 개념이 아닌 젊은 연구자로서 대접을 받는다. 아스피란투라 생들은 학부생들을 대상으로 강의를 배정받고 학부생들의 졸업 논문을 지도하며 세미나를 통해 자기와 동료들의 연구물을 토론하는 일을 주로 한다. 그들은 매년 한 번씩 해당 학부의 전 교원이 모인 앞에서 자신의 개인 학술 관련 업무를 상세히 보고해야 한다. 학부장은 담당 교수에게 그의 보고가 사실인지 동의를 구하고 지도 교수로서 제자의 연구 성취 과정이 합당한지를 묻는다. 그때 지도 교수는 상당히 객관적으로 자기 제자를 평가해야 한다. 무조건 제자를 감싸거나 욕할 수 없다. 왜냐하면 다른 동료 교수들이 그에 관한 추가적인 의견을 제시하며 반박할 수 있기 때문이다. 해당 학생이 지도 교수에 의해 '그의 연구가 의심된다'는 낮은 평가를 받고 동료 교수들도 이에 수긍하면 거수에 의해 그 학생은 유급이 되고 심한 경우 퇴학당할 수도 있다.

아스피란투라 과정을 졸업하면 러시아의 최종 학력인 '칸지다투라' 학위를 받는다. 이 학위를 위해 일단 '미니뭄' 시험과 '막시뭄' 시험을 통과해야 한다. '미니뭄'은 선공과 관련된 일반 과목들과 철학, 외국어 시험 등을 봐야 하는데, 모든 시험을 해당 학부가 주도하기 때문에 절차가 까다롭다. 러시아 문학을 전공할 경우를 예로 들면, 러시아 문학사 전반에 관한 시험을 분기별로 구분해 세 차례에 걸쳐 보는데, 이때는 미리 배정받은 많은 문제들을 준비하여 시험 당일 본인이 선택한 쪽지를 통해 두 문제를 배당받는다. 시험은 필기가 아니라 10여 명 이상의 노교수들 앞에서 구술로 해야 한다. 외국 학생들은 언어 문제로 인해 상당히 애를 먹는 경우가 많으니 준비를 철저히 해야 한다. 6개월 단위로 세 번의 시험을 보고나면 마지막으로 전공 시험인 '막시뭄'을 봐야 하는데 절차는 동일하다.

전공 시험을 보는 사이에 철학과 외국어 시험도 봐야 한다. 때문에 아스피란투라 과정은 매학기마다 시험에 시달리며 논문을 준비하는 고통의 나날이다. 하지만 어느 나라나 유학 과정은 고통의 연속이다. 유학을 결심한 학생들은 그 정도의 고통은 능히 헤쳐나갈 각오가 있어야 한다. 반면 어려운 관문을 이겨내고 학위 과정과 논문이 통과되면 무엇과도 바꿀 수 없는 해냈다는 기쁨을 맛볼 수 있다. 러시아는 논문 발표를 마치고 조촐한 연회를 마련하는 것이 의례적인데 나는 그 자리에서 푸쉬킨의 시구를 읊어대며 "방금 내게 돌이킬 수 없는 기막힌 순간이 지나간 것 같다"는 건배를 제의하여 주변인들의 웃음을 자아낸 기억이 있다.

러시아 유학의 꿈을 가진 학생들은 우리 나라의 상황과 관련하여 러시아에서 무엇을 공부할 것인가를 결정하는 것이 중요하다. 물론 각자의 적성에 따라서 전공을 선택하는 것이 좋으나 공부를 하고 난 후에 활용 범위가 넓은 쪽으로 결정을 내리는 것이 바람직하다. 러시아의 과학 기술은 세계 최고 수준이라 해도 과언이 아닐 정도로 그 동안 엄청난 노하우를 축적해놓고 있다. 최근에 러시아의 과학자들이 대거 한국에 진출하여 정부 차원에서도 기술 후진성을 탈피하기 위해 러시아의 기술을 적극 수용하는 현실이다. 이러한 맥락에서 우리 나라에서 아직 연구가 부진한 과학 기술 분야를 공부하거나 향후 남북한 철도와 시베리아 횡단 철도가 연결될 때를 대비하여 러시아 지역에 관한 공부를 해도 좋을 것이다.

러시아에서의 1학기는 9월 초에 시작되므로 러시아의 대학에 진학하려는 사람은 입학 서류를 구비하여 적어도 7월 초까지는 대학에 보내야만 한다. 왜냐하면 8월 초부터 방학에 들어가면 교직원들이 대부분 휴가를 가므로 업무가 중지되기 때문이다. 구비 서류는 학교마다 약간씩 차이가 있으나 일반적으로 최종 학교 졸업 및 성적 증명서 영문본, 건강 진단서 공증본, 입학 원서(학교 양식) 등이 필요하다. 자세한 것은 학교마다 있는 외국인 학생처에 문의하면 알 수 있다. 학교에 관한 정보는 한국 유학생 홈페이지(www.moscow.co.kr)를 참조해도 좋다. 서류를 일단 준비해서 학교로 보내면 약 2~3

주 후에는 초청장을 받을 수 있다. 이때 초청장을 팩스로 받는 것이 편리하므로 반드시 학교측에 자신의 팩스 번호를 알려주어야 한다.

러시아의 거주 등록

소련 체제하의 러시아인들은 거주를 이전할 수 있는 자유가 없었다. 그래서 거주지, 결혼 여부, 병역 사항 등이 기재된 '주민등록증'을 항상 몸에 지니고 다녔다. 내국인의 경우 자기가 출생한 지역의 행정 관청(러시아어로 '작스'라고 함)에 출생 신고를 한 후 거주권('프로피스카')을 받아야 했고 다른 지역으로 여행할 때는 무조건 해당 지역에 거주 등록('레기스트라찌야')을 해야 했다.

외국인의 경우는 비자를 받고 러시아에 입국한 후 3일 이내에 거주지 등록을 하게 되어 있다. 토요일과 일요일은 휴일이므로 만약 토요일에 러시아에 입국했다면 월요일에 거주 등록을 할 수밖에 없다. 관광 비자인 경우는 숙박하는 호텔에서 거주지 등록을 할 수 있으며, 상용 비자인 경우는 초청 기관을 통하여 지역 등기소('오비르')에 거주 등록을 해야 한다.

이러한 제도는 아직도 남아 있고 특히 타지방이나 외국에서 모스크바로 들어오는 경우 아주 엄격히 적용되고 있다. 비록 러시아 연방 헌법 재판소에서 거주권 제도를 위헌으로 판결 내렸으나, 수도권 인구 증가로 인하여 발생하는 각종 범죄 내지는 주거지 부족 문제를 해결하기 위한 방편으로 사용되고 있다.

그런데 문제는 이러한 제도가 남용되고 있다는 데 문제가 있다. 모스크바에서 길을 걷다보면 수시로 경찰의 검문을 받게 되는데 이때 특히 아시아 계통의 외국인들이 자주 검문 대상이 되고 있다. 모스크바에는 수많은 중국인들이 불법으로 체류하며 시장에서 장사를 하고 있기 때문에 외모가 비슷한 한국인들도 덤으로 넘어가는 수가 많다. 간혹 여권을 집에 두고 온 경우에는 주머니에 50~100루블(2~4달러) 정도의 돈을 준비했다가 검문에 대비(?)해야 한다.

러시아에서 관광을 하거나 생활을 하는 도중에 여권과 비자를 분실했을 경우에는 거주 지역 관할 파출소에 일단 신고를 하면 분실 증명서를 발급해준다. 여권은 대사관에 신고하여 신규로 발급받고, 비자는 공항 출입국 관리소에 신청하여 출국 비자를 받으면 된다.

참고 문헌

A Day in the Life of the Soviet union, Collins Publishers, 1987.
Moscow, Amarant, 2002.
Leningrad Art & Architecture, Aurora Art Publishers, 1990.
Saint-Petersburg, Petrograd : a city of writers and poets,
Moscow Sovietskaja Rossija, 1991.
러시아의 역사, 스이로프 저, 기연수 역, 동아일보사, 1987.
러시아의 역사, 랴자노프스키 저, 이길주 역, 까치, 1997.
모스크바(한글판), 아트-로드니크 출판사, 2001.
상트페테르부르크와 근교(한글판), 아브리스 출판사, 2000.
역사 속의 러시아 문화, 박태성 저, 부산외국어대학교 출판부, 1998.
빛의 도시 상트페테르부르크, 이덕형 저, 책세상, 2002.
천 년의 울림, 이덕형 저, 성균관대 출판부, 2001.
러시아 문학사, 미르스끼 저, 이항재 역, 화다, 1988.
러시아의 지리, 한종만 외 저, 아카넷, 2002.
러시아, 러시아인, 이길주 · 한종만 외 7인, 민음사, 1998.

사진 저작권